NoViolet Bulawayo

Wir brauchen neue Namen

Roman

Aus dem amerikanischen Englisch
von Miriam Mandelkow

Büchergilde Gutenberg

Die Originalausgabe erschien 2013 unter dem Titel
We Need New Names bei Little, Brown and Company, New York.
Die Übersetzerin dankt dem Deutschen Übersetzerfonds für
die Förderung der vorliegenden Übersetzung.

Lizenzausgabe für die Büchergilde Gutenberg,
Frankfurt am Main, Zürich, Wien
www.buechergilde.de
Mit freundlicher Genehmigung
des Suhrkamp Verlags, Berlin

Druck und Bindung: CPI books GmbH, Leck
Printed in Germany 2015
ISBN 978-3-7632-6807-8

Für Za

1 BUDAPEST

Wir sind auf dem Weg nach Budapest: Bastard und Chipo und Godknows und Sbho und Stina und ich. Obwohl wir eigentlich gar nicht über die Mzilikazi Road rüberdürfen, obwohl Bastard auf seine kleine Schwester Fraction aufpassen soll, obwohl Mutter mich totschlägt, wenn sie das rausfindet; wir gehen einfach. In Budapest kann man Guaven klauen, und ich könnte gerade sterben für Guaven. Wir haben nichts gegessen heute Morgen, und mein Bauch fühlt sich an, als wenn jemand mit einem Spaten alles rausgeschaufelt hätte. Aus Paradise rauszukommen ist nicht so schwer, die Mütter sind sowieso nur mit ihren Haaren und ihrem Tratsch beschäftigt, damit sind sie ja die ganze Zeit beschäftigt. Sie gucken kurz her, wenn wir der Reihe nach an den Hütten vorbeigehen, und dann wieder weg. Um die Männer unter der Jacaranda müssen wir uns auch keine Sorgen machen, die kleben die ganze Zeit am Dame-Brett. Nur die Kleinen sehen uns und wollen hinter uns her, aber Bastard haut dem nackten ganz vorn mit der Faust auf den Riesenschädel, und alle kehren um.

Dann sind wir im Busch und rasen und schreisingen, unsere Stimmen Räder, die sich drehen und uns immer schneller machen. Zuerst Sbho: *Wer hat den Weg nach Indien entdeckt?*, und dann wir: *Vasco da Gama! Vasco da Gama! Vasco da Gama!* Bastard läuft vorneweg, weil er das Landspiel heute gewonnen hat und meint, dadurch ist er jetzt Präsident oder so was, dahinter ich und Godknows, Stina und Sbho und ganz hinten Chipo, die mal schneller war als alle andern in Paradise, aber jetzt nicht mehr, weil jemand sie schwanger gemacht hat.

Als wir über die Mzilikazi rüber sind, geht es noch mal kurz durch den Busch, dann ein Stück die Hope Street lang und von da am großen Stadion vorbei mit den glänzenden Bänken, auf denen wir nie sitzen werden, dann sind wir in Budapest. Einmal müssen wir anhalten, damit Chipo sich hinsetzen kann mit ihrem Bauch; der tut manchmal weh, und dann muss sie ihn ablegen.

Wann kriegt sie überhaupt das Baby?, fragt Bastard. Bastard mag es nicht, wenn wir anhalten müssen wegen Chipos Bauch. Er wollte uns sogar überreden, dass wir gar nicht mehr mit ihr spielen.

Irgendwann kriegt sie's schon, antworte ich für Chipo, sie redet nämlich nicht mehr. Sie ist nicht stumm-stumm, sie sagt nur einfach nichts, seit man ihren Bauch sehen kann. Aber sie spielt noch mit uns und macht alles mit, und wenn sie richtig, richtig dringend was sagen muss, dann benutzt sie ihre Hände.

Wann ist irgendwann? Donnerstag? Morgen? Nächste Woche?

Siehst du nicht, dass ihr Bauch noch klein ist? Das Baby muss wachsen.

Ein Baby wächst, wenn es aus dem Bauch raus ist, nicht drin. Dazu werden sie ja geboren. Damit sie erwachsen werden.

Jedenfalls ist es noch nicht so weit. Darum ist es noch im Bauch.

Ist es ein Junge oder ein Mädchen?

Ein Junge. Das Erste ist normalerweise immer ein Junge.

Aber du bist ein Mädchen, du Großmaul, und du warst die Erste.

Normalerweise, hab ich gesagt, oder?

Halt doch deinen kaka Mund, ist ja nicht mal dein Bauch.

Also ich glaube, es wird ein Mädchen. Ich hab dauernd meine Hände drauf, und es hat noch nie getreten, nicht ein Mal.

Ja, Jungs treten und boxen und verteilen Kopfnüsse. Mehr können sie auch nicht.
Will sie einen Jungen?
Nein. Ja. Vielleicht. Weiß nicht.
Wo genau kommt denn ein Baby raus?
Da, wo es in den Bauch reingeht.
Und wie genau kommt es in den Bauch?
Erst muss die Mutter von Jesus es da reintun.
Nein, nicht die Mutter von Jesus. Ein Mann muss es da reintun, hat mir Musa erzählt, meine Cousine. Eigentlich hat sie's Enia erzählt, aber ich war dabei und hab's mitgekriegt.
Und wer hat es bei ihr reingetan?
Woher sollen wir das wissen, wenn sie nichts sagt?
Wer hat es da reingetan, Chipo? Sag's uns, wir sagen es auch nicht weiter.
Chipo guckt in den Himmel. In einem Auge ist eine Träne, aber nur eine kleine.
Wenn ein Mann es da reintut, warum holt er es dann nicht raus?
Weil die Frauen die Geburt machen, du Hohlbirne. Dazu haben sie ja Brüste, damit sie das Baby stillen und alles.
Aber Chipos Brüste sind klein. Wie Kieselsteine.
Das ist egal. Die werden größer, wenn das Baby kommt. Los jetzt, können wir, Chipo?, frag ich. Chipo antwortet nicht, sie geht einfach los und wir hinterher. Mitten in Budapest bleiben wir stehen. Das ist hier nicht wie Paradise, das ist wie in einem ganz anderen Land. Einem schönen Land, wo Leute wie wir nicht leben. Wobei man gar nicht merkt, dass hier überhaupt echte Menschen leben; sogar die Luft ist leer: kein leckeres Essen auf dem Feuer, kein Geruch, kein Geräusch. Einfach nichts.

Budapest, das sind große, große Häuser mit Satellitenschüsseln auf den Dächern und hübschen Kieshöfen oder gestutzten Rasen und hohen Zäunen und Fertigmauern und Blumen und großen Bäumen voll mit Obst, das auf uns wartet, weil hier anscheinend keiner weiß, was er damit anfangen soll. Nur wegen dem Obst haben wir überhaupt den Mut, sonst würden wir uns gar nicht hierher trauen. Ich denke immer, gleich spucken uns die sauberen Straßen an und schicken uns zurück, wo wir hergekommen sind.

Erst haben wir Stinas Onkel beklaut, der jetzt in England wohnt, aber das war nicht Klauen-Klauen, weil es ja der Baum von Stinas Onkel war und nicht von einem Fremden. Das ist ein Unterschied. Aber dann hatten wir seine Guaven aufgegessen, also sind wir weiter zu den anderen Häusern. Wir haben so viele Häuser beklaut, ich kann's gar nicht zählen. Bastard hat bestimmt, dass wir eine Straße aussuchen und in der bleiben, bis wir alle Häuser durchhaben. Dann zur nächsten. Damit wir nicht durcheinanderkommen, wo wir schon waren und wo wir noch hingehen. Das ist wie ein Muster, und Bastard sagt, so werden wir bessere Diebe.

Heute fangen wir eine neue Straße an, also kundschaften wir vorsichtig alles aus. Wir gehen gerade an der Chimurenga Street vorbei, wo wir schon jeden Guavenbaum abgeerntet haben vor zwei, drei Wochen etwa, da sehen wir, wie weiße Vorhänge auseinandergehen und ein Gesicht aus dem Fenster guckt, aus diesem beigen Haus mit der Marmorstatue von dem pinkelnden Jungen mit Flügeln. Wir stehen da und wollen sehen, was das Gesicht macht, da geht das Fenster auf, und eine komische kleine Stimme ruft, dass wir warten sollen. Wir bleiben stehen, nicht weil die Stimme das sagt, sondern weil keiner losläuft und weil die Stimme auch nicht gefährlich klingt. Musik strömt aus dem Fenster auf die Straße;

es ist nicht Kwaito, es ist nicht Dancehall, es ist nicht House, es ist überhaupt nichts, was wir kennen.

Eine große dünne Frau macht die Tür auf und kommt aus dem Haus. Sie isst was, das sehen wir als Erstes. Sie kommt winkend auf uns zu, und weil die Frau so dünn ist, wissen wir gleich, dass wir nicht weglaufen. Wir warten, damit wir rausfinden, warum sie lächelt oder worüber. Die Frau bleibt am Tor stehen; es ist abgeschlossen, und sie hat keinen Schlüssel dabei.

Gütiger, diese fürchterliche Hitze und der harte Boden, wie ertragt ihr das bloß?, fragt die Frau mit ihrer ungefährlichen Stimme. Lächelnd beißt sie von dem Ding in ihrer Hand ab. Eine rosa Kamera baumelt ihr um den Hals. Wir starren der Frau alle auf die Füße, die man unter dem langen Rock sieht. Hübsch und sauber wie bei einem Baby. Sie wackelt mit ihren lila lackierten Zehen. Ich kann mich nicht erinnern, dass meine mal so aussahen; bei meiner Geburt vielleicht.

Und dann dieser rote Kaumund. An den vorstehenden Linien an ihrem Hals und an den dicken schmatzenden Lippen merkt man, dass es richtig gut schmeckt. Ich beobachte ihre langen Finger und das Ding, das sie isst. Es ist flach und hat eine Kruste. Obendrauf ist es cremig und sieht weich aus und flockig und hat so münzrunde Dinger, dunkelrosa wie Brandwunden. Außerdem sind da rote und grüne und gelbe Sprenkel und dann noch die braunen Huckel, die aussehen wie Pickel.

Chipo zeigt auf das Ding und sticht mit dem Finger in die Luft, sticht immer so weiter, um zu fragen: *Was ist das?* Mit der anderen Hand reibt sie über ihren Bauch; seit sie schwanger ist, spielt Chipo ständig mit ihrem Bauch, wie mit einem Spielzeug. Der Bauch ist so groß wie ein Fußball, also nicht richtig

groß. Wir starren der Frau auf den Mund und warten auf ihre Antwort.
Ach, das hier? Das ist eine Kamera, sagt die Frau. Wissen wir; sogar ein Stein kann dir sagen, dass eine Kamera eine Kamera ist. Die Frau wischt ihre Hand am Rock ab, tätschelt die Kamera und zielt mit dem Rest von dem Ding auf den Mülleimer neben der Tür, wirft vorbei und lacht wie irre. Sie guckt uns an, als wenn sie irgendwie will, dass wir mitlachen, aber wir sind mit dem Ding beschäftigt, das durch die Luft geflogen und wie ein toter Vogel auf dem Boden gelandet ist. Wir haben noch nie gesehen, wie jemand Essen wegwirft, nicht mal ein Ding. Chipo würde am liebsten hinterherrennen und es aufheben, so wie sie aussieht. Der verknautschte Mund von der Frau kaut fertig und schluckt. Ich schlucke mit, und es kitzelt in meinem Hals.
Wie alt bist du? Die Frau guckt Chipo auf den Bauch, als wenn sie noch nie eine Schwangere gesehen hat.
Elf, antwortet Godknows für Chipo. Wir sind zehn, sie und ich, wie Zwillings, sagt Godknows und meint ihn und mich. Bastard ist elf und Sbho neun, und bei Stina wissen wir's nicht, er hat nämlich keine Geburtsurkunde.
Wow, sagt sie. Ich sag auch wow, wow wow wow, aber nur im Kopf. Ich hör das Wort zum ersten Mal und überleg, was es bedeutet, aber dann hab ich keine Lust mehr, mir den Kopf zu zerbrechen, und lass es sein.
Wie alt sind Sie denn?, fragt Godknows. Und wo sind Sie her? Ich finde, Godknows hat ein großes Maul, da kriegt er bestimmt mal eins drauf.
Ich? Also, ich bin dreiunddreißig und komme aus London. Ich bin zum ersten Mal im Land meines Vaters, sagt sie und spielt mit der Kette an ihrem Hals. Der goldene Anhänger hat die Form von Afrika.

London kenne ich. Ich hab mal Süßigkeiten von da gegessen. Die waren erst süß und schmeckten dann sauer. Onkel Vusa hat sie geschickt, am Anfang, als er angekommen ist, aber das ist lange her. Jetzt schickt er nichts mehr, sagt Godknows. Er guckt in den Himmel wie einer, der sich ein Flugzeug mit Süßigkeiten von seinem Onkel wünscht.
Aber Sie sehen aus wie fünfzehn, wie ein Kind. Godknows guckt jetzt die Frau an. Ich denke, gleich holt sie aus und wischt ihm eine, aber sie lächelt, als wenn es gar keine Beleidigung war.
Danke, ich habe gerade die Jesus-Diät hinter mir. Sie klingt richtig zufrieden. Ich guck sie an und frag mich: *Danke? Wofür das denn?* Außerdem frag ich mich: *Was ist eine Jesus-Diät, und meinst du den echten Jesus, also das Kind Gottes?*
So wie wir gucken und schweigen, merkt man, dass wir die Frau alle komisch finden. Sie fasst sich mit der Hand in die Haare, sie sind verfilzt und total durcheinander; wenn ich in Budapest wohnen würde, dann würde ich mich jeden Tag ganz waschen und mir hübsch die Haare kämmen und zeigen, dass ich ein echter Mensch in einem echten Haus bin. Wie sie so dasteht mit ihren wilden Haaren auf der anderen Seite vom Tor mit den Gittern und Schlössern, sieht die Frau aus wie ein Tier im Käfig. Ich überleg mir langsam, was ich mache, wenn sie rausspringt und auf uns losgeht.
Was dagegen, wenn ich euch fotografiere?, fragt sie. Wir antworten nicht, weil Erwachsene uns nie was fragen; wir gucken die Frau an, ihr krasses Haar, ihren Rock, der beim Gehen über den Boden schleift, ihre hübschen Zehen, ihr goldenes Afrika, ihre großen Augen, ihre glatte Haut, die nicht mal eine Narbe hat wie bei lebendigen Menschen, den Ohrring in ihrer Nase und ihr T-Shirt mit der Aufschrift *Rettet Darfur*.
Schön, dann rückt mal zusammen, sagt die Frau.

Du, der Große, nach hinten. Und du, ja, du, und du, den Kopf dahin, nein, ich meine dich hier mit den Zahnlücken, sieh mich an, so, sagt sie und streckt die Arme so durch die Gitter, dass sie uns beinahe anfasst.

Gut, gut, und jetzt sagt *cheese*, sagt *cheese*, *cheese*, *cheeeeeese*, flötet die Frau, und alle sagen *cheese*. Also ich, ich sag es eigentlich nicht, ich überleg die ganze Zeit, was *cheese* genau heißt, und es fällt mir nicht ein. Gestern hat uns Mother of Bones die Geschichte von Dudu dem Vogel erzählt: Dudu hat ein neues Lied gelernt und gesungen, ohne dass er den Text richtig verstanden hat, und wurde gefangen, getötet und zum Abendessen gekocht, weil er in dem Lied darum gebeten hatte, getötet und gekocht zu werden.

Die Frau zeigt auf mich und nickt, ich soll *cheeeese* sagen, und ich sag es hauptsächlich, weil sie so lächelt, als wenn sie mich richtig gut kennt, als wenn sie sogar meine Mutter kennt. Ich sag es erst langsam, und dann sag ich *cheese* und *cheese* und *cheese cheeeeese*, und alle sagen *cheese cheese cheese*, und wir singen das Wort, und die Kamera klickt und klickt und klickt. Und plötzlich geht Stina, der meistens still ist, einfach weg. Die Frau hört auf zu knipsen und fragt, Hey, wo gehst du hin? Aber er bleibt nicht stehen, er dreht sich nicht mal um. Dann geht Chipo hinter Stina her, dann gehen wir alle.

Wir lassen die Frau mit ihrem Fotoapparat einfach stehen. An der Ecke Victoria dreht sich Bastard um und fängt an, sie anzubrüllen und zu beleidigen, und ich erinnere mich an das Ding und dass sie es weggeworfen hat, ohne zu fragen, ob wir es haben wollen, und fang auch an zu brüllen, und alle machen mit. Wir brüllen und brüllen und brüllen; wir wollen das Ding essen, das sie gegessen hat, wir wollen unsere Stimmen ganz laut hören, wir wollen, dass der Hunger weg-

geht. Die Frau guckt bloß verwirrt, als wenn sie noch nie jemand brüllen gehört hat, und geht dann schnell in ihr Haus zurück, aber wir brüllen hinter ihr her, brüllen, bis es uns in den Kehlen kitzelt und wir Blut riechen.
Bastard meint, wenn wir älter sind, klauen wir keine Guaven mehr, sondern größere Sachen aus den Häusern. Da mach ich mir keinen Kopf, weil ich dann nämlich gar nicht mehr hier bin, dann wohne ich in Amerika bei Tante Fostalina und esse richtiges Essen und mach was Besseres als Klauen. Aber erst mal die Guaven. Wir nehmen uns Robert Street vor, ein riesiges weißes Haus, das dasteht wie ein Berg. Es hat große Fenster und überall Glitzerkram und einen roten Swimmingpool vorne mit lauter leeren Stühlen drum herum. Das sieht alles ziemlich hübsch aus, aber eher im Sinne von hübsch anzugucken, von wegen, Ach, das ist aber hübsch, und nicht zum Wohnen hübsch.
Das Gute an dem Haus ist, es steht hinten im Garten, und unsere Guaven sind ganz vorne, als wenn sie gehört hätten, dass wir kommen, und zu uns gelaufen wären. Über die Mauer und in den Baum klettern und unsere Plastiktüten vollmachen dauert nicht lange. Heute klauen wir Jumboguaven. Die sind groß wie eine wütende Männerfaust und werden nicht gelb wie sonst; sie bleiben außen grün, sind innen rosa und flockig und schmecken so gut, dass ich es nicht mal beschreiben kann.

Zurück nach Paradise rennen wir nicht, wir spazieren, als wenn Budapest jetzt auch unser Land ist und wir es sogar gebaut hätten. Unterwegs essen wir Guaven und spucken die Schale überallhin und machen Dreck. An der Ecke AU Street bleiben wir stehen, damit Chipo sich übergeben kann; das passiert meistens, wenn sie was isst. Heute sieht ihr Erbro-

chenes aus wie Urin, ein bisschen dicker. Wir lassen es liegen, einfach so.
Irgendwann wohne ich hier, in genau so einem Haus, sagt Sbho und beißt in eine fette Guave. Sie zeigt auf das große blaue Haus mit der langen Treppe und den ganzen Blumen drum rum. Ein richtig schönes Haus, aber nicht schöner als das, wo wir uns gerade die Guaven geholt haben. Sbhos Stimme klingt, als wenn das kein Witz sein soll, als wenn sie weiß, wovon sie redet. Sie kaut mit dicken Backen, schluckt und pellt die restliche Guave mit ihren Seitenzähnen.
Wie willst du das denn anstellen?, frag ich. Sbho spuckt die Schale aus und sagt mit ihren großen Augen, Keine Ahnung, weiß ich einfach.
In ihren Träumen vielleicht, sagt Bastard zur Sonne und schmeißt eine Guave gegen die Fertigmauer von Sbhos Haus. Sie platzt auf und verschmiert die Mauer. Ich beiß in eine Guave, eine richtig süße; die Kerne von Jumboguaven zerkaue ich nicht gerne, die sind so hart, das dauert ewig, also knirsch ich nur ein bisschen drauf rum, und manchmal schluck ich sie einfach runter, obwohl ich weiß, was passiert, wenn ich mich später hinhocke.
Warum hast du das gemacht? Sbho guckt die verschmierte Mauer vor ihrem Haus an und dann Bastard. Ihr Gesicht ist jetzt hässlich, ein richtiges Frauengesicht.
Warum du das gemacht hast, hab ich dich gefragt. Heiße Kohlen glühen in Sbhos Stimme, als wenn sie Bastard irgendwie was antun könnte, was sie eh nicht macht, Bastard ist größer und stärker und außerdem ein Junge. Er hat Sbho schon mal geschlagen, mich auch und Chipo und Godknows; alle hat er schon mal geschlagen außer Stina.
Weil ich es kann, du Knickbein. Außerdem, was regst du dich auf?

Weil ich gerade gesagt hab, das Haus finde ich schön, also lässt du es gefälligst in Ruhe. Such dir doch eins aus, das mir egal ist, hier stehen so viele!
Deswegen ist es noch lange nicht dein Haus, oder? Bastard hat eine schwarze Jogginghose an und ein ausgebleichtes oranges T-Shirt, wo *Cornell* draufsteht. Er zieht es aus und knotet es auf dem Kopf zusammen, und ich bin nicht sicher, ob es ihn hässlich oder hübsch macht, ob er wie ein Mann oder wie eine Frau aussieht. Er dreht sich um und geht rückwärts, damit er Sbho in die Augen sehen kann. Wer sich mit ihm streitet, muss ihn immer direkt angucken.
Budapest ist kein kaka Klo, wo jeder reinlaufen kann, nicht so wie Paradise. Hier wohnst du nie, sagt er.
Ich heirate einen Mann aus Budapest. Der holt mich raus aus Paradise, raus aus den Hütten und Heavenway und Fambeki und dem allen, sagt Shbo.
Ha ha. Du meinst, dich heiratet ein Mann, mit deinen Zahnlücken? Nicht mal ich würde dich heiraten, ruft Godknows über seine klapprige Schulter. Er und Chipo und Stina gehen vor uns. Godknows' Shorts sind hinten eingerissen, und sein Po blinzelt durch den dreckigen weißen Stoff wie komische Augen.
Mit dir rede ich gar nicht, Schrammelhintern!, ruft Shbo Godknows zu. Außerdem wachsen meine Zähne nach. Mutter sagt, dann werde ich noch hübscher als jetzt!
Godknows winkt ab, als wenn es ihm egal wäre, weil ihm nichts mehr einfällt. Sogar die Steine wissen, dass Sbho hübsch ist, hübscher als wir alle hier, hübscher als alle Kinder von Paradise. Manchmal hören wir auf, mit ihr zu spielen, wenn sie immer wieder davon anfängt, als wenn es uns nicht schon zu den Ohren rauskommt.
Mir doch egal, ich hau selber ab aus diesem kaka Land. Und

dann verdien ich ganz viel Geld und komm zurück und hol mir ein Haus hier in Budapest. Nein, am besten gleich viele Häuser: eins in Budapest, eins in Los Angeles, eins in Paris. Wo ich grad Lust hab, sagt Bastard.

Früher in der Schule hat mein Lehrer Mr. Gono gesagt, dass man lernen muss, wenn man Geld verdienen will, sagt Stina und bleibt vor Bastard stehen. Wie willst du das hinkriegen, wo wir gar nicht mehr zur Schule gehen? Stina redet nicht viel; wenn er den Mund aufmacht, weiß man also, dass es ganz schön wichtig ist.

Ich brauch keine kaka Schule zum Geldverdienen, du Ziegenzahn, sagt Bastard.

Er baut sich so dicht vor Stina auf, dass er ihm die Nase abbeißen könnte. Stina kommt gegen Bastard an, wenn er will, aber er guckt nur gelangweilt und isst seine Guave auf. Dann geht er weg und entfernt sich schnell von uns.

Ich geh nach Amerika und wohne bei meiner Tante Fostalina, und zwar bald, werdet ihr sehen, sag ich besonders laut, damit alle mich hören können. Ich beiß in eine frische Guave; sie ist so süß, dass sie in drei Bissen weg ist. Nicht mal die Kerne kaue ich.

Amerika ist zu weit weg, du Zwerg, sagt Bastard. Ich will nirgendwohin, wo ich durch die Luft muss. Was ist denn, wenn du ankommst und es ist kaka, und du steckst da fest und kannst nicht zurück? Ich geh nach Jo'burg, und wenn es nicht so gut läuft, kann ich einfach einpacken und losfahren und muss niemand fragen; egal, wo man hingeht, man muss immer zurückkönnen.

Ich überleg, was ich Bastard darauf antworten soll. Ein Guavenkern klebt zwischen meinem Gaumen und dem letzten Seitenzahn, und ich versuche, mit der Zunge dranzukommen. Dann nehm ich den Finger; er schmeckt nach Ohrenschmalz.

Ja, Amerika ist weit weg. Und was, wenn du im Flugzeug sitzt und irgendwas stimmt damit nicht?
Genau, und was ist mit den Terroristen?, fragt Godknows.
Blinzelpo Godknows sagt das bestimmt nur, um sich bei Fratzengesicht Bastard beliebt zu machen. Ich nehm noch eine Guave, und Godknows kriegt einen Blick von mir.
Mir egal, ich bin bald weg, sag ich und laufe zu Chipo und Stina, weil ich weiß, wie es ausgeht, wenn Godknows und Bastard es auf mich abgesehen haben.
Dann geh doch, geh in dein Amerika und arbeite im Pflegeheim. Das macht nämlich deine Tante Fostalina gerade. Genau jetzt wischt sie einem runzligen Alten sein Kaka ab, weil er das nicht mehr selber kann, meinst du, die Geschichten kriegen wir nicht mit?, brüllt Bastard mir in den Rücken, aber ich geh einfach weiter.
Wenn ich richtig stark wäre, überleg ich jetzt, würde ich mich auf der Stelle umdrehen und Bastard eine runterhauen für das, was er über meine Tante Fostalina sagt und über mein Amerika. Ich würde ihm eine scheuern und eine Kopfnuss verpassen, ihm meine Faust in den Mund rammen, damit er seine Zähne ausspuckt. Ich würde ihm in den Bauch boxen, bis er alle Guaven auskotzt, die er gegessen hat, ihn auf den Boden werfen, ihm mein Knie ins Kreuz bohren, die Arme auf den Rücken drehen und den Kopf nach hinten ziehen, bis er um sein lächerliches Leben bettelt. Das würde ich dann machen, aber ich geh einfach weg. Er sagt das ja nur, weil er neidisch ist. Weil er niemand hat in Amerika. Weil Tante Fostalina nicht seine Tante ist. Denn er ist Bastard, und ich bin Darling.

Als wir nach Paradise zurückkommen, sind die Guaven alle und wir so voll, dass wir fast kriechen. Wir halten an, um im

Busch unser Geschäft zu erledigen, weil wir zu viel gegessen haben. Außerdem ist es besser, bevor es zu dunkel wird, sonst kommt keiner mit; nachts alleine in den Busch zu gehen ist unheimlich, weil man an Heavenway vorbei muss, dem Friedhof, und da trifft man vielleicht einen Geist. Moses' Vater, der letzten Monat gestorben ist, das erzählen sich die Leute, die Bescheid wissen, stromert manchmal nachts in seinem gelben Barcelona-Trikot durch Paradise.

Wir finden alle ein Plätzchen, ich hocke mich hinter einen Felsen. Das ist das Schlimmste an Guaven: Wenn man zu viele isst, kriegt man von den ganzen Kernen Verstopfung. Das sagt keiner, aber ich weiß, dass wir wieder Verstopfung haben, alle, denn keiner versucht zu reden oder aufzustehen und wegzugehen. Wir essen so viele Guaven, weil wir sonst unseren Hunger nicht totkriegen, und wenn wir dann unser Geschäft erledigen müssen, tut es so weh, dass es fast nicht zu schaffen ist; als wenn man versucht, ein Land zu gebären.

Wir hocken alle, und ich hau mir mit den Fäusten auf die Beine, um einen Krampf zu verjagen, da schreit einer. Es ist kein Schrei, der davon kommt, wenn man zu doll drückt und ein Guavenkern den Hintern aufschlitzt, sondern ein *Da!*, also höre ich auf zu drücken, zieh meine Unterhose hoch und verlass meinen Felsen. Und da hockt Chipo. Sie schreit. Und zeigt auf etwas im Busch, und wir sehen es, was Großes, was im Baum hängt wie unbekanntes Obst. Dann sehen wir, dass es nicht etwas ist, sondern jemand. Dann, dass es nicht einfach nur ein Jemand ist, sondern eine Frau.

Was ist das?, kommt ein Flüstern. Keiner antwortet, weil alle sehen, was es ist. Die dünne Frau baumelt an einem grünen Seil, von einem Ast ganz oben im Baum. Die rote Sonne quetscht sich durch die Blätter und taucht alles in eine merk-

würdige Farbe; das ist fast schön und lässt die helle Haut der Frau leuchten. Trotzdem ist das alles unheimlich, und ich will weglaufen, aber nicht alleine.
Die dünnen Arme der Frau hängen schlaff runter, und ihre Hände und Füße zeigen zum Boden. Alles ganz gerade, wie gezeichnet, eine Linie in der Luft. Die Augen sind das Unheimlichste, sie sind fast zu weiß und sehen aus wie etwas, das gleich rausploppt. Der Mund ist ein großes O, als wenn die Frau mitten im Satz unterbrochen wurde. Sie trägt ein gelbes Kleid, und das Gras leckt vorne an ihren roten Schuhen. Wir stehen da und starren sie an.
Los, weg, sagt Stina, und ich mach mich bereit.
Siehst du nicht, dass sie sich aufgehängt hat und jetzt tot ist? Bastard nimmt einen Stein und trifft die Frau am Oberschenkel. Ich denke, gleich passiert was, aber es passiert nichts; die Frau bewegt sich nicht, nur ihr Kleid. Es flattert ganz leicht im Wind, als würde ein kleiner Engel damit spielen.
Siehst du, sag ich doch, sie ist tot, sagt Bastard mit der Stimme, die er benutzt, wenn er uns dran erinnern will, wer hier der Boss ist.
Gott wird dich dafür bestrafen, sagt Godknows. Bastard wirft noch einen Stein und trifft die Frau am Bein. Sie bewegt sich immer noch nicht, sie baumelt da einfach wie eine Lumpenpuppe. Ich kriege Panik; sie guckt mich aus dem Augenwinkel an mit ihrem weißen, geploppten Auge. Sie guckt mich an und wartet darauf, dass ich was unternehme, und ich weiß nicht, was.
Gott lebt hier nicht, du Dummkopf, sagt Bastard. Er wirft noch einen Stein; der streift nur ihr gelbes Kleid, und ich bin froh, dass er vorbeigegangen ist.
Das erzähl ich meiner Mutter, sagt Sbho, als wenn sie gleich weint. Stina geht los, Chipo und Sbho und Godknows und

ich folgen ihm. Bastard bleibt zurück, über die Schulter seh ich dann aber, dass er direkt hinter uns herkommt. Er kann nämlich auch nicht alleine mit einer toten Frau im Busch bleiben, obwohl er gerne so tut wie einer, der keine Angst hat. Wir gehen, und dann kommt Bastard plötzlich angesprungen und versperrt uns den Weg.
Jetzt wartet mal, ganz langsam, wer hat Lust auf richtiges Brot?, fragt er und zurrt lächelnd das Cornell-Shirt auf dem Kopf fest. Ich sehe die Wunde auf Bastards Brust, gleich unter der linken Brustwarze. Sie ist fast rosa wie eine Guave von innen.
Wo denn?, frag ich.
Habt ihr nicht gemerkt, dass die Schuhe von der Frau fast neu sind? Wenn wir die holen, können wir sie verkaufen und kriegen dafür ein Brot oder anderthalb.
Wir drehen uns alle um und folgen Bastard zurück in den Busch, schon ganz schwindelig von dem köstlichen Duft von Lobels-Brot, und dann laufen wir, und dann rennen wir, und wir rennen und lachen und lachen und lachen.

2 DARLING AUF DEM BERG

Jesus Christus ist heute gestorben, darum muss ich hier draußen stehen und mich mit kaltem Wasser waschen. Ich mag kaltes Wasser nicht, ich mag mich nicht mal am ganzen Körper waschen, wenn ich nicht was Bedeutendes vorhabe. Sobald ich fertig und angezogen bin, geht Mother of Bones mit mir in ihre Kirche. Sie sagt, das ist das Mindeste, was wir tun können, weil wir alle schmutzige Sünder sind und Jesus Christus sein Leben für uns geopfert hat, aber ich war ja gar nicht dabei, als das alles passiert ist, wie soll ich denn da eine Sünderin sein?

Ich geh nicht gern zur Kirche, eigentlich seh ich gar nicht ein, wieso ich in der prallen Sonne auf diesem Berg sitzen und mir langweilige Lieder und sinnlose Gebete und komische Bibelverse anhören soll, wenn ich mit meinen Freunden was Wichtiges unternehmen kann. Außerdem hat mich dieser verrückte Prophet Revelations Bitchington Mborro letztes Mal so lange geschüttelt, bis ich rosa Zeug gekotzt hab. Ich dachte, jetzt sterbe ich einen echten Tod. Prophet Revelations Bitchington Mborro wollte den Geist rausholen, der in mir drin ist; sie sagen, ich bin besessen, weil mein Großvater nicht ordentlich begraben wurde, nachdem die Weißen ihn im Krieg umgebracht haben. Er hat die Terroristen versorgt und versteckt, die ihr Land zurückhaben wollten, das die Weißen ihnen geklaut haben.

Wenn man was klaut, sollte es besser klein sein, damit man es verstecken kann, oder essbar, dass man es schnell verdrückt wie Guaven. Dann können die einen gar nicht erst erwischen mit dem Ding und sich dran erinnern, dass man ein schamloser Dieb ist und sie beklaut hat, insofern versteh ich auch nicht, was die Weißen da überhaupt probiert haben, als sie nicht so was Kleines geklaut haben, sondern ein ganzes Land. Wer vergisst denn, dass man so was geklaut hat? Keiner weiß, wo die Leiche von meinem Großvater ist, deswegen sagen die Kirchenleute jetzt, dass sein Geist in mir drin ist und nicht weggeht, bis seine Leiche richtig begraben ist. Dabei hab ich den Geist eigentlich nie gesehen oder gefühlt, ich kann also nicht sagen, ob es stimmt oder ob die mich bloß anlügen, was Erwachsene ja manchmal tun, weil sie erwachsen sind.

Hey, Kohlohr, wozu badest du?, ruft jemand.

Wer ist denn da?, ruf ich zurück, obwohl ich es nicht mag, wenn man mich Kohlohr nennt. Ich hab Schaum im ganzen Gesicht, darum kann ich meine Augen nicht richtig aufmachen.

Wir spielen gleich Andy-over, wozu badest du?

Ich geh mit Mother of Bones in die Kirche, sag ich und schmecke Sunlight-Seife. Ich schütte mir Wasser ins Gesicht.

Willst du nicht mit uns spielen?, fragt eine andere Stimme, vielleicht Sbhos.

Ich muss in die Kirche. Wisst ihr nicht, dass Jesus heute gestorben ist?

Mein Vater sagt, deine Kirche ist kaka und dein Prophet Revelations Bitchington Mborro ein Idio..., höre ich Bastards Stimme.

Na wartet futsekani lasst sie in Ruhe verdammte mgodoyis weg da boSatan beRoma! Mother of Bones spuckt aus der Hütte raus. Ich höre Gekicher, dann schnelles Getrampel. Ich wasch mein Gesicht fertig, mach die Augen auf, und sie sind weg. Ich seh nur einen braunen Hund hinter MaDumanes Hütte und Annamaria, die ihren Albino-Sohn Whiteboy in

einer Schüssel badet. Als ich winke, fängt er an zu weinen, und Annamaria sagt mit einem gepfefferten Blick, Lass meinen Sohn in Ruhe, hässliches Ding, siehst du nicht, dass er Angst vor dir hat?
Drinnen hat Mother of Bones schon mein gutes gelbes Kleid rausgelegt, das würde ich niemals anziehen, wenn meine Mutter hier wäre; sie ist an die Grenze, um Sachen zu verkaufen, also muss ich bei Mother of Bones wohnen, bis sie zurück ist. Manchmal kommt Mutter nach ein paar Tagen zurück, manchmal nach einer Woche; manchmal kommt sie, wenn ich schon gar nicht mehr weiß, wann sie kommt. Gerade zählt Mother of Bones ihr Geld, wie jeden Morgen, ich mach mich also still fertig, wie es von mir erwartet wird. Unterm Bett ist die Vaseline.
Vorsicht mit der Vaseline sollst sie ja nicht trinken khona und nicht mit den dreckigen Schwachköpfen spielen hab ich gesagt so ein schlechter Einfluss, sagt Mother of Bones, und ich tu einfach so, als wenn sie gar nicht redet. Nach der Vaseline zieh ich mich an, setz mich auf die Bettkante und warte. Ich weiß nicht, warum Mother of Bones jeden Tag ihr Geld zählt, als hätte ihr jemand verraten, dass es über Nacht Eier legt. Zum Zeitvertreiben zähle ich die ausgebleichten Sonnen auf der Überdecke; es sind genau zwölf, wie die Jünger – Simon, Petrus, Andreas, die andern weiß ich nicht, wenn sie bessere Namen hätten, könnte ich mir vielleicht alle merken.
Als ich mit den Sonnen durch bin, ist mein Vater an der hinteren Hüttenwand dran: Er trägt komische schwarze Kleider wie eine Frau und einen albernen viereckigen Hut; um seinen Hals und am Kleid runter hängen Seile und Zeug. In einer Hand hält er ein Blatt Papier, und die andere schüttelt ihm ein dicker Mann im Anzug. Mother of Bones sagt, das Foto wurde gemacht, als Vater die Universität abgeschlossen

hat, kurz vor meiner Geburt. Sie sagt, sie ist auch auf dem Bild, wir können sie nur nicht sehen, weil sich dieser Dicke vor sie gestellt hat in dem Moment, wo das Foto geknipst wurde, als wenn es irgendwie sein Sohn wäre, der die Universität geschafft hat. Jetzt ist Vater in Südafrika zum Arbeiten, aber er schreibt nicht und schickt kein Geld, nie und nichts. Bei dem Gedanken an ihn werde ich wütend, also tu ich meistens so, als wenn es ihn nicht gibt; besser so.
Dann ist da noch der lange, gelbe Vorhang, total hübsch bedruckt mit stolzen Pfauen, die ihre Federn spreizen wie Sonnenstrahlen. Er verdeckt die eine Blechwand. Eigentlich versteh ich gar nicht, wieso Mother of Bones da überhaupt einen Vorhang hat, es gibt nämlich keine echten Glasfenster. Nach dem Vorhang kommt der Kalender, er ist alt, aber Mother of Bones behält ihn, weil Jesus Christus drauf ist. Er hat Frauenhaare und lächelt schüchtern und hält den Kopf ein bisschen schief; man merkt, dass er auf dem Bild richtig nett aussehen wollte. Er hatte mal blaue Augen, aber ich hab sie braun angemalt wie meine und alle andern, damit sie normal aussehen. Mother of Bones hat mich dafür so vermöbelt, ich konnte zwei ganze Tage lang nicht sitzen.
Neben Jesus hängt mein Cousin Makhosi, und das auf seinem Arm bin ich, als ich klein war. Vor zwei Jahren ist Makhosi nach Madante gegangen, zum Diamantenschürfen, da waren die gerade entdeckt worden, und alle strömten hin. Als Makhosi zurückkam, hatte er Hände wie modrige Äste. Er hat uns von Madante erzählt, zwischen schlimmen Hustenanfällen, die richtig wehtaten, und wie er alles vergessen hat, wenn er unter der Erde war. Er hat erzählt, dass er in der Mine nur das schreckliche Hämmern gehört hat, manchmal sogar in ihm drin, als wenn er es verschluckt hätte. Dann ist er irgendwann auch nach Südafrika, wie Vater.

Und unter dem Bett versteckt, in einer alten, zerfledderten Bibel, die Mother of Bones nicht mit zur Kirche nimmt, liegt ein Bild von meinem Großvater. Sie haben ihn umgebracht, bevor ich auf die Welt kam, aber als ich ihn das erste Mal gesehen habe, wusste ich gleich, wer er ist; als wenn ich mich selbst und Makhosi und Vater und Onkel Muzi und die ganzen Verwandten auf einmal sehe, als wenn das Gesicht von meinem Großvater eine geballte Faust ist, die sich um alle unsere Gesichter schließt wie um Münzen.

Auf dem versteckten Bild redet Großvater mit spitzen Lippen. Er runzelt seine Stirn und guckt so tief in die Kamera mit seinen roten Augen, dass man denkt, er will sie essen. Durch seine Nase geht ein Knochen, und er trägt Ohrringe. Hinter ihm sind hüfthohe Maisfelder, einfach endlos und endlos grün. Keiner mag über ihn reden, man hat das Gefühl, es hat ihn überhaupt nie gegeben, aber manchmal murmelt Mother of Bones, und obwohl sie es nicht zugibt, glaub ich, sie spricht mit ihm. Sie weiß nicht, dass ich von Großvaters Bild weiß.

Warum ich meinen Koffer mit Geld wegwerfen soll würde ich gern mal wissen ich meine Geld nicht Ziegelsteine nein Geld, sagt Mother of Bones. Sie kauert weiter am Boden wie eine Gottesanbeterin, mit dem Koffer zu ihren Füßen. Ihre Messingreifen klimpern und klimpern, während die Hände über die Ziegelsteine von Geld fahren.

Weißt du was ich nicht verstehe?, fragt Mother of Bones. Sie hebt den Kopf und sieht mich an, aber ich sag nichts, weil ich weiß, dass sie gar nicht mit mir spricht.

Wieso diese Batzen Geld hier nicht ein Körnchen Salz kaufen können verstehe ich nicht das genau verstehe ich nicht, sagt sie, und der Ärger brodelt in ihrer Stimme.

Geld ist Geld in jedem Fall immer noch Geld, sagt sie. Jetzt

tätschelt Mother of Bones das Geld wie ein Baby, das sie in den Schlaf wiegen will.
Es ist altes Geld, Mother of Bones, es ist nichts mehr wert, kapierst du das nicht? Du musst es einfach wegwerfen oder zum Feuermachen benutzen wie alle andern auch. Jetzt heißt es, dass wir bald amerikanisches Geld benutzen, sag ich, aber so leise, dass Mother of Bones es nicht hört.
Und das amerikanische Geld von dem sie reden wo soll ich das bitte hernehmen glauben die das kann ich einfach ausgraben hm glauben die ich kann das ausscheiden?, sagt Mother of Bones. Wenn sie redet, purzeln die Wörter immer raus ohne Pause, als wenn sie Angst hat, dass sie sonst weggefegt werden. Zuerst will ich aufspringen, weil ich denke, sie hat mich gehört, auch wenn ich es leise gesagt hab, aber sie guckt mich gar nicht an, also bleib ich, wo ich bin. Jetzt sieht man den Schmerz in ihrem Gesicht, als wenn etwas in ihr aufbricht und blutet.
Das Gesicht von Mother of Bones hat die Farbe der Hütten, schmutzig braun, als wenn beides zueinander passen soll. Es hat tiefe Furchen; als ich klein war, dachte ich, jemand hätte es mit einem kaputten Spiegel geschnitzt und geschnitzt und geschnitzt. Um den Kopf trägt sie einen weißen Schal, und um den Hals schlängeln sich bunte Perlen: lila Perlen, orange Perlen, rosa Perlen, blaue Perlen, kreischende Farben auf ihrer stillen braunen Haut.

Ich geh absichtlich hinter Mother of Bones zur Kirche; wenn ich vor ihr gehe, erzählt sie mir bloß, ich soll wie eine Frau gehen, und das bin ich nicht. An ihren kleinen Füßen trägt sie verschiedene Schuhe, einen flachen grünen und einen roten Tennisschuh mit einem weißen Schnürsenkel, aber deswegen ist sie noch lange nicht verrückt.

Wir kommen an ganz vielen kleinen Hütten vorbei, die wie warme Brotlaibe aneinandergequetscht sind. Ich hab keine Schuhe an, die sind nämlich zu klein geworden, und die andern *Made in China*, die Mutter mir von der Grenze mitgebracht hat, sind einfach auseinandergefallen, also heb ich vorsichtig die Füße und vermeide auf dem roten Staubweg lauter Sachen: eine kaputte Flasche hier, einen Haufen Müll da, eine Pfütze mit bräunlichem Zeug hier, eine ausgeweidete Wassermelone da. Es ist noch früh am Morgen, aber die Sonne brutzelt schon die Hütten; ich spüre das am ganzen Leib, ich werde praktisch geröstet.

Ich halt brav den Mund, als Mother of Bones unterwegs Leute grüßt: Bornfrees Mutter MaDube, die mit einem Stein Nägel in ihr Dach haut; NaBetina, die ihren Enkel Nomoreproblems beim Geschäftmachen von sich weg hält; Mai Tonde, die auf einem Hocker sitzt und ihrem schreienden Baby ins Ohr glotzt; NaMgcobha, die einem großgewachsenen Jungen, den ich noch nie gesehen hab, einen Brief diktiert.

Wir kommen an dem alten Zuze vorbei, der mit seinen blinden Augen in die Welt guckt, an Frauen, die tratschend vor ihren Hütten sitzen und sich gegenseitig die Haare machen, und an den Männern, die etwas weiter hinten wie Schafe zusammenkauern und unter der einsamen Jacaranda Dame spielen. Zusammen mit den lila Blüten sehen die Männer so hemdenlos beinahe schön aus im Schatten. Sie sitzen nach vorne gebeugt wie Tiger, als wenn ihnen die Sonne, die auf ihren Rücken knallt, nichts ausmacht, als wenn ihnen die Vogelscheiße, die auf ihre nackten Schultern fällt und ihre Haut bespritzt, nichts ausmacht. Mother of Bones grüßt und winkt, aber die Männer heben kaum den Blick von dem ausgebleichten Damebrett mit den Kronkorken, die zur Hälfte umgedreht sind.

Als wir an der Schlange von Leuten vor Vodlozas Hütte vorbeikommen, winkt Mother of Bones nur; hier kann sie nicht rufen, hier wohnt ein Heiler. Einige winken unsicher zurück, als wenn sie eigentlich gar nicht wollen, sie sehen ganz geschafft aus von Krankheiten oder Sorgen. Sie warten darauf, dass Vodloza ihre Vorfahren anruft, das ist sein Beruf. Auf einem großen weißen Schild stehen fette, rote, englische Wörter: VODLOZA, EINZIGSTER GUTER HEILER IN GANZ PARADISE UND UMGEBUNG KRIEGT ALLE SORGENHAFTEN SACHEN WIEDER HIN DIE IHNEN IM LEBEN WIEDERFAHREN KÖNNEN: BEHEXTHEIT, FLÜCHE, PECH, HURENDE GATTEN, KINDSLOSIGKEIT, ARMUT, BERUFSLOSIGKEIT, AIDS, WAHN, KLEINE PENISSE, EPILEPSIE, ALPTRÄUME, SCHLECHTE EHE / KEINE EHE, KONKURRENZ BEI DER ARBEIT, TERRORISIERUNG DURCH TOTE, PECH MIT VISAS BESONDERS NACH USA UND BRITANNIEN, UNVERSTÄNDIGE MENSCHEN IN IHREM LEBEN, VERSCHWUNDENE GEGENSTÄNDE IN IHREM HAUS USW. USW. USW. BITTE NUR DEVISEN.

Wir kommen am Spielplatz vorbei, und ich geh etwas langsamer, damit ich alles mitkriege. Sie spielen Andy-over, Bastard springt Seil, und die andern singen – er ist in einem Kochtopf nach Amerika und Kram. Sie gucken kurz zu uns rüber, und als wir nah dran sind, ruft Godknows, Darling! Samu sagt, sie kann dich verdreschen, willst du dich mit ihr prügeln, wenn du zurückkommst? Hast du gehört, die NGOs sind nächste Woche da? Kommst du mit nach Budapest?, dabei weiß er genau, dass er nicht mit mir sprechen soll, wenn ich mit Mother of Bones unterwegs bin. Ich will gerade meinen Finger auf den Mund legen, damit er still ist, da sagt Mother of Bones, ohne sich umzudrehen, Gib dich gefälligst nicht mit diesen kleinen Heiden ab hörst du?

Gleich hinter dem Spielplatz treffen wir Bornfree und Messenger, die stapelweise Plakate mit sich rumtragen. In ihren T-Shirts mit den kleinen weißen Herzen vorne drauf und dem Wort *Wandel* in Rot unter den Herzen machen sie auf Zwillinge. Sie lassen uns vorbei.

Guten Morgen, Mother of Bones, sagen sie gleichzeitig, wie eingeübt.

Auf Knochenjagd, Mother of Bones?, fragt Messenger. Er schenkt ihr ein Lächeln; ohne den einen schwarzen Zahn vorne wäre es ein schönes Lächeln. Zu mir sagen sie nichts, also gucke ich auf meine Füße, die sind jetzt rot eingestaubt; das kommt davon, wenn man Vaseline benutzt und keine Schuhe trägt.

Nein mein Sohn zum Haus des Herrn weißt du denn nicht was heute für ein Tag ist?, sagt Mother of Bones und geht weiter. Zu jedem sagt sie mein Sohn oder meine Tochter, bestimmt, weil sie nicht alle Namen behalten kann.

Na ja, dann hört dein Gott ja zu, denn der Wandel, nach dem alle rufen, ist gekommen, sagt Messenger. Er lächelt wieder; Messenger lächelt gern, als wenn das Leben richtig klasse ist, als wenn alles toll ist.

Stimmt genau, ihr werdet's sehen, fügt Bornfree hinzu. Er winkt mit seinem Stapel Plakate, und ich seh die Wörter *Wandel, Echter Wandel* vorne drauf. Seine Stimme ist forsch und frech und fröhlich, wie die rote Tinte auf seinen Plakaten.

Wir demonstrieren morgen, auf der Main Street, marschiert mit für den Wandel! Seid die Zukunft!, ruft Messenger uns nach. Wir hören sie pfeifen und den Wandel besingen, und in Nullkommanix hören wir auch die Kinder singen. Als ich mich umdrehe, haben alle mit Andy-over aufgehört und laufen Bornfree und Messenger hinterher. Heben die Fäuste. Laufen und hüpfen und singen, und das Wort *Wandel* hängt

in der Luft, als könnte man es greifen und in den Mund stecken und draufbeißen.
Das Weib von Lot hat sich ja umgedreht genau wie du und ist zu Salz erstarrt, sagt Mother of Bones, und ich lass es sofort sein, obwohl ich weiß, dass ich, Darling, niemals und unter gar keinen Umständen zu Salz erstarren werde.
Dummköpfe, sagt Mother of Bones. Sie geht etwas schneller, und ich muss laufgehen, um sie einzuholen. Was fällt denen ein den Löwen am Schwanz zu ziehen wissen sie denn nicht dass von Wagemut nur Knochen bleiben?, fährt sie fort. Jetzt dreht sie sich um, als wenn sie wirklich mit mir redet.
Morgen wirst du mich fragen wirst mich fragen was ich jetzt sage morgen wenn es wirklich Knochen gibt, sagt sie, und ich guck in den Himmel.
Wir gehen weiter und weiter, und die Sonne plättet und plättet und plättet uns. Als mir der Schweiß das Gesicht runterläuft, lass ich ihn tropfen, damit ich ihn mit der Zunge auffangen kann; er ist salzig und brennt. Unter dem Mopanebaum, wo wir bis vor Kurzem gemeindet haben, halten wir an, damit ich Mother of Bones den Schnürsenkel binden kann; das mach ich jedes Mal, bevor wir auf den Fambeki hochsteigen. An dem Mopanebaum hängt ein großes Schild mit einem Pfeil nach oben, zu unserer Kirche. Unter dem Pfeil stehen die Wörter HOLY CHARIOT CHURCH OF CHRIST – NICHT RÜCKWÄRTS, NICHT SEITWÄRTS, NICHT VORWÄRTS. SONDERN AUFWÄRTS, ZUM HIMMEL. AMEN! Das ist aus der Bibel, glaub ich, aber den Vers hab ich vergessen.
Mother of Bones singt jetzt schon ihr Lieblingskirchenlied, das singt sie immer auf dem Weg nach oben. Sie singt es falsch, weil sie nicht alle englischen Wörter kennt, weil sie nicht das richtige Englisch kann, weil sie nicht zur Schule gegangen ist, aber ich verbessere sie nicht, die Erwachsenen

lassen sich nichts sagen. In Wahrheit geht das Lied so: *Meine Sünden waren höher als ein Berg, da hat mich der Herr geheiligt*, nicht *gepeinigt*, wie Mother of Bones singt. Ich gehe nicht mehr zur Schule, die Lehrer sind alle zum Unterrichten nach Südafrika und Botswana und Namibia und so weiter, wo es mehr Geld gibt, aber was ich gelernt hab, das hab ich behalten.

Endlich oben auf dem Fambeki, hab ich Beine wie Blei, und mir ist schwindlig von der Sonne, und ich will nur sitzen, aber Mother of Bones singt und singt wie jemand, der nicht gerade auf einen Berg geklettert ist. Sie singt sogar noch lauter, sie will den Leuten zeigen, dass sie eine gute Christin ist. Nur drei Erwachsene sind da, Mr. Hove und seine hübsche Frau Mai Shingi und ein Mann in einem grünen Hemd, den ich noch nie gesehen hab, aber vielleicht ist er ein Verwandter von Mr. Hove, beide haben einen großen Kopf, der aussieht wie ein ZUPCO-Bus.

Ich setz mich zu den Kindern von Hove auf einen Stein, wie es von mir erwartet wird; als der kleine Junge lächelt und mir seinen Spielzeugsoldaten zeigt, kriegt er von mir aber die kalte Schulter, da merkt er sofort, dass er nicht mein Niveau hat. Und der Schwester mit der großen Nase zeige ich ein großes Stirnerunzeln, dann ist ihr klar, sie hat auch nichts zu melden.

Ihr seid also schon da seid heute vor mir da, sagt Mother of Bones zu den Erwachsenen. Sie sagt es wie bei einem Spiel, scherzmäßig, aber wenn man sie gut kennt, so wie ich sie kenne, weiß man, wie sauer sie ist, dass die andern vor ihr da waren. Mother of Bones will überall die Erste sein.

Schlag auf Schlag treffen die restlichen Kirchengänger ein und hecheln wie Hunde nach der Jagd. Am Frühankommen mag ich nur, dass ich zugucken kann, wie die fetten Erwachsenen den Berg hochrobben und dabei versuchen, in ihren fließenden Gewändern, die schon gar nicht mehr weiß sind, wie Engel auszusehen. Sie klatschen in die Hände und begrüßen sich im Namen des Herrn und Kram, die Frauen breiten ihre Ntsaroz aus und setzen sich auf die eine Seite und die Männer auf die andere, wie zwei verschiedene Flüsse, die nicht aufeinandertreffen dürfen. Chipo ist da mit ihren Großeltern, und ich hab die kleinen Hoves schon mit dem Ellbogen weggeschoben, damit sie neben mir sitzen kann. Dann kommt MaMoyo und drückt mir ihr Baby in den Arm, ohne zu fragen, ob ich es überhaupt halten will.

Ich kann Babys nicht ausstehen, also lächel ich nicht, als MaMoyos Baby mich anglotzt mit seinen irren Ochsenfroschaugen. Und dann ist es auch noch ein hässliches Baby und guckt so entsetzt, als wenn es gerade den Hintern von einer Schlange gesehen hat. Ich sehe das Muster von seiner Ringelflechte auf dem kahlen Schädel und den Schnodder in seiner Nase, und nein, mit dem will ich nichts zu tun haben. Ich flüster Chipo zu, ob sie ihn halten will, aber sie guckt mich nicht mal an.

Als garantiert keiner aufpasst, schneide ich Fratzen, um den Jungen zu erschrecken. Als er nicht weint, kneif ich ihm in den Arm. Das feiste Gesicht knautscht sich etwas zusammen, als wenn er noch überlegen muss, ob er überhaupt weinen soll, und als er mir zu lange grübelt, kneif ich heftiger. Diesmal platzt er brav vor Gebrüll, und Chipo und ich lächeln uns an. MaMoyo kommt ihn schnell holen, weil keine Frau vor der ganzen Gemeinde Schelte haben will.

Die Evangelisten und Prophet Revelations Bitchington Mborro kommen ganz zum Schluss, wie Chefpaviane. Die sehen vielleicht aus mit ihren bunten Kreuzen auf ihren Roben und ihren langen, gebogenen Stöcken, den Bärten und den Glatzen, die in der Sonne glänzen; man merkt genau, dass sie versuchen, den Stil von den Männern in der Bibel nachzumachen.

Heute trägt Prophet Revelations Bitchington Mborro eine nagelneue Robe, milchweiß mit grünen und roten Streifen an den Seiten. Er hat auch einen neuen Stock, und der sieht nicht aus wie bei den Evangelisten – er ist länger und dicker, damit kann man bestimmt richtig wehtun und fieses Zeug machen. Oben am Stock ist ein Kreuz in einem Kreis. Wenn die Evangelisten und Prophet Revelations Bitchington Mborro kommen, weiß man, dass es jetzt richtig losgeht, also steht eine große dünne Frau auf und fängt an, »Mikoro« zu singen, und ich will einfach nur sterben, weil mich dieses Lied so langweilt, das gibt's gar nicht.

Alle sind aufgestanden, singen und scharren und schwingen, singen und scharren und schwingen, als wäre der Geist in sie gefahren, aber mich hat er dann wohl übersprungen. Der Geist überspringt mich immer. Chipo schwingt auch, ihre Hände spielen mit ihrem Bauch, aber sie singt nicht. Und ich tu nur so für den Fall, dass Mother of Bones guckt, aber eigentlich beweg ich nur meine Lippen, weil das »Mikoro«-Lied überhaupt keinen Pepp hat. Außerdem wird da sowieso nur dieses *Mikoro, Mikoro* wiederholt, und die Frau, die das Lied anführt, übernimmt das ganze Singen und hat nicht mal die Stimme dafür, sogar ich kann besser singen, sogar eine Katze kann das besser. Ich guck zu MaMoyo rüber, und es überrascht mich gar nicht, dass Fratzenbaby bei dem Lied einschläft.

Zum Zeitvertreiben lass ich den Blick Richtung Paradise schweifen. Hier auf dem Fambeki komm ich mir vor wie Gott, der alles sieht. Paradise besteht nur aus Blech und liegt in der Sonne wie nasses Schaffell, das zum Trocknen an den

Boden genagelt wurde; die Hütten sind schlammbraun wie schmutzige Pfützen nach den Regenfällen. Die Hütten sind zwar schrecklich, aber von hier oben wirken sie viel besser, sogar fast schön, wie ein Gemälde.
Dann guck ich in den Himmel und seh ein Flugzeug ganz oben in den Wolken. Zuerst denk ich, es ist bloß ein Vogel, aber dann seh ich, nein, das stimmt nicht. Vielleicht ist es ein Flugzeug von British Airways wie das, mit dem Tante Fostalina nach Amerika geflogen ist.
So eins nehm ich auch, wenn ich zu Tante Fostalina nach Amerika fliege, flüster ich Chipo ins Ohr. Ich heb den Kopf, damit sie sieht, was ich meine, und sie folgt meinem Blick. Allerdings weiß ich nicht, warum ich nach Amerika British Airways nehmen soll, warum nicht American Airways?, sag ich, aber nicht mehr zu Chipo, sondern nur noch zu mir, weil ich nicht glaube, dass sie das versteht. Von hier aus wirkt der Himmel ziemlich nah, als wenn jemand Heiliges die Hand nach unten ausstrecken und Prophet Revelations Bitchington Mborro und den Evangelisten ihren Schweiß von den klitschnassen Köpfen wischen könnte. Gott hat Prophet Revelations Bitchington Mborro in einem Traum befohlen, dass er die Kirche nach hier oben verlegt; vielleicht wollte Gott ja, dass wir ihm näher sind, genau wie in dem Vers von Simon auf dem Berg.

Prophet Revelations Bitchington Mborro holt mich mit seiner Donnerstimme zurück, und da merk ich erst, dass die Singerei vorbei ist. Wenn Prophet Revelations Bitchington Mborros Stimme ein Tier wäre, dann wäre es groß und wild und würde Sachen umreißen. Früher, das hat er einmal erzählt, als wir noch unter dem Mopanebaum gemeindet haben, hatte er eine leise Stimme und hat sie auch nicht oft benutzt, weil er ein ängstlicher stiller Mann war, bis einmal nachts ein Engel zu ihm kam und sagte, Sprich, und da machte er den Mund auf, und es kam Donner raus.

Jetzt ist Prophet Revelations Bitchington Mborro schwer dabei, über Judas und Golgatha herzudonnern und das Kreuz und die beiden Diebe neben Jesus und das alles, wie einer, der dabei gewesen ist und alles gesehen hat. Wenn Prophet Revelations Bitchington Mborro in Form ist, bleibt er nicht auf der Stelle stehen. Er marschiert auf und ab wie auf heißen Kohlen. Er rudert mit den Armen, manchmal wedelt er mit dem Stock durch die Luft, und manchmal hüpft er rum, als wenn es ihn wo juckt, wo es keiner sehen kann. Hin und wieder ruft eine Frau Süüüüßer Jeeeeesus oder Hmmmm-hmmmm-hmmmm oder Herrlich, herrlich oder so, was bedeutet, dass der Geist sie berührt.

Prophet Revelations Bitchington Mborro ist jetzt in Schweiß gebadet, und seine Robe klebt ihm am Körper; man kann seine Brüste und Nippel sehen. Ich dreh mich zur Seite und seh Mother of Bones, die mächtig zuhört, sie hat die Augen halb geschlossen, den Kopf schräg und die Arme vor dem Bauch, als wenn ihr was wehtut. Drum herum nicken die Erwachsenen oder schütteln den Kopf, um zu zeigen, wie schrecklich das ist, was Prophet Revelations Bitchington Mborro da sagt, oder geben gurgelnde und stöhnende Laute von sich. Chipo neben mir schließt die Augen und macht ein Nickerchen. Meine Pobacken sind so steif, die könnten aus Stein sein.

Jetzt liest Prophet Revelations Bitchington Mborro aus seiner englischen Bibel, allerdings liest er wie ein Erstklässler. Wenn er überhaupt zur Schule gegangen ist, muss er eine absolute Hohlbirne gewesen sein, das merkt man an der Art, wie er liest, da liest ja sogar Godknows besser. Prophet Revelations Bitchington Mborro hält sich nicht lange mit der Bibel auf, vielleicht hat er Angst, über ein großes Wort zu stolpern, das er nicht aussprechen kann, und macht schnell mit dem Predigen weiter, was er sehr gut kann. Und dann fängt er an, in einer fremden Sprache zu sprechen, die keiner versteht. Die Leute klagen und klatschen und stöhnen.

Als die Mikoro-Frau Prophet Revelations Bitchington Mborro mit dem nächsten Lied unterbricht, donnert er einfach weiter, als wenn er sie gar nicht hört. Ihre Stimmen kreisen umeinander wie aufgescheuchte Hähne, und keiner gibt nach, da wird einem ganz schwindelig vom Zuhören, bis Prophet Revelations Bitchington Mborro irgendwann sagt, Ich befehle dem Teufel im Namen Jesu, die Klappe zu halten. Als die Mikoro-Frau verstummt ist, steck ich den Kopf unter die Achsel zum Kichern – die hat sich aufgeführt, als wenn Gott ihr gesagt hätte, sie wäre Celine Dion.

Nach dem Predigen lässt jemand eine große weiße Schüssel rumgehen für die Kollekte, und Destinys Mutter singt »Blessed Are the Givers«. Ihre Stimme ist leise und wunderhübsch und erinnert mich an die Frau in Budapest; so würde sie klingen, wenn sie singen würde. Das würde zu ihr noch besser passen als zu Destinys Mutter, aber um das Durcheinander auf ihrem Kopf müsste sie sich noch kümmern. Nach einer Weile kommt die Schüssel mit komischem Geld zurück, das ich noch nie gesehen hab, Destinys Mutter hört auf zu singen, dann kommt das Beichten der Sünden, und die mit den Sünden stehen auf.

Ich überleg, was ich sagen würde, wenn ich jetzt mit den Beichtern aufstehe, aber dann wird mir klar, dass ich keine Sünden habe. Prophet Revelations Bitchington Mborro geht rum und berührt die Sünder – sieben insgesamt, alles Frauen – mit seinem Stock an der Stirn, und dann besprenkelt er sie vor ihrer Beichte mit heiligem Wasser.

Simangele beichtet, dass sie letzte Woche dem Teufel nachgegeben und Vodloza um Hilfe gebeten hat, weil sie nicht mehr weiß, was sie mit ihrer eifersüchtigen Cousine machen soll. Sie sagt, ihre Cousine ist auch eine Hexe und schickt ihr Tokoloshen, weil sie ihren Tod will, um Simangeles Mann Lovemore zu bekommen. Irgendwo in der Nähe sagt eine Stimme, Mnnsss, geschieht dir recht, du meinst ja, deine Kaka stinkt nicht. Ich dreh mich nach der Stimme um, da krieg ich einen Blick von Chipos Schwester Constance, also wende ich mich schnell ab.
Wir warten darauf, dass Prophet Revelations Bitchington Mborro auf Simangele losgeht, weil sie einen Heiden aufgesucht hat, so nennt er Vodloza, da hören wir unten am Berg eine Frau schreien. Einige Erwachsene stehen auf, aber Prophet Revelations Bitchington Mborro herrscht sie an, dass sie sitzen bleiben sollen, dafür sollen sich alle Evangelisten in Jesu Namen erheben und wappnen, weil Gott ihm nämlich gesagt hat, dass der Teufel kommt.
Der Teufel ist eine Frau in einem lila Kleid, das ihr die Schenkel hochrutscht, sodass man perfekte, weiche Haut sieht wie bei einem Engel. Mehrere Männer tragen sie, ziemlich mühsam, bis ganz nach oben. Ich hab die Frau noch nie gesehen, die Männer auch nicht, aber sie ist so hübsch, da kann nicht mal Sbho mithalten. Sie hat glänzende lange Haare, die eigentlich nicht ihr gehören, aber sie sehen trotzdem gut aus, schöne Haut, weiße Zähne, und sie wirkt so wie eine, die sich gut ernährt. Das einzig Komische sind ihre Brüste – keiner braucht Brüste, die einzeln so groß sind wie der Kopf vom Fratzenbaby.
Man kann den weißen Slip von der Frau sehen mit den roten Küssen drauf, das ist ein richtig hübscher ohne ein einziges Loch. Die Evangelisten und Prophet Revelations Bitchington

Mborro brüllen schon Gebete, bevor sie überhaupt wissen, was los ist. Sie stürzen sich auf die Frau und halten sie am Boden fest. Sie strampelt und zuckt wie ein Fisch auf Sand, ganz klar will sie nicht, dass man sie so festhält, und sie schreit, sie sollen aufhören. Ich mach mir Sorgen um ihr Kleid und den Slip und dass ihre Haut Kratzer kriegt und um den ganzen Dreck, den die auf sie häufen. Die Männer, die die Frau hierhergebracht haben, stehen an der Seite und gucken zu.

Lasst mich los, ihr sollt mich loslassen, ihr Hurensöhne! Ihr kennt mich doch gar nicht!, schreit die Frau Prophet Revelations Bitchington Mborro und die Evangelisten an. Ihre Stimme klingt wütend, als wenn sie prügeln und töten könnte, aber die hören sie gar nicht; sie brüllen ihre Gebete. Ich wiederhole ihre Worte: Lasst sie los, ihr sollt sie loslassen, ihr Hurensöhne! Ihr kennt sie doch gar nicht! – aber nur still für mich.

Als Prophet Revelations Bitchington Mborro die Frauen auffordert, stehen sie auf und stellen sich wie eine Wand hinter ihn und die Evangelisten, singen und tanzen und schwenken Bibeln. Einige beten. Das müssen sie tun, damit der Heilige Geist auch richtig kommt, aber mit freundlichen, beherrschten Stimmen, damit sie nicht klingen wie die Heiden bei Vodloza. Ich hab schon mitbekommen, wie sie hinter Vodlozas Hütte die Vorfahren angerufen haben, die Heiden – bellende Trommeln und röhrende Männer und kreischende Frauen, hüpfende Leiber, sich windende Leiber, und manchmal fallen auch Kleider.

Die hübsche Frau schreit weiter, dass die Hurensöhne aufhören sollen, aber die Hurensöhne machen weiter. Ich such ihren Blick und will ihr zeigen, dass ich nicht mitmache, dass ich auf ihrer Seite bin, aber sie ist voll mit Treten und

Schreien beschäftigt und sieht mich gar nicht. Die Gebete werden immer lauter, manche beten richtig, manche in fremden Sprachen, manche singen.
Dann hebt Prophet Revelations Bitchington Mborro beide Hände, damit alle schweigen. Er zeigt mit seinem Stock auf die hübsche Frau und befiehlt dem Dämon in ihr, in Jesu Namen zur Hölle zu fahren, mit genau diesen Worten und seiner allerlautesten Stimme. Er sagt noch mehr zu dem Dämon und beleidigt ihn sogar. Als nichts passiert, wischt er mit dem Ärmel über seine Stirn, wirft den Stock zur Seite und springt auf die Frau drauf wie Hulkogen oder so und zerquetscht ihre Hügel unter sich.
So betet Prophet Revelations Bitchington Mborro für die Frau, hält sie fest und ruft nach Jesus und schreit Bibelverse. Er legt seine Hände auf ihren Bauch, auf ihre Schenkel, und dann legt er seine Hände auf ihr Ding und fängt an zu rubbeln und ganz doll dafür zu beten, als wenn damit was nicht stimmt. Sein Gesicht strahlt, es leuchtet. Die hübsche Frau sieht jetzt aus wie ein Lappen, das Hübsche ist weg, ihre Kraft auch. Ich suche ihren Blick nicht mehr, sie soll nicht sehen, wie ich sie in dem Zustand beobachte. Chipo wacht gerade auf und guckt sich um wie jemand, der verloren gegangen ist und sich gerade wiedergefunden hat.
Das hat er gemacht, genau das, sagt Chipo und schüttelt meinen Arm, dass er fast abbricht. Zum allerersten Mal seit ganz langer Zeit spricht Chipo, als hätte sie irgendwie den Heiligen Geist empfangen oder so was. Ihre Stimme ist schrill in meinem Ohr. Um uns herum werden die Gebete lauter; alle sind aufgeregt, weil Prophet Revelations Bitchington Mborro die Frau zur Vernunft gebracht hat. Die Männer, die sie hochgetragen haben, sind froh, vor allem der große, der sich so aufführt wie ihr Mann, die Gemeinde ist froh, Mother of Bones

ist froh, aber ich bin traurig, weil die hübsche Frau unter Prophet Revelations Bitchington Mborro liegt wie Jesus, nachdem sie ihn verdroschen und ans Kreuz genagelt haben. Das hat er gemacht, mein Großvater, ich bin gerade rein von der Bin-Laden-Suche, und meine Großmutter war nicht da, und mein Großvater war da, und er hat mich genommen und mich genau so festgehalten und meinen Mund zugehalten, und er war so schwer wie ein Berg, sagt Chipo, und die Worte purzeln aus ihr raus wie bei Mother of Bones. Ich seh sie an, und sie hat einen Blick, wie ich ihn noch nie gesehen hab, einen Blick voll mit Schmerz. Ich will lachen, weil sie ihre Stimme wiederhat, aber ihr Gesicht verwirrt mich, und ich seh auch, dass sie was von mir hören will, vielleicht was Wichtiges, also sag ich, Wollen wir Guaven klauen?

3 LANDSPIEL

In Shanghai, das ist einfach nur verrückt; Maschinen klauben Zeug mit ihren schrecklichen Mäulern, Maschinen schinden die Erde, Maschinen malmen Steine, Maschinen rülpsen Rauchwolken, Maschinen bügeln den Boden. Überall Maschinen. Die Chinesen rennen durcheinander in oranger Montur und gelben Helmen; es sind gar nicht so viele, aber wie sie hier rumwieseln, könnte man sie für ein Maisfeld halten. Und dann gibt es noch die Schwarzen, die normal angezogen arbeiten – in zerschlissenen T-Shirts, Unterhemden, Shorts, am Knie abgeschnittenen Hosen, Overalls, Flipflops, Turnschuhen.

Wir stehen eine Weile am Eingang, unter dem riesigen roten Schild mit der hübschen fremden Schrift, die wir nicht lesen können. Normalerweise gehen wir nicht nach Shanghai wegen dem weiten Weg, aber heute hat uns Sbhos Großmutter MaS'banda hergeschickt, damit wir diesen Moshe nach Paradise holen, der arbeitet hier; sie will mit ihm reden, worüber, wissen wir nicht. Um hierherzukommen, muss man an Budapest vorbei, auf die Masiyephambili Road und so lange Richtung Osten, bis man zu dem eingezäunten Steinbruch kommt, wo sie vor Kurzem versucht haben, Diamanten zu schürfen, bis die Soldaten die Leute verjagt haben. Shanghai ist auf der anderen Seite vom Steinbruch, hinter einem Busch.

Das haben sie alles geschafft?, fragt Sbho ganz ehrfürchtig. Kaum zu glauben, wie weit die schon sind. Als wir das letzte Mal hier waren, hatten sie gerade mal das Gras niedergebrannt und brachten die Maschinen rein und so Zeug. Jetzt steht da dieses Häuserskelett, das aussieht, als möchte es Gott ins Gesicht rülpsen.

Ja, hab ich euch nicht gesagt letztes Mal, dass China ein großer Hund ist? Hab ich gelogen? Ist das nicht alles riesig hier?, fragt Bastard zufrieden. Er schwenkt den Arm, als hätte er die zum Bauen hierhergeschickt, als wären das seine Chinesen, die nur auf seine Anweisungen warten.
Und wenn sie fertig sind, sagt Bastard, wird das hier richtig irre, werdet ihr schon sehen. Sagt nicht, ich hab's euch nicht erzählt.
Du tust so, als wenn sie dir dein Haus bauen, sagt Stina.
Na und! Mega. Mega, mega, mega. Bastard singt das Wort wie ein Lied. Er geht auf das Gebäude zu, und wir folgen ihm.
Auf der Baustelle müssen sich die Männer anschreien. Das klingt alles wie Unsinn, wie Menschen, die in Zungen beten; da ist Chinesisch bei und unsere Sprachen und Englisch gemischt mit anderen Sachen und der Krach von den Maschinen. Weil die Männer sich nicht richtig verstehen, helfen sie mit Händen und Werkzeugen nach, die sie andauernd wie Wörter in die Höhe heben. Als wir uns den Schwarzen nähern, die Erde in Schubkarren schaufeln, gucken uns einige von ihnen an. Sie sehen aus wie Leute, die schon ihr ganzes Leben lang im Dreck spielen – der ist überall, an ihrer Kleidung, in ihren Haaren. Sie sehen nicht aus, wie Erwachsene immer versuchen auszusehen, als wenn sie das Sagen haben, deshalb tun sie uns ein bisschen leid.
Wir stehen neben den Rohren, und Bastard brüllt, dass wir zu Moshe wollen. Wir kriegen keine Antwort, aber dann brüllt der Pechschwarze, der nur aus Muskeln besteht, wir sollen verschwinden. Moshe ist vor ein paar Tagen nach Südafrika, sagt er und gräbt weiter.
Recht hat er, sagt Bastard.
Wer?, fragt Sbho.
Moshe.

Womit?
Südafrika. Das würde ich auch machen, statt in diesem kaka Loch zu arbeiten und mich dreckig zu machen. Die sehen doch alle aus wie Schweine, sagt Bastard und lacht.
Wir warten noch ein bisschen rum, aber weil sonst keiner mehr mit uns spricht, lassen wir die Männer stehen. Als wir zu dem Zelt neben dem großen, gelben Bagger kommen, halten wir an und gucken rein. Wir gucken und sehen aber nichts, weil es dunkel ist im Zelt, und da erwischt uns so ein fetter Chinese, als der rauskommt und sich den Gürtel strammzieht. Bestimmt ist er der Vorarbeiter, im Gegensatz zu den anderen trägt er eine richtige Hose, Hemd, Jacke und Schlips.
Jetzt ist die Überraschung groß – er ist ganz klar überrascht, dass wir geguckt haben, und wir, dass er uns erwischt hat, aber noch mehr, weil er so fett ist; die anderen chinesischen Arbeiter hier sind nicht mal halb so breit, was hat der für ein Problem? Und dann setzt er noch einen drauf, fängt mit seinem Chingchong an, als wenn er bei seiner Großmutter im Hof steht. Er chingchongt sein Chingchong, und dann Schluss, mit so einer Pause, dass man merkt, er wartet auf eine Antwort. Chipo kichert.
Der spinnt, sagt Stina.
Ja, irgendjemand hat Fat Mangena hier erzählt, dass bei uns jetzt Chinesisch gesprochen wird.
Guckt euch diesen Trommelbauch an. Als hätte er ein Land verschluckt.
Während wir da rumstehen, kommen auf einmal zwei schwarze Mädchen mit Skinny Jeans und Highheels und Extensions raus. Wir vergessen Fat Mangena und beobachten, wie sie an uns vorbeiwackeln, und die große blaue Handtasche von der Dünnen streift mich an der linken Seite. Die haben beide dasselbe Bling-Bling um den Hals hängen wie Schlingen. Sie

wackeln am Bagger vorbei, an den Kieshaufen, an den Grüppchen von Männern, die aufhören zu arbeiten und die Mädchen angaffen, bis sie endlich raus sind aus Shanghai und an der Hauptstraße hinter der Biegung verschwinden.
Also, ihr wollt was?, fragt uns ein anderer, normal großer Chinese, der jetzt neben Fat Mangena steht, langsam auf Englisch. Der hier ist Arbeiter; sein Gesicht ist dreckig, er trägt Helm und Montur in Orange und hält in der einen Hand ein Seil und in der anderen eine Zigarette. Wir sehen zu, wie er zieht, pustet, zieht, pustet.
Was bauen Sie hier? Eine Schule? Wohnungen? Ein Krankenhaus?, fragt Stina.
Wir bauen für euch großes, großes Shopping Center. Viel schöne Geschäfte drin, Gucci, Louis Vuitton, Versace und so weiter so weiter. Gutes Center, groß, sagt der Chinese, schnippt Asche von seiner Zigarette und guckt zum Bau hoch. Wir lachen, und er lacht auch, und Fat Mangena lacht mit.
Gebt uns ein paar Zhing-Zhongs. Die haben wir schon mal bekommen, sagt Godknows, ohne lange zu fackeln.
Beim letzten Mal haben sie uns eine schwarze Plastiktüte mit lauter Zeug gegeben – Uhren, Schmuck, Flipflops, Batterien –, aber genau wie die Schuhe, die Mutter mir mal gekauft hat, war das alles billiges Kaka und hat nur ein paar Tage gehalten. Dazu gab es allerdings noch komisch geformte braune Dinger in Plastikfolie, die waren ganz spannend. Knusprig und mit kleinen weißen Überraschungszetteln innen drin. Auf dem von Godknows stand *Wenn du eine Schachtel Glückskekse verspeist, ist alles möglich*. Auf Bastards *Deine Talente werden erkannt und angemessen gewürdigt werden*. Bei Chipo stand *Wenn ich hervorbringe, was in mir steckt, wird mich retten, was ich hervorbringe*. Sbho hatte *Das Nachtleben gehört dir*. Bei Stina stand *Ein neues Paar Schuhe wird Wunder*

wirken; Glückszahlen 7, 13, 2, 9, 4. Und auf meinem *Deine Zukunft wird glücklich und fruchtbar sein*.
Ihr bekommt ein Mal ist genug. Jetzt ihr wollt Made in China, ihr dafür arbeiten, nichts umsonst, sagt der Chinese.
Na ja, ihr seid hier in unserm Land, das zählt ja auch was, sagt Stina.
Wollt ihr, dass wir nachts herkommen und alles vollkoten? Oder klauen?, fragt Godknows, und der Chinese lacht so, dass man merkt, der hat kein Wort verstanden. Dann fangen er und Fat Mangena an, echt verschärft zu chingchongen, und da wissen wir, dass sie über was anderes reden. Wir warten, bis es uns reicht, bis Stina sagt, Hauen wir ab, aus denen holen wir nichts mehr raus.
Auf dem Weg raus aus Shanghai buhen und brüllen wir. Wenn die Maschinen nicht so einen Krach machen würden, könnten die Chinesen hören, wie wir ihnen raten, unser Land zu verlassen und zu bauen, wo sie hergekommen sind, wie wir ihnen sagen, dass wir ihr kaka Center nicht brauchen und sie nicht mal unsere Freunde sind. Wir brüllen immer noch, als wir bei den Schwarzen vorbeigehen, aber dann kommt der mit den Muskeln auf uns zu, als wenn der Chinese ihn zum Aufseher gemacht hätte, und packt sich uns riesengroß in den Weg. Er sagt kein Wort, aber an seinem Gesicht merkt man, dass er einen Felsen so kneifen könnte, dass der zusammenzuckt, also halten wir auf der Stelle den Mund und verlassen still Shanghai.

Okay, folgendermaßen: China ist ein roter Teufel, der Leute fressen will, damit er fett und stark wird. Und wir müssen entscheiden, ob er direkt bei Leuten einbricht oder ihnen bloß im Wald auflauert, sagt Godknows.
Das passt doch überhaupt nicht zusammen. Wozu soll er fett

und stark werden, wenn er ein Teufel ist? Ist er das nicht dann schon?, frag ich.
Wir sind wieder in Paradise und versuchen uns jetzt ein neues Spiel auszudenken. Das ist wichtig, damit uns die alten Spiele nicht zu Tode langweilen, aber einfach ist das auch nicht, weil wir diskutieren und sehen müssen, ob es hinhaut. Bastard ist dran mit Bestimmen, und nach heute Vormittag will er immer noch, dass das neue Spiel mit China zu tun hat, keine Ahnung, wieso.
Ich finde, China sollte wie ein Drache sein, sagt Bastard. Dann wird es ein richtiges Ungeheuer, das immer gewinnt.
Ich finde, es sollte ein Engel sein, sagt Sbho, mit so Superkräften, dass es lauter irre Sachen machen kann, damit sich alle bei ihm Hilfe holen und zum Beispiel betteln oder tanzen, um ihn zu beeindrucken, und *China China mujibha, China China wo!* singen. Sie tanzt jetzt zu ihrem doofen Lied und findet sich ganz klar toll. Zum Schluss macht sie zweimal Radschlag, und wir können kurz ihre rote Unterhose sehen.
Was machst du denn da?, fragt Bastard.
Genau, setz dich hin, das ist doch kaka, wer spielt denn so einen Quatsch? Also ich, ich mal jetzt das Landspiel auf, sagt Godknows und nimmt einen dicken Stock.
Kurz darauf malen wir alle das Landspiel auf den Boden, das geht heute richtig gut, weil die Erde nach dem Regen gestern genau perfekt feucht ist. Fürs Landspiel braucht man zwei Kreise: einen großen äußeren und innen drin einen kleinen, wo der Ausrufer steht. Man teilt den äußeren Kreis nach der Anzahl der Mitspieler auf und kriegt dadurch so schöne, saubere Spielfelder. Dann nimmt sich jeder einen Abschnitt und schreibt einen Landnamen rein, darum heißt es Landspiel.
Aber vorher müssen wir uns um die Namen streiten, weil

alle bestimmte Länder sein wollen, also, alle wollen USA sein und England und Kanada und Australien und Schweiz und Frankreich und Italien und Schweden und Deutschland und Russland und Griechenland und so weiter. Ein Land-Land eben. Wer den Kürzeren zieht, muss sich mit Dubai und Südafrika und Botswana und Tansania und so was zufriedengeben. Kein Land-Land, aber das Leben ist besser als hier, das schon. Keiner will so ein lumpiges Land sein wie Kongo, Somalia oder Irak, wie Sudan, Haiti oder Sri Lanka oder auch das, in dem wir leben – wer ist schon gern ein schrecklicher Ort mit Hunger und Zerfall in jeder Ecke?

Wenn ich Glück habe, wie heute zum Beispiel, darf ich USA sein, das ist ein Land-Land; weiß schließlich jeder, dass USA der Obermacker auf der Welt ist. Für mich ist das jetzt mein Land, weil meine Tante Fostalina da wohnt, in Destroyedmichygen. Wenn sie ihre Sachen auf die Reihe gekriegt hat, kommt sie mich holen, dann wohne ich auch da. Sind die Namen dann verteilt, bestimmen wir den ersten Ausrufer. Der Ausrufer ist der in dem kleinen inneren Kreis, der das Spiel beginnt. Alle andern stehen im äußeren Kreis, mit einem Fuß in ihrem Land und dem andern draußen.

Dann ruft der Ausrufer ein Land aus, und das Spiel geht los. Der Ausrufer ruft aber nicht irgendein Land aus; er muss eins nehmen, das ihm später nicht gefährlich werden kann. Das ist wie im Krieg. In einem Krieg bekämpft man ja auch nicht einfach jemand Stärkeren, denn dann kriegt man den Arsch voll. Beim Landspiel genauso, am besten, man ruft jemand aus, der langsam ist und einen nicht schlagen kann. Wenn der Ausrufer ausruft, hauen wir ab, als wenn die Polizei persönlich hinter uns her wäre, außer das Land, das ausgerufen wurde; das rennt direkt in den inneren Kreis und ruft Stopp-stopp-stopp!

Wenn alle stehen, überlegt das neue Land im inneren Kreis, wen es auszählt. Beim Auszählen muss man mit höchstens drei Sprüngen bei einem Land draußen sein. Am besten, man nimmt das Land, das nah am äußeren Kreis dran ist, also den, der nicht so schnell weggerannt ist – da kann man schön gleichmäßige Sprünge machen; das andere Land ist dann ausgezählt, muss sich hinsetzen und zugucken. Aber wenn man als neues Land im inneren Kreis niemand in drei Sprüngen auszählen kann, weil man die anderen Länder nicht schnell genug gestoppt hat, bestimmt man den nächsten Ausrufer und ist raus aus dem Spiel. So geht es weiter, bis nur noch ein Land übrig ist, und das hat gewonnen.
Wir sind mitten im Spiel, und es wird gerade richtig spannend. Sudan und Kongo und Guatemala und Irak und Haiti und Afghanistan sind ausgezählt, sitzen an der Grenze und gucken den Länder-Ländern zu. Gerade laufen wir vor Nordkorea weg, da sehen wir, wie der große NGO-Laster am Fambeki vorbeifährt und auf uns zukommt. Wir hören sofort auf zu spielen und fangen an mit Singen und Tanzen und Hüpfen.
Am liebsten würden wir dem Lastwagen entgegenlaufen, aber das geht nicht. Beim letzten Mal waren die NGO-Leute so sauer, als hätten wir ein Verbrechen gegen die Menschlichkeit begangen. Also singen wir und warten, bis der Laster zu uns kommt. Das Warten tut weh; wir sehen, wie er immer näher kommt, aber gleichzeitig wirkt er weit weg, als wenn er gar nicht hier wäre, sondern irgendwo anders feststeckt, in einem anderen Land. Wir wissen, der Laster hat Geschenke, darum ist es so schwer, zu warten und ihm beim Kriechen zuzugucken.
Diesmal sind die NGOs spät dran; sie sollten letzten Monat am Fünfzehnten kommen, der Monat ist vorbei, und jetzt ist schon der nächste Monat. Wir haben den Spielplatz geräumt,

weil der Laster sich hier hinstellen wird. Endlich kommt er, Staub schnaubend wie ein wütendes Ungeheuer. Jetzt singen und schreien wir, als wären wir echt durchgedreht. Wir blecken die Zähne und recken die Arme. Mit den Füßen scharren wir die Erde auf. Wir blinzeln durch den Staub und starren auf die Wagentüren und warten darauf, dass die NGOs rauskommen, hören aber nicht auf mit Singen und Tanzen. Wenn wir uns ins Zeug legen, sind sie nämlich beeindruckt und schenken uns vielleicht noch was und dann noch was und noch was, bis wir sagen, Bitte, NGOs, erschlagt uns nicht mit euren Geschenken!

Die NGO-Leute steigen aus, alle fünf. Es sind drei Weiße, zwei Frauen und ein Mann, denen sieht man gleich an, dass sie nicht von hier sind, und Sis Betty, die ist von hier. Sis Betty spricht unsere Sprachen, ich glaub, sie hat die Aufgabe, uns den Weißen zu erklären und die Weißen uns. Und der Fahrer ist wahrscheinlich auch von hier. Abgesehen davon, dass er fährt, sieht er nicht wichtig aus. Außer ihm tragen alle Sonnenbrillen. Augen gucken uns an, und wir können sie nicht richtig sehen, weil sie sich hinter einer Wand aus schwarzem Glas verstecken.

Die eine Frau versucht, uns in unserer Sprache zu begrüßen, und stottert so, dass wir lachen und lachen, bis sie es einfach auf Englisch sagt. Sis Betty erklärt uns die Begrüßung, obwohl wir sie verstanden haben, sogar ein Baum weiß, dass *Hallo, Kinder* »Hallo, Kinder« heißt. Wir sind jetzt so aufgeregt, wir klatschen in die Hände, aber die andere, die kleine hübsche Frau, winkt, damit wir uns setzen, wobei der Glitzer auf ihren Ringen in der Sonne funkelt.

Sobald wir sitzen, fängt der Mann mit seiner großen Kamera an zu fotografieren. Die machen einfach gern Fotos, diese NGO-Leute, wie echte Freunde und Verwandte irgendwie, die sich später zu Hause mit ihren anderen Freunden und Verwandten die Bilder angucken, auf uns zeigen und unsere Namen sagen. Es schert sie nicht, dass der Dreck und die zerfetzten Kleider uns peinlich sind, dass es uns lieber wäre, wenn sie das sein lassen; sie knipsen trotzdem, knips knips knips. Wir meckern nicht, weil wir wissen, dass nach dem Knipsen die Geschenke dran sind.

Dann will der Kameramann, dass wir aufstehen, und es geht weiter. Er verlangt nicht, dass wir *cheese* sagen, also machen wir es nicht. Als er Chipo mit ihrem Bauch sieht, steht er so verdattert da, dass ich denke, gleich lässt er die Kamera fallen. Dann erinnert er sich, was er hier wollte, und legt wieder los, diesmal mit ganz viel Fotos von Chipo. Als wenn sie plötzlich Paris Hilton wäre, die ganze Zeit klick-blitz-blitz-klick. Als er gar nicht mehr aufhört, dreht sie sich um, stellt sich an die Seite und runzelt die Stirn. Das weiß ja sogar ein Backstein, dass Paris keine Paparazzi mag.

Jetzt stürzt sich der Kameramann auf den schwarzen Hintern von Godknows. Bastard zeigt drauf und lacht, und Godknows dreht sich um und hält die Löcher in seinen Shorts mit den Händen zu wie der nackte Mann aus der Bibel, aber ganz kann er seine Nackigkeit nicht verbergen. Alle lachen wir Godknows aus. Als der Kameramann sich Bastard vornimmt, zieht der seinen Hut und lächelt, als wenn er irgendwie attraktiv wäre. Und posiert dann rum: spannt die Muskeln an, stemmt die Hände in die Hüften, macht das V-Zeichen, setzt ein Knie auf den Boden.

Du darfst nicht lachen oder grinsen. Gar nichts von dem ganzen Blödsinn, sagt Godknows.

Du bist ja bloß neidisch, weil sie bei dir nur den Hintern draufhaben. Deinen dreckigen, rissigen, kaka Hintern, sagt Bastard.

Bin ich nicht. Worauf sollte ich neidisch sein, du Fratze?, fragt Godknows, auch wenn er dafür eine gewischt kriegen kann.
Ich mach, was ich will, Schwarzarsch. Außerdem will ich, dass sie mich sehen, wenn sie da drüben meine Bilder angucken. Nicht meinen Hintern, nicht meine dreckigen Klamotten, sondern mich.
Wer guckt sich denn deine Bilder an?, frag ich. Wer soll unsere Bilder sehen? Aber keiner antwortet.
Nach den Fotos die Geschenke. Zuerst versuchen wir, uns ordentlich anzustellen wie Ameisen auf dem Weg zur Hochzeit, aber dann machen sie den Laster hinten auf, und plötzlich sind wir wie schwirrende Schmeißfliegen. Wir drängeln, wir schubsen, wir kreischen, wir brüllen. Wir torkeln mit ausgestreckten Armen nach vorn. Wir wollen greifen und schnappen und hamstern. Die NGOs stehen nur da und gaffen. Dann ruft die große Frau mit dem blauen Hut: Verzeihung! Ordnung! Ordnung, bitte!, aber wir lachen bloß und hechten und wogen und drängeln und johlen, als wenn wir nicht mal gesprochene Sprache verstehen. Wir passen aber auf, dass wir sie nicht anfassen, man merkt, dass sie uns zwar Sachen schenken wollen, aber anfassen oder angefasst werden lieber nicht.
Die Erwachsenen sind aus ihren Hütten gekommen und stehen etwas abseits wie aus dem Landspiel rausgezählt. Sie sagen nicht, wir sollen mit dem Drängeln aufhören. Sie sehen uns nicht an mit sprechenden Augen. Wir wissen aber, dass sie ohne die NGOs zu Gerten greifen oder mit bloßen Händen auf uns einprügeln würden, dass wir uns ohne die NGOs sowieso nie so aufführen würden. Aber jetzt sind die NGOs mal da, und so lange haben unsere Eltern nichts zu melden. Schließlich bringt Sis Betty uns zum Schweigen, sie schreit

uns an, aber in unserer Sprache, vielleicht, damit die NGO-Leute nichts verstehen.
Was soll das, masascum evanhu imi? Liyahlanya, meint ihr, diese teuren Weißen kommen extra aus Übersee ipapa, damit ihr euch wie Paviane aufführt? Wollt ihr mir Schande machen, hm? Futsekani, kaspert hier nicht so rum, zinja, benehmt euch auf der Stelle, sonst steigen wir ins Auto und fahren jetzt gleich mit dem ganzen Krempel weg!, sagt sie. Dann dreht sich Sis Betty zu den NGOs um und lächelt sie mit ihrer Zahnlücke an. Sie lächeln zufrieden zurück. Vielleicht meinen sie, dass sie uns ganz viel Gutes über sie erzählt hat.
Wir drängeln nicht mehr, hauen nicht mehr, schreien nicht mehr. Wir stellen uns wieder in eine ordentliche Schlange und warten geduldig. Die Schlange bewegt sich so langsam, dass ich kreischen könnte, aber am Ende kriegen wir alle unsere Geschenke und sind glücklich. Jeder von uns kriegt ein Spielzeuggewehr, ein paar Süßigkeiten und was zum Anziehen; ich krieg ein T-Shirt mit dem Wort *Google* vorne drauf und ein rotes Kleid, das unter den Achseln kneift.
Viel danke, sag ich zu der hübschen Frau, die mir meine Sachen gibt, um ihr zu zeigen, dass ich Englisch kann. Sie sagt nichts zurück, als hätte ich irgendwie nur gebellt.
Sobald wir unsere Sachen haben, sind die Erwachsenen an der Reihe. Sie bilden ihre Schlange und versuchen, gleichgültig zu gucken, als hätten sie eigentlich was Besseres zu tun. In Wahrheit meckern sie andauernd, dass die NGOs sie vergessen haben, dass sie öfter kommen sollten, NGO hier und NGO da, als wenn die NGOs irgendwie ihre Eltern wären. Kurz darauf kriegen die Erwachsenen Päckchen mit Bohnen und Zucker und Maismehl, aber an ihren Gesichtern merkt man, dass sie nicht zufrieden sind. Sie gucken die winzigen Pakete

an wie etwas, das sie gar nicht haben wollen und das ihnen peinlich ist, aber am Ende drehen sie sich um und gehen mit den Sachen in ihre Hütten zurück.
Nur MotherLove stellt sich nicht in die Schlange. Sie steht da wie ein Baobab in ihrem bunten Kleid mit den vielen Sternen und sieht sich das Ganze von der Seite an. In ihrem Gesicht ist Traurigkeit. Die eine NGO-Frau nimmt ihre Sonnenbrille ab und winkt MotherLove, aber MotherLove steht nur da und winkt nicht zurück, lächelt nicht, gar nichts. Sis Betty hält ein paar Päckchen hoch.
Hawu, MotherLove!, gurrt Sis Betty so komisch wie jemand, der ein dummes Kind locken will. Komm doch, bantu, siehst du denn nicht, dass wir dir Geschenke bringen? Die NGOs halten MotherLove auch Päckchen hin, und die beiden weißen Frauen blecken sogar die Zähne wie grinsende Hunde. Alle warten ab, was MotherLove macht. Sie dreht sich um und schreitet davon mit geradem Kopf, klimpernden Armreifen und glänzenden Sternen, und nachdem sie verschwunden ist, riecht man noch immer ihren Zitronenduft.
Als der NGO-Laster am Ende wegfährt, starten wir durch und rennen hinterher; wir haben, was wir wollten, und scheren uns nicht drum, wie sie uns haben wollen. Wir winken mit unseren Spielzeuggewehren und Geschenken und brüllen, was sie uns nächstes Mal mitbringen sollen: Schuhe, All Stars, Bälle, Handys, Kuchen, Unterwäsche, Getränke, Kekse, US-Dollars. Das Gestöhne vom Laster ertränkt unsere Stimmen, aber wir rennen und rufen trotzdem weiter. An der Mzilikazi halten wir an, weil wir ja nicht auf die Straße dürfen. Sbho schreit, *Nehmt mich mit!*, und dann schreien wir das alle, schreien und schreien, als hätte jemand verraten, dass der Laster umkehrt und den mitnimmt, der am lautesten schreit.

Der Lastwagen wird kleiner und kleiner und am Ende ein Punkt, und als er weg ist, kehren wir um und gehen zur Siedlung zurück. Wo der Laster jetzt weg-weg ist, schreien wir nicht mehr. Wir sind still wie Gräber, traurig wie die Erwachsenen, wenn sie ihre Toten begraben haben. Dann sagt Bastard, Los, wir spielen Krieg, und schon laufen wir und legen uns gegenseitig um mit unseren nagelneuen Spielzeuggewehren aus Amerika.

4 ECHTER WANDEL

Die Erwachsenen bereiten sich aufs Wählen vor, darum ist gerade alles anders in Paradise. Als wir aufwachen, haben sich die Männer schon unter der Jacaranda versammelt, aber diesmal hocken sie nicht überm Damebrett, nein. Sie sitzen aufrecht, Brust raus, Kopf hoch. Sie haben ihre Hemden an und ihr Haar gekämmt und sehen wieder aus wie richtige Leute.

Wir gehen vorbei, und sie lächeln und winken, als wenn sie uns tatsächlich sehen können und jetzt irgendwie mögen, uns, ihre neuen Freunde. Wir sind überrascht, dass sie noch wissen, wie man lächelt, aber wir lächeln nicht zurück. Wir stehen einfach da und sehen sie vorsichtig an, ihre Haare, die oben aus dem Hemd gucken, ihre Stirnen, die sich jederzeit furchen können, ihre Augen, die sich immer in Blitze verwandeln, wenn sie wütend sind, die Backsteine in ihren Armen, die uns schon verprügelt haben, und wir wissen, ihr Lächeln bedeutet nichts.

Jetzt reden die Männer, und ihre Stimmen brennen in der Luft, dass es qualmt. Wir hören Wandel, neues Land, Demokratie, Wahlen und was noch.

Sie reden und reden, die Männer, lecken sich die Lippen und gucken auf ihre toten Armbanduhren und schütteln ihre Hände und klopfen sich auf die Schultern und lachen, als hätten sie Donner verschluckt. Wir hören zu, und dann wird uns das Zuhören zu anstrengend, aber an ihren Gesichtern und ihren Stimmen merkt man, dass es was Gutes ist, worüber die Männer reden.

Die Frauen: Als die Frauen die Männer hören, kichern sie. Jetzt funkelt es fast hübsch in den Augen der Frauen, und wenn man sie so anguckt, merkt man, dass sie versuchen, schön auszusehen. Geschminkte Lippen. Frisierte Haare. Eine rosa Schleife am Kleid, direkt über der linken Brust. Breiter Taillengürtel. Ein Armreif aus rostigem, verdrehtem Draht. Ein Pelzmantel, dem der Pelz fast ganz ausgefallen ist. Eine hinters Ohr geklemmte Blume. Von rotglühendem Stein geglättete Haare. Ohrringe aus bunten Samen. Auf einen Rock genähte farbige Stoffflicken. So haben wir die Frauen schon ganz lange nicht mehr gesehen, sie sind eigentlich zum Liebhaben schön.

Was passiert, wenn die Erwachsenen wählen gehen?, fragt Godknows. Wir hängen gerade die Plakate mit *Wandel, Echter Wandel* auf, worum Bornfree und Messenger uns gebeten haben. Wir sollen eins an jede Hüttentür hängen, um die Leute daran zu erinnern, dass sie am Achtundzwanzigsten wählen gehen sollen.

Hast du den Erwachsenen nicht zugehört?, fragt Sbho. Dann gibt es Wandel.

Ja, schon, aber was ist das genau, dieser Wandel?, fragt Godknows. Er hat eben ein Plakat aufgehängt und starrt drauf, wie in die Augen von einem Menschen. Sbho will was sagen, bückt sich dann aber nach einem kaputten Spiegel, bewundert sich selbst und lächelt.

Wir hängen weiter die Plakate auf, dabei ist uns der Wandel ja eigentlich egal, wir machen das nur, weil Bornfree sagt, dass er hinterher Chinesische Yams für uns hat. Vielleicht gehen wir zu Green Zonke und kaufen uns was mit den Yams. Ich hab noch nie chinesisches Geld gesehen, aber deren Schuhe sind einfach kaka; die hab ich nur vier Mal getragen, und dann waren sie Schrott.

Also, ich werde irgendwann Präsident, sagt Bastard. Wir ha-

ben die meisten Plakate aufgehängt und sind jetzt bei den letzten Hütten, Richtung Heavenway-Friedhof.
Präsident wovon?, frag ich.
Präsident von einem Land, diesem Land, sagt Bastard. Was glaubst du denn, du Esel?
Aber um Präsident zu werden, muss man ganz, ganz alt sein, sagt Stina.
Wer sagt das? Woher willst du das wissen?, fragt Bastard und klatscht ein Plakat an eine Tür. So heftig, dass das Blech wackelt und eine Stimme von drinnen sagt, Ihr da, macht mir ja nicht die Tür kaputt, sonst putzt ihr gleich eure Ärsche mit Rasierklingen, ihr Trottel!, und wir gucken uns an und kichern hinter vorgehaltener Hand. Als Antwort hebt Bastard die Faust und tut so, als würde er gegen die Hütte hämmern. Sein Plakat hängt schief, aber er macht nichts dagegen. Er guckt Stina über die Schulter an.
Woher du das wissen willst, hab ich gefragt, wiederholt Bastard.
Weiß ich halt, sagt Stina. Ich hab ein Bild vom Präsidenten gesehen, in einer Zeitschrift. Da waren noch der Präsident von Sambia und der von Malawi und von Südafrika und noch andere Präsidenten. Die waren alle alt; erst mal musst du irgendwie Großvater sein.
Bastards Plakat fällt runter, er nimmt es und reißt es durch. Streckt die Beine aus und rollt ein Stück auf seinem Oberschenkel, damit es wie eine Zigarette aussieht. Er steckt das aufgerollte Papier in den Mund, greift in seine Jogginghose und holt eine Schachtel Streichhölzer raus. Wir gucken zu, wie er seine Zigarette ansteckt und raucht.
Was machst du da?, frage ich.
Siehst du das nicht? Er übt, sagt Godknows.
Mir egal, sagt Bastard. Mir egal, dass ich dann alt bin und

weiße Haare hab, Hauptsache, ich hab Geld. Präsidenten sind sehr reich, sagt er. Er lacht wie die Männer unter der Jacaranda, zieht an der Zigarette und verschluckt sich am Rauch, hustet und hustet und spuckt. Keiner fragt, ob er mal ziehen darf.
Als wir fertig sind, klebt an jeder Hütte ein Plakat, außer bei Mother of Bones, sie hat nämlich gesagt, sie bringt uns um, wenn wir jemals unseren Unsinn an ihre Tür kleben. Mit den ganzen Plakaten sieht Paradise richtig bunt aus. Wir sind stolz auf uns; klatschen und tanzen und lachen.
Los, wir singen eine Lady Gaga, sagt Sbho.
Nein, wir singen die Nationalhymne wie früher bei der Schulversammlung, sag ich.
Ja los, wir singen, und ich steh vorn, weil ich Präsident werde, sagt Bastard. Wir stellen uns ordentlich vor Merjurys Hütte auf und singen so laut wir können, singen, bis die Kleinen kommen und sich um uns versammeln, aber dass sie nicht mitmachen dürfen, wissen sie.
Haaaalt, haaaalt, wia müssan eine Fotoooo machan, wo ist meina Kamaraaaa?, ruft Godknows und tut wie der NGO-Mann, und wir lachen und lachen und lachen. Godknows läuft los und holt einen Backstein mit Löchern drin und hält ihn wie eine Kamera und knipst und knipst und knipst. Wir lächeln und posieren und sehen hübsch aus und brüllen Wandel! Cheese! Wandel!

Ich schlaf nicht. Mutter glaubt, ich schlafe, nur deswegen hab ich die Augen zu. Mother of Bones hat mir erzählt, dass der Hase, weil er immer gejagt wird, mit offenen Augen schläft. Um alle reinzulegen; wenn er die Augen zu hat, ist er in Wahrheit wach. Jetzt bin ich der Hase, aber ich darf mich nicht erwischen lassen, weil Mutter gerade überall rumstol-

ziert. Auf und ab wie eine, die in einem Haus in Budapest wohnt.
Allerdings leben wir nicht schon immer in dieser Blechhütte. Davor hatten wir ein Zuhause und alles und waren glücklich. Ein richtiges Haus aus Backstein mit einer Küche, einem Wohnzimmer und zwei Schlafzimmern. Echte Wände, echte Fenster, echten Fußboden und echte Türen und eine echte Dusche und echte Wasserhähne und echt Fließendwasser und ein echtes Klo, auf dem man sitzen und machen konnte, was man machen wollte. Wir hatten echte Sofas und echte Betten und echte Tische und einen echten Fernseher und echte Kleidung. Alles echt.
Jetzt haben wir nur noch dieses kleine Bett auf Backsteinen und Pfosten. Mutter hat das Bett selber gebaut, mit Hilfe von Mother of Bones. Innen ist die Matratze aus Plastik und Hühner- und Entenfedern und alten Stoffresten und lauter Zeug. Das ist das Bett von meinen Eltern, aber Vater schläft da nicht drin, weil er in Südafrika ist. Er kommt nicht zurück, um uns zu sehen und uns was mitzubringen, darum ist Mutter manchmal besorgt und manchmal sauer und manchmal enttäuscht. Weil Vater nichts für uns tut, sagt Mutter. Sie klagt dann immer über unsere Blechhütte, über Paradise, das Essen, das nicht da ist, die Kleidung, die sie gerne hätte, und alles andere.
Mutter sitzt jetzt auf dem Bett, das höre ich an der Matratze. Sie macht unterschiedliche Geräusche je nachdem, wie der Körper auf dem Bett liegt. Mutter schweigt; was sie wohl denkt? Manchmal schweigt sie einfach so und hält ihren Kopf in den Händen wie eine schwere Melone, als wenn jemand ihr gesagt hätte, Pass auf, sonst fällt dein Kopf auf den Boden und zerplatzt in unfassbare rote Stücke.
Es klopft ganz leise an der Tür. Das ist wieder dieser Mann.

Ich weiß seinen Namen nicht, aber ich weiß, dass er es ist und sonst keiner, weil er immer fünf Mal klopft, nicht vier, nicht sechs, sondern fünf Mal und so leise, als hätte er Angst, Dellen ins Blech zu hauen. Mutter zieht die Decke über meinen Kopf und pustet die Kerze aus, bevor sie die Tür aufmacht. Aber sie weiß nicht, dass ich die meiste Zeit wach bin, wenn das hier passiert, weil ich der Hase bin.
Ich höre, wie die Tür aufknarzt und Mutter dem Mann was zuflüstert und er zurückflüstert. Die Wörter kann ich nicht verstehen; sie sprechen, als wenn sie was klauen.
Jetzt lacht Mutter. Das mag ich, wenn sie so lacht. So hat sie gelacht, als wir in einem richtigen Haus wohnten. Ich weiß nicht, was er gesagt hat, dieser Mann, dass Mutter so lacht. Ich weiß auch nicht, wie er aussieht, weil ich sein Gesicht nie sehen kann in der Dunkelheit. Ich weiß nicht mal seinen Namen, aber ich weiß, dass ich ihn nicht mag. Er fragt nie nach mir, als wenn ich bloß ein Land wäre ganz weit weg. Er bringt uns auch nie was mit. Er kommt einfach im Dunkeln wie ein Geist und springt mit Mutter aufs Bett.
Jetzt stöhnt Mutter, und der Mann, der keucht. Das Bett rattert wie eine Eisenbahn, die sie an einen wichtigen Ort bringt, den man schnell erreichen muss. Jetzt stoppt der Zug und spuckt sie aufs Plastikbett, und der Mann stöhnt ganz fürchterlich. Dann sind Mutter und der Mann still; ich höre nichts mehr, nur schweres Atmen. Vielleicht schlafen sie, aber morgens ist der Mann weg. Er steht auf und schleicht sich in der Nacht davon, und wenn der Tag kommt, ist er weg wie etwas Schreckliches, das man sich bei Licht nicht ansehen kann.
Jetzt zähle ich im Kopf; um nicht einzuschlafen. Keiner weiß, dass ich manchmal nicht schlafe. Ich bin der Hase. Auch wenn ich schlafen will, kann ich nicht, wenn ich schlafe, kommt nämlich der Traum, und das will ich nicht. Ich hab Angst vor

den Bulldozern und den Männern und der Polizei, Angst, dass sie aus meinem Traum rauskommen, wenn ich ihn zulasse, und echt werden. Ich träum davon, was bei uns zu Hause passiert ist, vor Paradise. Ich will es wegschieben und wegschieben, aber der Traum kommt immer wieder und immer wieder wie Bienen, wie Regen, wie die Gräber von Heavenway.

In meinem Traum, der kein Traum-Traum ist, weil er in Wahrheit auch passiert ist, kommen die Bulldozer angedampft. Aber bevor wir sie sehen, hören wir sie. Ich und Thamu und Josephat und Ncane und Mudiwa und Verona spielen draußen mit Mores neuem Fußball, und dann hören wir Donner. Dann sagt Ncane, Was ist das? Dann sagt Josephat, Das ist Regen. Ich sage, Nein, Flugzeuge. Dann kommt Manerus Großvater ohne seinen Gehstock die Freedom Street runtergerannt und schreit, Sie kommen, Herrgott, sie kommen! Alle stehen auf der Straße mit langen Hälsen und warten darauf, dass sie was sehen. Dann schreit Mutter, Darlingkommsofortinshaus!, aber da sind die Bulldozer schon ganz nah, groß und gelb und schrecklich mit Metallzähnen und Staub und Wirbel.

Die Männer auf den Bulldozern lachen. Ich höre, wie die Erwachsenen fragen, Warum warum warum, was haben wir getan, was haben wir getan? Dann kommen die Laster mit der Polizei und den Gewehren und den Gummiknüppeln, und wir rennen ins Haus, um uns zu verstecken, aber Verstecken hat keinen Sinn, weil die Bulldozer alles plattwalzen, sie walzen und walzen, und wir schreien und schreien. Die Väter werfen die Arme in die Luft wie Frauen und reden wütendes Zeug und treten Steine. Die Frauen schreien die Namen ihrer Kinder, um zu sehen, wo wir sind, und greifen sich Sachen aus den Häusern: Teller, Kleidung, eine Bibel, Essen, greifen sich einfach, was sie greifen können. Und dann ist überall Staub von den bröselnden Wänden; er fliegt uns in die Haare und in den Mund und in die Nase, und wir husten und husten.

Die Männer reißen unser Haus ab und Ncanes Haus und Josephats Haus und Bongis Haus und Sibos Haus und noch viel mehr Häuser. Ritschratsch ritschratsch ritschratsch: Männer, die Metall schwingen, Metall, das auf Ziegel knallt, Ziegel, die zerbröseln. Als sie zu Mai Taris Haus kommen, schmeißt sie sich vor den Bulldozer und sagt, Kwete! Bevor ihr mein Haus kriegt, musst du mich plattwalzen, du Stück Hundescheiße. Ein hässlicher Polizist zielt mit einer Pistole auf ihren Kopf, damit sie weggeht, und sie sagt, Drück ab, drück doch ab, ihr kennt ja keine Scham, du würdest deine eigene Mutter töten und aufessen, imbwa! Der Polizist tötet Mai Tari nicht, er schlägt ihr nur sein Gewehr auf den Kopf, weil ihn alle angucken und er vielleicht irgendwas Bedeutendes machen muss. Blut spritzt aus Mai Taris Kopf und färbt die Schuhe vom Polizisten rot-rot.

Als die Bulldozer verschwinden, ist alles kaputt, alles zerschlagen, alles zerstört. Traurige Gesichter überall, stickiger Staub überall, eingefallene Mauern und Backsteine überall, Tränen überall auf allen Gesichtern. Gayigusu tritt mit nackten Füßen nach Backsteinen und reißt sich das Hemd runter und sticht in die schreckliche Narbe auf seinem Rücken und brüllt, Die habe ich aus dem Befreiungskrieg, salilwelilizwe leli, wir haben gekämpft für dieses beschissene lizwe mani, wir haben sie alle an die Macht gebracht, und heute wenden sie sich gegen uns wie eine Schlange, und er spuckt aus. Musas Vater steht da mit den Händen in den Taschen und sagt nichts, aber vorne ist seine Hose nass. Der kleine Tendai zeigt auf ihn und lacht.

Dann kommt Nomviyo, gerade zurück aus der Stadt, in ihren roten Highheels von der Bushaltestelle angerannt. Sie sieht all die kaputten Häuser und schmeißt all ihre Einkäufe und Taschen hin und schreit, Mein Sohn, mein Sohn! Was ist passiert? Mein Freedom schläft da drin! Dann helfen sie ihr, sich durch die kaputten Platten zu graben, und dann kommt Makubongwe mit Freedom auf dem Arm hervor, und sein kleiner Körper ist so schlaff und vollgestaubt, dass man meint, es ist bloß ein Ding und kein Baby. Nomviyo guckt auf das Ding, das auch ihr Sohn ist, und schmeißt sich auf den Boden und rollt und rollt herum und zerreißt sich die Kleider, bis sie nur noch ihren schwarzen BH und ihren Slip trägt. Die Mütter rufen, wir sollen uns die Augen zuhalten, und wir legen die Hände auf die Augen, aber ich spreiz meine Finger, damit ich alles sehen kann; Nomviyo weint, haut die Erde mit ihrem Kopf und ihren Händen, bis jemand sie in eine graue Decke wickelt und wegbringt.

Später kommen die Leute mit Kameras und T-Shirts, auf denen BBC und CNN steht, schütteln den Kopf und gucken und fotografieren uns wie etwas Schönes, und einer sagt, Als hätte hier ein Tsunami gewütet, Herrgott, als hätte hier ein Scheißtsunami alles verwüstet. Ich frag Verona, Was ist ein Scheißtsunami?, und sie sagt, Ein Scheißtsunami läuft auf dem Wasser, wie Jesus, aber er ist der Teufel, hast du nicht im Fernsehen gesehen, in dem anderen Land, wie er aus dem Wasser kam und dann alle Leute tot waren?

Es ist ein böser Traum, und ich will nicht, dass er kommt, darum bin ich der Hase. Jetzt schnarcht Mutters Mann; ich hasse Leute, die schnarchen, das ist ein hässliches Geräusch, wie soll man denn da überhaupt schlafen? Jetzt singt Mother-Love da draußen. Wie sie singt keiner in Paradise, mit einer Stimme, die schwingt wie reife Früchte, die man pflücken und in den Mund stecken und süß schmecken kann. Hört man MotherLove, ist klar, ihre Shebeen hat auf, und die Leute können hingehen zum Trinken.

An dem Tag, als die Erwachsenen wählen gehen, stehen wir am Ende von Paradise, in der Nähe vom Friedhof, und sehen zu, wie sie sich auf den Weg machen. Sie sind still dabei, ohne das Rede-Gerede der letzten Tage. Wir sind still, weil wir sie noch nie still gesehen haben, nicht so. Wir wollen, dass sie den Mund aufmachen und reden. Über die Wahlen und Demokratie und ein neues Land, so wie sie die ganze Zeit geredet haben. Wir wollen, dass sie über die Schulter gucken und uns sagen, dass sie wissen, was wir tun, während sie weg sind. Wir wollen, dass sie irgendwas sagen, aber sie sind still, als wenn sie auf einmal unsicher sind, als wenn irgendwas an sie rangekrochen ist im Schlaf und ihnen die Zunge rausgeschnitten hat.
Als sie dann die Mzilikazi runter verschwinden, laufen wir nicht los nach Budapest, obwohl wir jetzt machen können, was wir wollen. Wir gehen nicht nach Heavenway, um die Namen der Toten zu lesen, machen kein Feuer oder brechen in die Hütten ein, um die Kleider der Erwachsenen anzuprobieren oder ihre Sachen durcheinanderzubringen. Wir spielen nicht die Bin-Laden-Suche oder das Landspiel oder Andyover und nichts. Wir setzen uns ganz ruhig unter die Jacaranda und bleiben da den ganzen Vormittag und den ganzen Nachmittag.
Vielleicht kommen sie einfach nicht zurück, sagt Godknows. Er kriegt keine Antwort, das heißt, wir wollen uns gar nicht vorstellen, dass die Erwachsenen nicht zurückkommen.
Vielleicht gibt's da eine Party, und sie feiern und tanzen jetzt gerade ohne uns, sagt Godknows. Wir gucken wie gehabt hin-

ten zum Spielplatz, wo die Erwachsenen auftauchen sollen. Da sind nur Bäume und trockenes Gras und braune Erde und der Fambeki und Leere.
Oder vielleicht wählen sie noch. Vielleicht sind alle Erwachsenen in diesem Land den Wandel wählen gegangen, und es sind so viele, dass sie ewig Schlange stehen müssen. Vielleicht bewegt sich die Schlange nicht, wie beim Arzt. Vielleicht hört die Schlange überhaupt nicht auf, sagt Godknows.
Bei irgendjemand macht der Magen ein langes, lautes Geräusch, daran merk ich, dass ich Hunger habe. Wir haben alle Hunger, aber das ist uns gerade egal. Wir wollen nur, dass die Erwachsenen zurückkommen, wir wollen so sehr, dass die Erwachsenen zurückkommen, als würden wir sie dann essen.
Sie kommen schon noch. Vielleicht sind sie direkt auf der anderen Seite vom Fambeki und tauchen jede Sekunde auf, sagt Godknows. Er ist jetzt aufgestanden und hat beide Hände auf seinen Eierkopf gelegt. Dann fängt es an zu regnen, als wenn Godknows durch sein ganzes Gelaber den Regen gerufen hätte. Ein leichter Regen, der einen nur anleckt. Wir sitzen mittendrin und riechen die köstliche Erde um uns rum.
Also ich, ich will zu meiner Mutter, sagt Godknows nach einer ganzen Weile. Seine Stimme bricht im Regen, und sein Gesicht ist nass, und ich weiß nicht, was davon Regen ist und was Tränen. Ich will auch zu meiner Mutter, glaub ich, wir wollen alle zu unseren Müttern, obwohl die uns nicht groß scheren, wenn sie dann da sind. Bevor wir überhaupt richtig nass sind, hört der Regen schon wieder auf und die Sonne kommt raus und sticht, als wenn sie dem Regen zeigen will, wer hier der Boss ist. Wir sitzen da und lassen uns braten.
Als die Erwachsenen zurückkommen, ist uns vom Warten schon ganz schwindelig. Wir sehen, wie die Ersten hinterm

Fambeki auftauchen, und stehen auf. Sie schweben beim Gehen und reden mit den Händen, und von ganz weit weg sehen wir, dass sie glücklich sind. Wir vergessen, dass sie eigentlich nicht unsere Freunde sind, und laufen ihnen entgegen. Wir stoßen mit ihren Körpern zusammen, und sie fangen uns auf mit ihren schwarztintigen Händen, so haben sie nämlich gewählt, mit Fingerabdrücken, erzählen sie uns. Sie fangen uns auf und werfen uns in die Luft, ganz hoch, so nah ans Blau, dass wir die Zunge ausstrecken und es schmecken können.

In dieser Nacht schläft keiner. Wir gehen alle in MotherLoves Hütte, die größte Hütte in Paradise; die Erwachsenen müssen sich drinnen nicht mal ducken. MotherLove kocht nämlich tagsüber Gebräu in riesigen Metallfässern, und abends geht man hin zum Trinken. Die Hütte hat eine witzige Farbe, sie leuchtet im Dunkeln wie was Lebendes. Abends warten wir immer drauf, dass sie angeht, und dann rasen wir zum Licht und halten die Luft an, wie unter Wasser. Wir rennen zur Hütte, tippen sie mit den Fingerspitzen an, rennen denselben Weg zurück und schreien, Feuer! Feuer!

Wir häufen uns in MotherLoves Schuppen wie Sand, es ist stickig und heiß und riecht nach Erwachsenenschweiß und Achselhöhlen und Gebräu. Die Großen reichen das Gebräu rum, sogar an uns, weil der Wandel kommt, sagen sie. Wir trinken nichts, weil es die Lippen anbrennt und in der Nase sticht, also stehen wir nur da mit verschränkten Armen und gucken zu, wie die Erwachsenen trinken und ihre Kehlen verbrennen und lachen und reden und was noch.

Dann baut sich MotherLove neben dem riesigen Plakat von Jesus auf und fängt an zu singen. Zuerst sind alle mucksmäuschenstill wie Leute, die nicht wissen, wozu Musik da ist, aber dann fangen sie an zu schaukeln. Kurz darauf rotieren sie und drehen und winden sich und schlurfen und wippen. MotherLove hat den Kopf nach oben gekippt, als würde sie die stickige Luft trinken, man könnte denken, sie will gar nicht singen, aber ihre Stimme blubbert aus ihr raus und dampft den ganzen Schuppen ein. Dann greifen uns Erwachsenenarme und wirbeln uns rum, ihre Haut schweißnass und warm an unserer.

Macht euch bereit, bereit für ein neues Land, nie wieder Paradise, sagen sie, als sie uns wieder auf die Beine stellen. Sie sprechen *Paradise* wie ein Wort aus, das sie nie wieder in den Mund nehmen würden: Das *Pa* klingt wie ein Knall, beim *ra* lassen sie ihre Zungen extra lange rollen, beim *di* sperren sie den Kiefer ganz weit auf, und zum Schluss zischen sie bei *se* wie Busräder, denen die Luft ausgeht. Und als sie das so sagen, *Pa-ra-di-se*, wissen wir, dass wir hier bald weggehen, wie in der Bibel, wo die Menschen diesen schrecklichen Ort verlassen und der alte Mann mit einem Bart so lang wie der vom Weihnachtsmann mit einem Stock auf die Straße klopft, und plötzlich war ein Fluss hinter ihnen.

5 WIE SIE KAMEN

Sie kamen nicht nach Paradise. Kommen hieße, dass sie Entscheider waren. Dass sie erst die Sonne betrachteten, sich im Schneidersitz niederließen, zwischen den Zähnen bohrten und über die Entscheidung nachdachten. Dass sie Zeit hatten, sich in langen Spiegeln zu betrachten, vielleicht ihr Haar zu ordnen, den Gürtel festzuziehen und die Armbanduhr zu befragen, bevor sie mit einem Blick auf die rote Straße verkündeten: Jetzt sind wir bereit. Sie sind nicht gekommen, nein. Sie erschienen einfach.

Einzeln erschienen sie, zu zweit, zu dritt. Hintereinander, wie Ameisen. Im Schwarm, wie Fliegen. In wütenden Wellen wie ein elendes Meer. Frühmorgens erschienen sie, nachmittags, mitten in der Nacht. Sie erschienen mit dem Staub ihrer zerstörten Häuser noch im Haar, auf der Haut, in den Kleidern, dass sie schienen wie Dinge aus einem anderen Leben. Geschwollene Fußgelenke und Blasen unter den Füßen, so erschienen sie erschöpft vom langen Weg. Sie erschienen mit Stöcken, mit denen sie auf dem Boden markierten, wo eine Hütte anfing und endete, und diese reichten sie behutsam herum, teilten das Land auf mit zitternden Händen, als würden sie etwas töten. Wie sie dort auf dem Boden hockten, erschienen sie gebrochen – Scherbenmenschen.

Sie erschienen mit Blech, mit Pappe, mit Plastik, mit Nägeln und anderen Dingen zum Bauen, und sie versuchten, ruhig zu erscheinen, als sie ihre Hütten hochzogen, Blech an Blech nagelten, Stück für Stück, tapfer in den Himmel blickten und sich selbst und einander einzureden versuchten, dass selbst hier an diesem fremden, neuen Ort der Himmel das gleiche

Blau habe – ein Zeichen dafür, dass alles gut werde. Aber zu viele erschienen ohne die Dinge, mit denen sie hätten erscheinen sollen.

Frau, wo ist der schwarze Hocker meines Großvaters? Ich sehe ihn hier nicht.

Was, bist du verrückt, alter Mann? Ich habe nicht mal genügend anzuziehen für die Kinder, und du redest vom Hocker deines toten Großvaters!

Du weißt, dass er im Besitz der Familie bleiben sollte – mein Oberurgroßvater Sindimba hat ihn seinem Sohn Salile vererbt, der ihn seinem Sohn Ngalo vererbt hat, der ihn seinem Sohn Mabhada vererbt hat, der ihn mir vererbt hat, Mzilawulandelwa, damit ich ihn meinem Sohn Vulindlela vererbe. Nun ist er weg! Und jetzt?

Ich habe Jesus Christus und Mbuya Nehanda nicht umgebracht; geh du doch zu denen, die das zu verantworten haben!

Ich sag ja nur, dass der Hocker meine ganze Geschichte war …

Und so beklagten sie ihre ausgelöschten Vergangenheiten.

Einige unter ihnen erschienen sprachlos, ohne Worte, und lange Zeit liefen sie schweigend umher wie die wiederkehrenden Toten. Nach und nach aber erinnerten sie sich daran, den Mund aufzumachen. Ihre Stimmen schlichen sich an wie Diebe in der Dunkelheit, und das haben sie gesagt:

Sie hätten uns das nicht antun dürfen, das hätten sie nicht tun dürfen. Salilwelilizwe leli, wir haben gekämpft für die Befreiung dieses Landes.

War es so nicht auch vor der Unabhängigkeit? Wisst ihr noch, wie die Weißen uns von unserem Land vertrieben und in diese elenden Reservate steckten? Ich war dabei, du warst dabei, war es nicht genau so?

Nein, das waren böse Weiße, die unser Land gestohlen und

uns zu Habenichtsen auf eigenem Grund und Boden gemacht haben.
Und, bist du jetzt kein Habenichts? Sind diese Schwarzen nicht böse, die dein Zuhause plattgewalzt und dir nichts gelassen haben?
Du siehst das völlig falsch. Besser, ein weißer Dieb tut dir das an als dein eigener schwarzer Bruder. Besser ein erbärmlicher weißer Dieb.
Es ist dasselbe und nicht dasselbe. Aber was soll's, jetzt sind wir hier. Hier in Paradise mit nichts. Und tatsächlich hatten sie nichts außer Erinnerungen, ihren eigenen und denen ihrer Mütter und der Mütter ihrer Mütter. Die Erinnerung einer Nation.
Einige erschienen mit Kindern im Arm. Viele erschienen mit Kindern an der Hand. Die Kinder erschienen verdattert; sie wussten nicht, wie ihnen geschah. Und die Eltern drückten ihre Kinder an die Brust und streichelten ihnen die staubigen, zerzausten Haare mit schwieligen Händen und schienen sie zu trösten, im Grunde aber wussten sie einfach nicht, was sie sagen sollten. Nach und nach gaben die Kinder auf und stellten keine Fragen mehr und erschienen bloß leer, beinahe so, als wäre ihre Kindheit geflohen und hätte nur die Knochen ihres Schattens zurückgelassen.
MotherLove erschien mit riesigen Fässern, in denen sie starken Alkohol braute, mit dem die Menschen vergessen konnten. Sie erschien auch mit Liedern in ihrer Kehle und knallbunten Kleidern in ihren Säcken. Den Umständen zum Trotz weigerte sie sich, fassungslos zu erscheinen.
Die Männer versuchten alles in allem, stark zu erscheinen; sie gingen aufrecht, erhobenen Hauptes, die Arme angelegt und die Füße fest auf dem Boden wie ein Baum. Männer so robust wie die Mauern von Jericho. Wenn sie aber zur Not-

durft in den Busch gingen und keiner hinsah, fielen sie in sich zusammen wie einstürzende Türme und weinten vor Trauer wie vergessene Konkubinen.
Und wenn sie zu ihren Frauen und Kindern und allen anderen zurückkehrten, steckten sie die Hände tief in ihre zerrissenen Taschen, bis sie die trockenen Schenkel spürten, traten kleine Steine aus dem Weg und richteten sich wieder auf wie Mauern, aber die Frauen, die sich auskannten mit Weinen und alles wussten übers Zusammenbrechen, ließen sich nicht täuschen; sie erhoben sich sanft von der Feuerstelle, klopften sich den Staub von den Röcken und bauten sich wie Felsen vor ihren Männern und Kindern und Hütten auf, und erst dann erschien alles beinahe erträglich.

6 WIR BRAUCHEN NEUE NAMEN

Heute werden wir ein für alle Mal Chipos Bauch los. Erstens stört er beim Spielen, und wenn wir zulassen, dass sie das Baby kriegt, wird sie zweitens einfach sterben. Wir haben gestern gehört, wie die Frauen über Nosizi geredet haben, die Kleine mit der hellen Haut, die MaDumanes Mann übernommen hat, als MaDumane als Hausmädchen nach Namibia gegangen ist. Nosizi ist jetzt tot, durch die Geburt. Die bringt einen nämlich um.

Wir schleichen aus der Siedlung raus, weil die Erwachsenen nichts mitkriegen dürfen. Die Jungs, Bastard und Godknows und Stina, sind diesmal auch ausgeschlossen, weil das hier nun mal Frauensache ist, also sind nur ich und Sbho und Forgiveness dabei. Forgiveness ist keine Freundin-Freundin, ihre Familie ist gerade erst in Paradise erschienen – das macht sie zu einer Fremden. Außerdem ist sie nicht mal wie wir; wenn man ganz genau hinguckt, merkt man, dass ihre Haut zu hell ist, und ihre Haare wollen sich nur kräuseln. Vielleicht ist sie einfach anders geboren worden, vielleicht konnte Gott sich nicht entscheiden, ob er sie schwarz oder weiß oder sogar zum Albino machen soll. Wir prüfen Forgiveness noch, aber heute darf sie mit, weil Sbho und ich Hilfe brauchen, Chipo kann ja nicht selbst mit anfassen.

Wir machen es unter dem Mphafa-Baum hinter Heavenway; der hat einen schönen großen Schatten. Sbho breitet erst mal das Ntsaro von ihrer Mutter auf dem Boden aus. Sie erzählt nicht, wie sie an das Ntsaro gekommen ist, aber sie hat es garantiert geklaut, keine Mutter in Paradise gibt ihre Sachen her, damit sie im Dreck landen. Chipo verliert keine Zeit, vielleicht, weil sie Angst vorm Sterben hat; sie legt sich sofort flach mit dem Rücken auf das Ntsaro und blinzelt in die Sonne.

Ich sammel schon mal kleine Steine, und als ich etwa sieben habe, überleg ich es mir anders. Ich werf sie weg und sammel mittelgroße. Was genau wir mit den Steinen wollen, weiß ich noch nicht, aber keiner fragt nach und keiner hält mich auf, also sammel und sammel ich weiter. Sammel. Vielleicht zertrümmern wir damit den Bauch, keine Ahnung. Ziemlich bald hab ich einen schönen kleinen Haufen neben Chipo aufgebaut, neben ihrer Schulter. Ich klopf auf den Haufen, um zu gucken, ob er hält.

Forgiveness hat einen rostigen Kleiderbügel gefunden und ist damit beschäftigt. Wir fragen sie nicht, wozu der gut ist, aber ich lehne mich an den Baum und guck zu, wie sie ihn auseinanderbiegt. Sie beißt sich dabei auf die Lippe und entknotet den Draht, ein stures Ding in ihren Händen. Sbho kommt mit einer verbogenen Metalltasse aus einem Busch, mit einem halben, braunen Männerledergürtel und irgendeinem lila Dingsbums. Sie legt die Sachen in eine Reihe neben meine Steine, und so nebeneinander sieht das Ganze langsam aus wie eine bedeutende Sammlung. Chipo lächelt zu uns hoch, und wir wissen, sie freut sich, nicht sterben zu müssen, und wir wissen, dass wir sie nicht sterben lassen.

Willst du pinkeln?, fragt Sbho und guckt mich dabei an.

Nein. Weiß nicht, warum?, frag ich.

Weil wir Pipi brauchen, sagt sie.

Wir brauchen Pipi?

Ich kann ja pinkeln, sagt Forgiveness, aber Sbho beachtet sie gar nicht.

Ich hab gerade gepinkelt, bevor wir hierher sind, ich hab nichts mehr in mir drin, sagt Sbho.
Ich hab gesagt, ich kann pinkeln, wiederholt Forgiveness diesmal lauter. Sie ist fast fertig mit dem Bügel.
Ich hab's gehört, meinst du, ich bin taub? Es muss mein Pipi sein oder Darlings, schon vergessen, wir kennen dich noch gar nicht, sagt Sbho, und ich freu mich, dass Sbho Forgiveness Bescheid gesagt hat.
Okay, dann pinkel ich, sag ich und fühl mich jetzt wichtig.
Hier rein, sagt Sbho und gibt mir die verbogene Tasse. Da ist eine Spinne drin und ein Netz, also hol ich mir einen Stock, um die Spinne zu zerdrücken, aber dann dreh ich die Tasse einfach um und klopf sie auf einem Felsen aus. Die Spinne krabbelt weg, und mit dem Stock hol ich das Netz raus. Ich stell die Tasse auf den Boden und hock mich drüber, mit dem Rücken zu den anderen, damit ich beim Pinkeln niemand angucken muss.
Zuerst kommen nur kleine Tropfen; so ist das, wenn jemand zuguckt, da kommt einfach nichts. Dann noch mehr winzige Tropfen, als würde ich eine Zitrone ausdrücken, also mach ich die Augen fest zu und konzentrier mich.
Was brauchst du so lange?, fragt Forgiveness und macht voll auf gereizt und oberwichtig.
Lass sie in Ruhe, pinkelt sie mit deinem Ding?, sagt Sbho.
Und als ich denke, dass jetzt wirklich nichts kommt, kommt es, also dreh ich mich um und guck Forgiveness mit einem sprechenden Auge an, das sagt, Ist was, ah-ah, ah-ah. Danach heb ich die Tasse vorsichtig hoch, sie ist jetzt warm, und der Schaum steht ungefähr bis zur Hälfte. Ich geb sie Sbho, sie sprenkelt Erde rein, rührt mit einem Stock um und gibt sie an Chipo weiter, die sich hinsetzt, die Tasse nimmt und den Urin trinkt, ohne Fragen zu stellen.

Sbho sagt Chipo, sie soll sich hinlegen, dann kniet sie sich daneben und hebt Chipos Kleid an, schiebt es ganz bis zum Busen hoch, sodass der wachsende Bauch freiliegt. Drunter trägt Chipo Jungsshorts aus Khaki. Auf dem Oberschenkel hat sie eine lange Narbe, genau da, wo ein abgebrochener Ast sie durchbohrt hat, als wir Guaven klauen waren und die Besitzer aus dem Nichts kamen und uns aus dem Baum und die Straße runtergejagt haben. Sbho und ich pieksen mit den Fingern in Chipos Bauch. Vorne fühlt er sich hart an, als wenn sie Steine geschluckt hätte, an den Seiten weich.
Das kitzelt, sagt Chipo, denn sie spricht ja jetzt wieder. Sie legt ihre Hände aufs Gesicht und kichert so heftig, dass ich ihr vom Bauch weg unter die Achseln gehe, wo es richtig kitzelt. Chipo kichert und kichert, bis ihr Tränen in die Augen treten, bis Forgiveness sagt, Pssst, wenn ihr zu viel Krach macht, finden sie uns. Ich hör auf, Chipo zu kitzeln, und durchbohre Forgiveness mit den Augen; ich meine, für wen hält die sich?
Sbho ist jetzt zum Massieren übergegangen, also massiere ich auch. Wir kneten das Fleisch und kneten das Fleisch, bis Chipo die Augen schließt. Sie sabbert aus dem Mundwinkel, und ich sag ihr, sie soll das wegwischen, weil es eklig ist.
Das machen die so in ER, sagt Sbho. Ich denke, *Was ist ER?* Es fällt mir nicht ein, also sag ich nichts. Forgiveness sagt auch nichts, und ich weiß, dass sie es auch nicht weiß.
Das hab ich im Fernsehen in Harare gesehen, als ich Sekuru Godi besucht hab. Genau dieses Emergency Room machen die in den Krankenhäusern in Amerika. Wir brauchen neue Namen, damit wir es richtig machen. Ich bin Dr. Bullet, die ist schön, und du bist Dr. Roz, der ist groß, sagt Sbho und nickt mir zu.
Du hast *er* gesagt, ich will kein Mann sein, sag ich.
An den erinner ich mich aber, entweder bist du der oder nie-

mand, sagt Sbho und zieht ihre Hand über Chipos Bauch wie mit einem Messer.
Und du, du bist Dr. Cutter, sagt Sbho zu Forgiveness, und Forgiveness spuckt aus und reagiert nicht auf Sbho.
Wer bin ich?, fragt Chipo.
Du, du bist eine Patientin. Patienten heißen bloß Patienten, sagt Sbho.
Dr. Cutter hat den Kleiderbügel fertig auseinandergebogen; jetzt versucht sie, ihn gerade zu machen. Wenn ich so überlege, dass Dr. Bullet und ich die Steine, die Metalltasse und den Gürtel gesammelt haben und jetzt ohne Dr. Cutter der Patientin den Bauch reiben, dämmert mir, dass sie sich vielleicht vor der Arbeit drückt.
Wie kommt es, dass du überhaupt nichts machst?, frag ich Dr. Cutter.
Was? Siehst du nicht, dass ich damit beschäftigt bin?, fragt sie und zeigt mit dem Bügel direkt auf meinen Kopf, als wenn sie ihn in mein Auge versenken will. Ich zische sie an und hau den Bügel weg.
Und? Das nützt noch nicht mal was, sag ich. Guck dir an, was Dr. Bullet und ich alles alleine gemacht haben und was wir jetzt machen.
Wenn man einen Bauch loswerden will, braucht man einen Kleiderbügel.
Wer hat dir denn das erzählt?, fragt Dr. Bullet.
Nein, braucht man nicht, sie lügt, sag ich.
Das stimmt aber. Es geht nicht ohne Bügel, das weiß doch jeder. Sogar die Steine da drüben wissen das. Das ist Allgemeinwissen, sagt Dr. Cutter.
Die Patientin stützt sich auf die Ellbogen. Sie blinzelt Dr. Cutter an, sagt aber nichts. Dann legt sie sich wieder hin und sieht

nach oben, vielleicht in die Äste, vielleicht in den Himmel.
Dr. Cutter nimmt einen Stein, geht zu einem flachen Felsen und haut mit dem Stein auf den Kleiderbügel, um ihn gerade zu machen. Kleine Funken sprühen.
Was genau machst du dann mit dem Bügel?, frag ich.
Den Bauch wegmachen, sagt Dr. Cutter.
Ja, klar, aber wie?, fragt Dr. Bullet.
Das werdet ihr schon sehen, sagt Dr. Cutter.
Meine Arme sind schlapp vom Massieren der Patientin, also hör ich auf und setz mich in die Hocke. Dr. Bullet hört nicht auf; sie massiert und massiert. Als sie ein Ohr auf den Bauch legt, frag ich nicht, was das soll, so in einen Bauch reinzuhören.
Hätte ich doch bloß ein Stethoskop, sagt Dr. Bullet; was auch immer das ist.
Ich will eine Puppe, sagt die Patientin. Eine richtige Puppe mit Batterie, die man ausschalten kann, wenn sie aufhören soll zu weinen.
Wenn ich bei Tante Fostalina in Amerika wohne, schick ich dir so eine Puppe. Da drüben gibt es jede Menge schöne Sachen, sag ich. Die Patientin guckt mich an, als wenn ich überhaupt nichts gesagt hätte.
Dr. Cutter ist mit dem Bügel fertig und legt ihn neben die Patientin. Er sieht so gerade aus, als wäre er nie gebogen gewesen. Dann kniet sie sich hin und zieht an den Shorts von der Patientin.
Moment, was machst du da?, fragt die Patientin kichernd, aber Dr. Cutter zerrt weiter an den Shorts. Die Patientin setzt sich hin und zieht sie wieder hoch.
Ich hab gefragt, was du da machst, wiederholt die Patientin. Jetzt guckt sie böse.

Ich zieh deine Shorts aus. Du musst nackt sein, sagt Dr. Cutter ganz ernst.
Muss ich nicht. Wenn ich meine Shorts ausziehe, seht ihr mein Ding, sagt die Patientin und schlägt die Beine übereinander. Sie guckt Dr. Bullet und mich an, um rauszufinden, ob sie ihre Shorts ausziehen soll oder nicht. Ich runzel die Stirn und schüttel den Kopf, und sie schiebt ihr Kleid wieder über die Beine.
Warum willst du ihr Ding sehen? Hast du kein eigenes, wenn du unbedingt eins sehen willst?, fragt Dr. Bullet.
Weil man das so macht. Der Bügel geht durch das Ding. Man schiebt ihn rein, bis er ganz drin ist; er geht ganz hoch in den Magen, wo das Baby ist, hakt sich fest und zieht es raus. Das weiß ich, weil ich gehört hab, wie meine Schwester und ihre Freundin sich darüber unterhalten haben, wie das geht, sagt Dr. Cutter. Sie hält den Bügel in der Luft und schiebt und dreht ihn hierhin und dahin, um zu zeigen, wie es gemacht wird. Wir sind eine Weile still, gucken uns nur den Drahttanz an und lassen es sacken. Ich kann an Dr. Bullets Gesicht nicht ablesen, ob wir das durchziehen oder was. Sie guckt in den Baum und presst die Lippen aufeinander, vielleicht denkt sie nach.
Und, tut das weh oder nicht?, fragt Dr. Bullet dann.
Woher soll ich das wissen? Gemacht hab ich das schließlich auch noch nicht. Aber wir schneiden ja niemand auf, warum sollte es dann wehtun?, fragt Dr. Cutter.
Du lügst, sagt die Patientin. Sie kneift die Beine zusammen, und ihr Gesicht ist verzerrt, als wenn der Bügel schon in ihr drin ist. Ihre Augen sind ganz groß und ängstlich. Sie erinnern mich an die Augen von der Frau im Baum, der wir die Schuhe weggenommen haben.
Okay. Willst du sterben oder nicht?, fragt Dr. Cutter mit so einer Jetztreichtsaber-Stimme.

Weißt du nicht, dass Blut fließt, wenn man einen Kleiderbügel benutzt? Blut geht nicht, das kriegen die Leute mit, sagt Dr. Bullet.
Ja, was denn dann?, fragt Dr. Cutter. Sie nimmt den Bügel und rammt ihn in den Boden. Erde fliegt aus dem Loch auf mein Kleid. Ich wisch sie weg. Dr. Cutter steht auf und geht. Vor einem Busch bleibt sie stehen und spreizt die Beine, hebt ihr Kleid hoch und fängt an zu pinkeln.
Ich hab MotherLove nicht gesehen, aber auf einmal riech ich Zitrone und guck hoch, und da steht sie riesig, und ihr langer Schatten fällt auf alles. Sie runzelt die Stirn und blickt sich um mit gerümpfter Nase. Gelbe Schmetterlinge flattern auf ihrem grünen Kleid. Wir wollen aufstehen, aber sie sagt, wir sollen uns nicht rühren.
Allmächtiger, was geht hier vor?, fragt MotherLove. Forgiveness ist fertig mit Pinkeln und will weglaufen, aber MotherLove ruft sie zurück und zeigt auf den Boden, neben Sbho. Forgiveness setzt sich wie ein Hund, der Sitz machen soll. Ich ringe die Hände und überleg, was passiert, wenn MotherLove uns alle zur Siedlung scheucht und bei unseren Müttern verpetzt. Dann soll sie mich lieber jetzt und hier verprügeln; von jedem andern, sogar von Satan persönlich wäre mir Prügel lieber als von meiner Mutter. Mutter prügelt wie jemand, der Blut sehen und Knochen brechen will, der töten will und dich in Heavenway begraben.
Würde mir irgendjemand in Gottes Namen verraten, was hier vorgeht?, fragt MotherLove. Sie guckt von einem Gesicht ins andere. Ich dreh mich weg, zu den Kirchengängern, die fürs Nachmittagsgebet auf den Fambeki steigen, und würde mir fast wünschen, dass sie für mich beten, damit mir das hier erspart bleibt.
Sieh mich an, wenn ich mit dir rede, Kind, sagt MotherLove.

Sie kommt mit dem Gesicht ganz nah, als wenn sie mich küssen will. Sie hat große Augen, und das Weiße sieht aus wie in Milch getaucht. Sie ist wunderschön, aber jetzt gerade, wenn sie so guckt, sieht sie hässlich aus.
Also. Was ist?, fragt sie stirnrunzelnd. Und keine Lügen, ich hab was Besseres zu tun, als mir Lügen anzuhören.
Wir haben überhaupt nichts gemacht, sagt Forgiveness. Sbho malt mit ihrem Zeh Muster auf den Boden. Chipo fängt an zu weinen.
MotherLove bückt sich nach dem Kleiderbügel. Ihr Kleid schleift über den Boden und zieht Streifen.
Was ist das?, fragt sie Chipo, die bloß weiter weint. MotherLove wendet sich an Sbho.
Was ist das?, fragt sie wieder.
Ein Kleiderbügel, sagt Sbho. Aber ich hab ihn nicht so hingebogen. Sbho und ich gucken Forgiveness an, um ohne Worte zu sagen, dass sie es war.
Ich wollte nur – wir haben versucht, Chipos Bauch loszuwerden, sagt Forgiveness und guckt auf das Ntsaro. Dann bricht sie in Tränen aus. Chipo wird lauter und fängt an zu heulen. MotherLove schüttelt den Kopf, und dann plumpst sie runter wie ein Sack. Aber sie ist nicht wütend. Sie brüllt nicht. Sie schlägt niemand und zieht niemand die Ohren lang. Sie sagt nicht, dass sie uns umbringt oder es unseren Müttern sagt. Ich seh ihr Gesicht, und es ist das schreckliche Gesicht von einer, die ich noch nie gesehen hab, und in dem Gesicht dieser Fremden ist Schmerz, dieser Blick, den Erwachsene haben, wenn jemand gestorben ist. Sie hat Tränen in den Augen und greift sich an die Brust, als wenn da drin ein Feuer brennt.
Dann nimmt MotherLove Chipo ganz fest in die Arme. Wir gucken alle zu und wissen nicht, was wir machen sollen, Er-

wachsene, die weinen, kann man nicht fragen, was los ist, man kann ihnen auch nicht sagen, dass sie den Mund halten sollen; für die Tränen von Erwachsenen gibt es keine Worte. Dann hört Chipo auf zu weinen und legt die Arme um MotherLove, auch wenn sie nicht ganz rumreichen. Ein lila Glücksschmetterling setzt sich auf Chipos Kopf, und als er wegfliegt, jagt Forgiveness ihn. Sbho und ich laufen hinterher, und dann jagen wir alle den Schmetterling und schreien nach dem Glück.

7 PSSST

Vater kommt nach Hause, nachdem er uns viele Jahre vergessen, kein Geld geschickt, nicht geliebt, nicht besucht, nicht gar nichts hat, kommt zurück und nistet sich in der Hütte ein, kann sich nicht bewegen, kann nicht richtig reden, kann gar nichts richtig, kotzt und kotzt, mein Gott, kotzt nur und macht sich voll, und es stinkt wie tot da drin, tot und gammelig, und sein Körper ist ein schwarzer, ekliger Stock; ich komm rein, nachdem wir die Bin-Laden-Suche gespielt haben, und er ist da.

Einfach da. Eingenistet. In der Ecke. Auf Mutters Bett. So dünn wie einer, der Draht und Nadeln isst, so dünn, dass ich ihn zuerst gar nicht sehe unter den Decken. Ich steig aufs Bett, um das Springseil für Andy-over zu holen, als V… – als er den Kopf hebt und ich ihn zum ersten Mal sehe. Er ist nur noch Länge und Knochen. Und raue Haut. Krokodilszähne und eiweiße Augen, liegt da und ertrinkt im Bett.

Da weiß ich noch nicht mal, dass es Vater ist, also renn ich raus und schrei und schrei. Mutter hält mich mit einer Ohrfeige auf und sagt Pssst und schickt mich zurück in die Hütte. Ich gehe, eine Hand auf dem Schmerz, die andere als Faust im Mund. Als wir an die Tür kommen, weiß ich, ohne dass Mutter es mir sagen muss, weiß, dass es Vater ist. Zurück. Zurück, nachdem er uns all die Jahre vergessen hat.

Seine Stimme klingt, als wenn etwas seine Kehle verbrannt hat. Mein Sohn. Mein Junge, sagt er. Ihm zuzuhören, tut weh; ich würde mir gern die Ohren zuhalten. Von nah dran sieht er aus wie ein Monster, und ich will schon wieder rausrennen, aber Mutter steht da in einem roten Kleid und sieht gefährlich aus. Mein Junge, sagt er immer wieder, aber ich sag ihm nicht, dass ich ein Mädchen bin, sag ihm nicht, dass er mich in Ruhe lassen soll.

Dann hebt er die Knochen und schiebt eine Klaue in meine Richtung, und ich will sie nicht anfassen, aber Mutter guckt. Guckt, wie Jesus auf Mother of Bones' Kalender guckt, damit man nicht sündigt. Ich bleib stehen, bis Mutter mich am Nacken vorwärtsschiebt, da stolper ich und fall beinahe auf die schrecklichen Knochen. Die Klaue ist hart und schwitzig in meiner Hand, ich ziehe sie schnell zurück. Als hätte ich Feuer angefasst. Später mag ich mich mit der Hand nicht anfassen, mag damit nicht essen oder irgendwas machen, ich wünschte sogar, ich könnte die Hand wegwerfen und eine Neue bekommen.

Mein Junge, sagt er wieder. Ich dreh mich nicht nach ihm um, weil ich ihn nicht mal ansehen mag. Er sagt ständig mein Junge, mein Junge, bis ich dann doch sage, *Ich bin kein Junge, bist du verrückt? Geh zurück, geh weg von unserm Bett, und geh zurück, wo du hergekommen bist mit deinen hässlichen Knochen, geh zurück und lass uns in Ruhe*, aber das sag ich alles in meinem Kopf. Bevor ich alles gesagt hab, was ich sagen will, hat er sich eingeschissen, und ich komm mir vor wie in einem Klo.

Mutter hatte sowieso nicht gewollt, dass Vater nach Südafrika geht, aber damals gingen alle nach Südafrika und in andere Länder, einige nah, andere etwas weiter weg, manche weit, weit weg. Sie verschwanden, verschwanden einfach in Scharen, und Vater wollte mit, und er war entschlossen, und nichts konnte ihn aufhalten.

Sieh doch, wie alles zusammenbricht, Felistus, sagte er eines Tages beim Schuheaufbinden. Wir saßen vor der Hütte, und

Mutter kochte. Vater kam von irgendwo, ich weiß nicht, wo, und er war wütend. Damals war er dauernd wütend; als wäre der freundliche, lustige Mann mit dem endlosen Lachen und den vielen Geschichten, der Mann, der all die Jahre mein Vater gewesen war, verschwunden und hätte einen wütenden Fremden zurückgelassen. Und nach und nach bekam ich Angst vor ihm, dem wütenden Fremden, der angeblich mein Vater war.

Mutter rührte weiter im Topf auf dem Feuer und ignorierte ihn lieber. Damals erkannte man am Ton, wann man mit Vater sprechen konnte und wann nicht, diesem Ton, der wie Licht an und aus ging. Jetzt war der Ton an.

Wir hätten weggehen sollen. Wir hätten dieses elende Land verlassen sollen, als alles anfing, als Mgcini angeboten hat, uns rüberzubringen.

Es wird wieder besser, sagte Mutter irgendwann. Keine Nacht ist so lang, dass sie nicht im Morgengrauen endet. So wird es ja nicht bleiben, oder? Und außerdem können wir jetzt nicht alle unser Land im Stich lassen.

Da hat die Frau recht ja es wird wieder besser mein Sohn der Herr unser Gott wird uns nicht verlassen nein er ist ein Gott der Liebe, sagte Mother of Bones und rieb sich die Hände, als wenn sie sie waschen würde, als wenn sie sich für was entschuldigen würde, als wenn es kalt wäre draußen. Mother of Bones sprach *Gott* aus wie eine, die Gott persönlich kennt, als wäre Gott nicht mal größer als der Himmel, sondern ein kleiner, hübscher Junge mit verfilzten Haaren, die man abzählen kann, und fehlenden Knöpfen an seinem Harvard-Hemd, der stottert und mit uns die Bin-Laden-Suche spielt. So kam man sich vor, wenn Mother of Bones *Gott* aussprach.

Dann lachte Vater, aber es war kein Lachen-Lachen.

Ihr kapiert's nicht, oder? Hab ich dafür studiert? Sind wir

dafür unabhängig geworden? Müssen wir wirklich so leben? Sagt's mir!, meinte Vater.
Ich weiß nur, dass ich mich nicht drum reiße, über die Grenze zu gehen und an einem Ort zu leben, wo man mich Kwerekwere nennt. War nicht erst vor zwei Tagen Nqobile aus diesem Hillbrow hier und hat uns erzählt, wie es da in Wahrheit aussieht?, sagte Mutter. Sie rührte noch Maismehl in den Topf. Außerdem ist meine ganze Familie hier. Was ist mit meinen alten Eltern? Und du, weg hier, du Schwachkopf, geh und spiel mit deinen Freunden, bevor ich dir die großen Ohren abschneide, was lauschst du hier rum?, sagte sie zu mir wie jedes Mal, wenn es Diskussionen gab oder Streit, und es gab viel Streit damals.
Vater ging ziemlich bald darauf weg. Und später, als die Bilder und Briefe und das Geld und die Kleider und all die versprochenen Sachen nicht kamen, versuchte ich mich an ihn zu erinnern, guckte in die Gesichter der Männer von Paradise, in die Gesichter der Väter von meinen Freunden. Ich sah mir die Männer genau an und überlegte, welche Gesten mein Vater wohl machen würde, welche Stimme er benutzen würde, welches Lachen. Wie viel Haare er wohl auf seinen Armen und im Gesicht hatte.

Pssst – das darf niemand wissen, ich meine *nie-mand*, verstanden?, sagt Mutter und sieht mich an, als würde sie mich gleich fressen. Dass dein Vater zurück ist und dass er krank ist. Als Mutter das sagt, guck ich sie bloß an. Sag nicht Ja, nicke nicht, gar nichts. Ich muss jetzt auf Vater aufpassen wie eine Mutter auf ihr Baby, und das bedeutet, wenn Mutter und Mother of Bones nicht da sind, kann ich nicht mit meinen Freunden spielen, und über das Warum muss ich sie anlügen.
Am Anfang, als sie zu mir kommen, um mich abzuholen,

steh ich vor der Tür und gähne so groß ich kann und sag, ich bin müde. Dann erzähl ich ihnen, dass ich Kopfschmerzen hab, die nicht weggehen. Dann, dass ich die Grippe habe. Dann Durchfall. Das Lügen an sich macht mir nichts aus, sondern dass ich meine Freunde anlüge. Nicht mit ihnen zu spielen, passt mir nicht, und sie anzulügen, passt mir auch nicht, weil sie das Wichtigste sind für mich, und wenn ich nicht mit ihnen zusammen bin, hab ich das Gefühl, dass ich nicht mal ich selbst bin.

Eines Tages steh ich an der Tür und streck nur den Kopf raus, um ihnen zu sagen, dass ich Masern habe. Keine Ahnung, wie ich darauf komme, aber das Wort ist auf einmal da, auf meiner Zunge, und spricht sich selbst. *Masern*.

Tut das weh?, fragt Sbho. Sie guckt mich an mit so einem schiefen Kopf, wie eine Mutter das machen sollte, wenn man ihr was Ernstes erzählt.

Ja, sag ich. Und dann noch, Es juckt. Bald werden da Wunden draus, und dann kann ich erst mal nicht mehr mit euch spielen kommen, sag ich. Aus Stinas Gesichtsausdruck werde ich nicht schlau, aber Godknows guckt mich an mit offenem Mund. Bastard kneift nur die Augen zusammen und sieht mich an, als wenn ich was klaue, und Sbhos Gesicht ist verzerrt, als hätte sie selber Masern. Chipo setzt sich hin und malt mit einem Stock Muster auf den Boden.

Und die Weltmeisterschaft?, fragt Godknows. Spielst du nicht mit bei der Weltmeisterschaft? Wir haben in Budapest sogar einen echten Lederball gefunden, den jemand draußen vergessen hat.

Vielleicht sind meine Masern weg bis zur Weltmeisterschaft, dann kann ich rauskommen und Drogba sein, sag ich und kratz meinen Hals, um zu zeigen, dass es juckt.

Ehrlich?, fragt Godknows.

Ja, Hand aufs Herz und ungelogen, sag ich.
Gut, aber Drogba kannst du nicht sein, schließlich bin ich ja schon Drogba, sagt Godknows.
Lügnerin, du lügst, sagt Bastard. Du hast keine Masern, und du bist nicht krank, und du warst nicht krank. Er steht auf einem Bein wie ein Hahn und kaut auf einem Grashalm rum. Er guckt mir in die Augen und will, dass ich was erwidere, damit er was noch Schlimmeres sagen kann, das weiß ich. Wir stehen da, und alle warten darauf, dass ich was zu Bastard sage, aber ich mach den Mund nicht auf.
So stehen wir da, und das Schweigen hockt groß und fett zwischen uns wie etwas, das man anfassen kann, da geht das Husten los. Es ist laut und kratzig und schrecklich und erwischt mich kalt. Ich zucke zusammen, aber dann weiß ich gleich wieder, dass er in der Hütte ist. Jetzt ist es zu spät, ihn irgendwie zu verstecken, und alle gucken mir in die Augen, gucken und warten, dass ich was sage, was erkläre.
Mir fällt nichts ein, also steh ich bloß da, schwitze und höre das Husten an die Wände hämmern, hämmern und hämmern und hämmern, und ich sag im Kopf, *Aufhören, bitte, aufhören, aufhören aufhören aufhören, bitte aufhören*, aber es hämmert und hämmert und hämmert, bis ich mich einfach umdrehe und die Tür zuknalle. Warte!, sagt hinter mir eine Stimme.
Was hast du da drin? Was ist das?
Ich höre Bastards Stimme an der Tür, als wenn er gleich irgendwie den Knauf dreht und reinkommt. Ich schieb den Riegel vor und höre ihn und dass ich aufmachen soll, und ich höre seine Witze. Als er endlich still ist, sink ich auf den Boden und bleib dort einfach sitzen, ganz erschöpft. Aus der Ecke guckt er mich an mit diesen Augen, wie ein Tier auf der Mzilikazi Road, das im Scheinwerferlicht gefangen ist, guckt

mich an mit seinem geschrumpften Kopf und den rosa Lippen und seinem Krankengestank.
Er hustet noch ein bisschen, und ich höre mir das entsetzliche Geräusch an, das die Luft zerreißt. Mit jedem Husten krümmt und rüttelt es ihn, aber er tut mir nicht mal leid, weil ich denke, *Ich hasse dich, ich hasse dich dafür, dass du nach Südafrika gegangen und krank zurückgekommen bist und nur noch aus Knochen bestehst, ich hasse dich, weil ich nicht mehr mit meinen Freunden spielen kann.* Als das Husten endlich aufhört, schwitzt er und keucht wie einer, den man von Budapest bis hierher und den Fambeki rauf und wieder runter gejagt hat, und als er Wasser sagt mit seiner tattrigen Stimme, tu ich so, als wenn ich ihn gar nicht höre, weil ich ihn dafür hasse, dass er mein Leben so unterbrochen hat. In meinem Kopf denk ich, *Stirb. Stirb jetzt, damit ich draußen mit meinen Freunden spielen kann, stirb jetzt, denn das ist ungerecht. Stirb stirb stirb. Stirb.*

Vater schafft es nicht auf den Fambeki, weil er so krank ist, darum holen Mutter und Mother of Bones Prophet Revelations Bitchington Mborro, damit er in der Hütte für ihn betet. Wir sitzen in einer Ecke, ich und Mutter und Mother of Bones, und gucken zu. Prophet Revelations Bitchington Mborro besprenkelt Vater mit Weihwasser und zündet vier Kerzen an: eine rote, vielleicht für den Vater; eine weiße, vielleicht für den Sohn; eine gelbe, vielleicht für den Heiligen Geist; und eine schwarze, keine Ahnung, wofür, vielleicht für die schwarze Mehrheit, wofür das Schwarz in unserer Flagge steht. Prophet Revelations Bitchington Mborro kauert und summt dabei, und als er endlich fertig ist, breitet er ein weißes Tuch auf dem Boden aus, kniet darauf mit einer Bibel an seiner Seite und donnert los.

Zuerst hab ich die Augen zu, wie es sich gehört, wenn jemand betet, aber dann reicht es mir mit den geschlossenen Augen, weil Prophet Revelations Bitchington Mborro einfach immer weiter donnert und donnert. Zum Zeitvertreiben zähl ich bis hundert, und als ich fertig bin, ist er immer noch zugange. Laber laber laber laber laber laber laber laber laber laber laber laber laber: Ich warne dich, Dämon, im Namen Jesu – reinige ihn, Vater – du mächtiger Löwe und Heiler der Kranken – ich lege mich dir zu Füßen, Jehova Jireh und was noch. Ich sitz bloß da und beiß mir in die Wange, bis ich Blut schmecke.
Vater hat die Augen auf, und darin liegt ein Warten wie ein Warten auf ein Wunder. Neben mir hat Mother of Bones die Augen zu und betet heftig, und auf ihrer Stirn steht eine Ader vor. Mutters Augen sind auf. Sie guckt mich nicht an, als wenn sie mich gleich umbringen würde, weil ich beim Beten die Augen auf hab, also seh ich einfach weiter zu.
Mutters Augen sind müde, und ihr Gesicht ist müde; seit Vater zu Hause ist, macht sie die ganze Zeit Sachen für ihn – passt auf ihn auf und kocht für ihn und zieht ihn an und um und macht sich Sorgen. Ich überleg, ob ich für sie beten soll, damit die Müdigkeit weggeht, aber ich hatte ja beschlossen, dass es Zeitverschwendung ist, zu Gott zu beten. Man betet und betet und betet, und nichts ändert sich, zum Beispiel hab ich wahnsinnig lange für ein richtiges Haus und gute Kleidung und ein Fahrrad und so Sachen gebetet, und nichts davon ist passiert, nicht mal eine kleine Sache, daher weiß ich, dass diese ganze Beterei für Vater nur ein Spiel ist, das Erwachsene gern spielen.
Ich hab gründlich darüber nachgedacht, über diese ganze Beterei, ich meine, richtig nachgedacht, und ich glaub, dass die Menschen es irgendwie falsch machen; statt Gott nett zu bitten, sollten sie fordern und zweifeln und androhen, ihm die

Gefolgschaft zu kündigen. Vielleicht würde er dann umdenken und sich anstrengen, seiner Pflicht nachzukommen und die Dinge in Ordnung zu bringen; sogar in dem einen Bibelvers steht, Bittet, so wird euch gegeben, und ich meine, von wem sind denn diese Worte?

Nach einer Ewigkeit sagt Prophet Revelations Bitchington Mborro endlich Amen und macht die Augen auf. Er wischt mit dem Ärmel über sein tropfennasses Gesicht und seinen Kopf, während er Mother of Bones erzählt, wie Gott ihm gezeigt hat, dass der Geist von meinem Großvater, der die ganze Zeit in mir drin war, verschwunden ist. Da muss ich lächeln; auch wenn es sich nie so angefühlt hat, als wenn etwas in mir drin war, hat es mich trotzdem genervt, wenn Prophet Revelations Bitchington Mborro das behauptet hat.

Dann sagt er zu Mother of Bones, dass der Geist deswegen nicht gleich ganz verschwunden ist, weil er jetzt in Vater drin ist und sein Blut und seinen Körper verzehrt, dass er ganz knochig und krank ist und seine Kraft verliert. Um den Geist zu sühnen und Vater zu heilen, sagt Prophet Revelations Bitchington Mborro, sollen wir zwei fette, weiße, jungfräuliche Ziegen auftreiben und oben auf dem Berg opfern, und Vater soll im Ziegenblut gebadet werden. Außerdem, sagt Prophet Revelations Bitchington Mborro, braucht er fünfhundert Dollar als Lohn, und wenn wir keine Dollars haben, tun es auch Euros. Als er das sagt, steht Mutter zornmäßig auf, stürmt aus der Hütte und knallt die Tür hinter sich zu.

Gott hat mir ferner gesagt, dass auch die Ehefrau besessen ist, von drei Dämonen. Einer macht sie die ganze Zeit unglücklich, einer ist der Geist von einem Hund, und der letzte macht sie unbeherrscht und damit zu einer gefährlichen Frau. Im Moment müssen wir uns aber mit dem Mann befassen, wo er doch der dringendste Fall ist, sagt Prophet Revelations Bitchington Mborro und zeigt mit seinem Stock auf Vater.

Sie kauern vor der Hütte, als ich die Tür aufmache. Mutter ist zur Grenze, Sachen verkaufen, und Mother of Bones betet auf dem Fambeki, sie fastet gerade für Vaters Gesundheit. Die zwei jungfräulichen Ziegen und die fünfhundert US-Dollar, die sie für Prophet Revelations Bitchington Mborro besorgen sollte, kann sie sich nicht leisten, und im Krankenhaus gibt es keine Ärzte oder Schwestern, weil die dauernd streiken, also muss Mother of Bones sich jetzt mit Fasten begnügen und Beten auf dem Fambeki und Beten und Beten, obwohl Gott sie gar nicht beachten wird.
Dein Vater ist da drin. Er hat die Krankheit, das wissen wir, sagt Godknows.
Aids kann man nicht verstecken, sagt Stina. Als er die Krankheit ausspricht, bleibt mir die Luft weg. Ich seh mich um, ob noch jemand mithört.
Das ist wie ein Ding mit Hörnern in einem Sack verstecken. Irgendwann bohren die Hörner ein Loch durch den Sack und kommen raus, wo jeder sie sehen kann, sagt Stina.
Wo hat er sie sich geholt, Südafrika? Er war noch nicht krank, als er weg ist, oder?, fragt Godknows.
Wer hat euch das alles erzählt?, frag ich und seh von einem Gesicht ins andere. Im Kopf denk ich wieder, wie wahnsinnig ich ihn hasse, aber jetzt aus einem anderen Grund. Weil er mich nämlich in die Situation gebracht hat, wo ich meinen Freunden das alles erklären muss, und ich weiß nicht mehr, wie, weil ich die ganze Lügerei satthabe.
Alle wissen Bescheid, du Fratze, sagt Bastard. Wir wollen rein und selber gucken.
Da gibt es nichts zu gucken, sage ich. Da ist niemand drin.

Ich merke, dass ich flüstere wie jemand, der mit sich selber redet.
Wir haben gesehen, wie deine Mutter weg ist, und wir wissen, dass deine Großmutter auf diesem kaka Berg ist und ihre Zeit verschwendet, also können wir doch gucken kommen, sagt Bastard. Schon macht er die Tür auf und geht rein wie einer, der hier zu Hause ist. Alle gehen rein, und ich folge ihnen, als wäre es ihre Hütte und ich nur eine Besucherin.
Wir knien ums Bett rum, um Vater, der darin hockt wie ein König auf Abschied. Zum ersten Mal geh ich so nah an ihn ran, ohne dass Mutter mich dazu zwingt. Die ganze Zeit erwarte ich, dass jemand über Vaters Knochen lacht, aber keiner macht einen Mucks; es ist ganz still, als wenn wir irgendwie in der Kirche wären und Jesus wäre gerade reingekommen und hätte zweimal gehustet. Ich pass auf, dass ich niemand ins Gesicht gucke, ich will nicht, dass sie die Scham in meinen Augen sehen, und in ihren will ich das Lachen nicht sehen.
Wir reden nicht. Wir starren bloß im müden Licht auf das lange Bündel Knochen, den geschrumpften Kopf, die gewellten Haare, wo die meisten ausgefallen sind, auf das Gesicht, das von all den rausstehenden Knochen spitz und eckig ist, die rosaroten Lippen, die hässlichen Wunden, die Haut, die am Knochen klebt wie draufgebügelt, die klauenhaften Hände und Füße. Da wird mir klar, dass das Gesicht von einem Menschen eigentlich vor allem aus Fleisch besteht; wenn das wegschmilzt, hat man nur was übrig, was keiner wiedererkennt.
Bastard nimmt die stockdürre Hand, die neben Vater liegt, wie etwas, das jemand auf dem Weg zum Spielen vergessen hat. Er legt sie in seine Hand wie ein Ei und sagt, Wie geht es Ihnen, Mr. Darlings Vater? Ich hab Bastard noch nie so gehört,

so vorsichtig und sanft, als wenn seine Worte aus Federn gemacht sind. Wir beugen uns alle vor und gucken auf die dünnen Lippen, die sich bewegen, den Mund, der sich anstrengt, was zu murmeln, und dann aufgibt, weil die Wörter auf dem Wundteppich um die Lippen und auf der Zunge, die so geschwollen ist, dass sie den ganzen Mund ausfüllt, verenden. Wir gucken zu, wie er den Kampf aufgibt, und ich überleg, wie es sich wohl anfühlt, wenn man so was Einfaches wie Mund aufmachen und Sprechen nicht kann, wie es sich anfühlt, wenn die Stimme in einem ertrinkt. Das ist ein erschreckendes Gefühl.
Wo, meinst du, kommt er hin?, fragt Sbho.
Siehst du nicht, dass er hier feststeckt und nie mehr rauskommt?, sagt Chipo.
Ich meine, wenn er stirbt, sagt Sbho.
Ich dreh mich zu ihr um, und sie zuckt mit den Schultern. Dass Vater krank ist, weiß ich, aber der Gedanke, dass er tot ist und weg-weg, macht mir Angst. Das ist nicht so, als wenn er zum Beispiel in Südafrika wäre, wo man sich und anderen Leuten sagen kann, dass er dahin ist und deswegen auch irgendwann zurückkommt. Der Tod ist nicht so, der ist endgültig wie bei der Frau im Baum, die auch die Krankheit hatte und dachte, dass es besser wäre, sich lieber gleich umzubringen; das haben wir hinterher aus dem Brief in ihrer Tasche erfahren. Jetzt ist sie tot und weg, und ihre Mutter Mavava sieht sie nie mehr wieder.
In den Himmel. Mein Vater kommt in den Himmel, sag ich, obwohl ich eigentlich gar nicht glaube, dass es einen Himmel gibt; ich mag nur einfach den Gedanken nicht, dass er nirgendwo hinkommt. Ich höre, wie ich *mein* sage, als wenn er meine Lieblingssache wäre, als würde er mir gehören. Er sieht aus wie ein Kind, wie er da liegt und gar nichts tun

kann, und plötzlich wäre ich gerne groß und stark, damit ich ihn hochheben und in meinen Armen wiegen kann.
Ist Mother of Bones deswegen dauernd auf dem Berg am Beten? Betet sie zu Gott, dass er ihn in den Himmel lässt?, fragt Sbho.
Ich weiß nicht, vielleicht, sag ich.
Der Himmel ist langweilig. Weißt du nicht mehr, in dem Bilderbuch damals, als wir noch zur Schule sind? Da ist es flach und weiß, und es gibt überhaupt keine Farben, und es ist viel zu ordentlich. Als wenn es verrückte Aufseher gibt, die einem dauernd sagen: Mach dies, lass das, wo sind deine Schuhe, steck dein Hemd rein, Gott mag das nicht und wird dich bestrafen, sei leise, sonst weckst du die Engel auf, wasch dich, du bist dreckig, sagt Bastard.
Wenn ich sterbe, will ich dahin, wo es viel zu essen gibt und Musik und eine Party, die nie aufhört, und wo sie dieses Jobho-Lied singen, sagt Godknows.
Als Godknows anfängt, Jobho zu singen, stimmt Sbho ein, wir hören erst mal zu, und dann kratzen wir uns alle und singen mit, weil Jobho ein Lied ist, bei dem man sich unbedingt kratzen muss wie der kranke Mann Hiob in der Bibel, der dalag und seine juckenden Wunden kratzte, als Gott ihn andauernd gequält hat, nur um ihn zu ärgern und zu gucken, ob er fest genug glaubt. Bei Jobho ruft man den Himmel an, auch wenn man weiß, dass Gott was Besseres zu tun hat und nicht mal guckt. Bei Jobho sticht man mit dem Zeigefinger in den Himmel und singt ganz laut. Wir jucken und kratzen und stechen und jucken wieder und füllen die Hütte mit Gesang.
Dann nimmt Stina Vaters Hand und bewegt sie zum Lied, und Bastard bewegt die andere Hand. Und dann fass ich ihn auch an, weil ich ihn überhaupt noch nicht richtig angefasst hab,

seit er zurück ist, und jetzt muss ich, wie sieht es sonst aus, wenn jeder ihn anfasst außer mir? Wir gucken uns alle an und lächelsingen, weil wir ihn anfassen, überall anfassen wie ein wunderhübsches Spielzeug, das wir gerade in Budapest aus der Mülltonne gerettet haben. Er fühlt sich an wie trockenes Holz, aber da ist ein komisches Licht in seinen eingefallenen Augen, als hätte er die Sonne verschluckt.

8 BLAK POWER

Die Guavensaison geht zu Ende, also pirschen wir durch Budapest, als würden wir Tiere jagen. Vorsichtig kämmen und kämmen wir durch die Straßen und gucken so fest in die Bäume, dass wir die Nackenstarre kriegen könnten. Wir reden nicht drüber, aber ich weiß, dass wir alle an das Ende der Saison denken, wo Budapest nichts mehr für uns hat, an die langen, langweiligen Monate vor der nächsten Saison.

Vielleicht sollten wir doch mal drinnen gucken, sagt Bastard ganz langsam und grübelmäßig.

Nein. Wir sind keine Verbrecher, sagt Godknows, und ich klatsche fast, weil er zur Abwechslung mal was Vernünftiges sagt.

Genau, so sind wir nicht, sagt Sbho.

Glaubt mir, wir verpassen echt was, sagt Bastard, und sein Gesicht ist ganz zerknautscht, so ernst meint er das.

Wir schlendern die Queens runter, und unter unseren Füßen brennt die Straße von der Sonne. Erst als wir in die Mandela einbiegen, sehen wir den Mann. An seiner Uniform erkennt man, dass er ein Wachmann ist. Wir haben noch nie Wachmänner gesehen in Budapest, deswegen wissen wir zuerst nicht so genau, was wir von ihm zu halten haben. Er winkt uns mit seinem Knüppel her, und weil wir zu nah dran sind zum Umdrehen und Weglaufen, spazieren wir zu ihm.

Nun, also, womit erklärt sich eure Anwesenheit auf diesem Gebiet?, fragt der Wachmann. Wir stehen direkt neben ihm, aber er brüllt wie vom Mount Everest runter. Er glotzt uns an mit seinem schmutzigen Blick, und wir glotzen zurück, ohne zu antworten, beobachten ihn einfach nur, damit wir rausfinden, was der hier soll.

Mir ist nicht klar, ob er die Stirn runzelt oder insgesamt hässlich ist. Er ist groß, und seine marineblaue Uniform sieht aus, als wenn er sie eben gerade verpasst bekommen hätte. An seinem linken Arm trägt er einen vergilbten weißen Flicken mit dem Bild von einer Pistole und dem Wort *Security* in roten Buchstaben, und an seiner Brust steckt eine Plakette von der Zion Church of Christ, ZCC. Seine Hose reicht knapp bis zu den Knöcheln, und seine Schuhe sind nicht geputzt. Er trägt eine schwarze Wollmütze und dazu passende Handschuhe, und das bei dieser Hitze. Er sieht einfach nur aus wie ein Witz und ist auf jeden Fall Zeitverschwendung – wenn wir nicht so nah dran wären, würden wir ihn wahrscheinlich beschimpfen und auslachen und mit Steinen nach ihm werfen.
Ich befehle euch, auf der Stelle umzukehren und den Rückweg anzutreten. Entfernt euch aus diesen Gefilden und begebt euch in das Loch, aus dem ihr gekrochen seid. Unter keinen Umständen möchte ich eurer je wieder ansichtig werden, verstanden?, fragt der Wachmann und zeigt die Straße runter. Er redet in so einem Ton, als wenn ihm alles gehören würde, aber wir wissen, dass nicht mal der Knüppel in seiner Hand von ihm ist; wenn der nicht auf dieser Straße stehen würde, wäre er nichts.
Wieso reden Sie so, haben Sie studiert? Mein Cousin Freddy auch, und der kann auch geschwollen englisch reden, sagt Godknows, aber der Wachmann guckt ihn nicht mal an.
Sind eure Ohren defekt?, fragt der Wachmann lauter. Dann bückt er sich ein bisschen, damit er uns direkt ins Gesicht sehen kann. Macht euch just in diesem Moment davon, sagt er, aber wir rühren uns nicht von der Stelle.
Wir kennen Sie doch gar nicht, sagt Bastard und spuckt aus.
Das reicht, der Wachmann wird ganz tiermäßig, wie ein Hund, den jemand am Schwanz gezogen hat.

Wer hat dir die Erlaubnis für unflätiges Benehmen auf offener Straße erteilt? Wer?, fragt der Wachmann. Er zeigt mit einem krummen Finger auf Bastard, auf die Spucke und wieder auf Bastard.
Was denn, Sie beschweren sich über Spucke? Auf diese Straße hat unsere Freundin schon mal gekotzt, sagt Godknows mit Stolz in der Stimme. Und warum haben Sie keine Waffe gekriegt oder einen Wachhund? Wenn wir nun bewaffnet und gefährlich wären?, setzt Godknows nach.
Ich verlange, dass du das umgehend aufwischst, sagt der Wachmann zu Bastard mit todernstem Gesicht.
Haben Sie überhaupt Handschellen?, fragt Godknows.
Was aufwischen?, fragt Bastard.
Deinen Dreck. Meinst du, du kannst einfach herkommen und diesen Ort schänden, wie es dir passt? Bist du dir im Klaren, dass ich hier und jetzt eine Festnahme vornehmen und deine abscheuliche Person ins Gefängnis stecken kann? Du möchtest unbedingt eine Zelle von innen sehen, nicht wahr, du Dickschädel? Du bettelst darum, ja? Du willst wirklich, dass ich dich dahin bringe?, fragt der Wachmann. Er geht auf Bastard zu und wedelt dabei ganz drohmäßig mit seinem Knüppel, als wenn er den gleich benutzen würde.
Aber wie wollen Sie ihn denn ins Gefängnis bringen? Wo ist Ihr Auto? Haben Sie überhaupt einen Führerschein?, fragt Godknows.
Du, du hältst deinen Mund, du querulantischer Idiot, du, treib es nicht zu weit. Dich kann ich auch festnehmen, sagt der Wachmann, dreht sich halb zu Godknows um und tut so, als wenn er ihn mit dem Knüppel stoßen würde. Er glaubt, dass Godknows ihn verarscht, aber Godknows meint es ernst.
Also, wo sind die Handschellen und der Streifenwagen, oder

rufen Sie dafür die Polizei? Wo ist Ihr Rogerover, kann ich das mal sehen? Stimmt es, dass sie einen da umbringen können im Gefängnis?, fragt Godknows.
Ah, letzte Woche, als Sekuru Tendai zu uns kommen sollte, hat die Polizei ihn an einer Straßensperre vor der Stadt abgefangen, sagt Sbho.
Haben sie ihm Handschellen angelegt? Sitzt er jetzt im Gefängnis? Wurde er verprügelt?, fragt Godknows.
Nein, sie haben ihm Bestechung abgebettelt, und dann durfte er gehen, sagt Sbho.
Ihr da, Schluss mit der Unterhaltung, unverzüglich, alle beide, verstanden? Verzichtet auf den Gebrauch eurer Stimmorgane, sofern man euch nicht anspricht, sagt der Wachmann zu Godknows und Sbho. Ich kicher leise. Dann wendet sich der Wachmann wieder an Bastard.
Meinst du, die Straße gehört deinem Vater, Junge? Du siehst das Schild, auf dem Mandela steht, und glaubst, das sei dein Vater, ist es nicht so?
Aber die Spucke ist trocken, sehen Sie, sagt Stina und zeigt auf die Stelle, wo Bastards Spucke war, und wir johlen und klatschen und lachen.
Ihr haltet mich wohl für einen Pausenclown? Meint ihr, ich wache morgens auf und lege diese Uniform zu eurer Belustigung an? Meint ihr, ich habe nichts Dringenderes zu tun, als mich mit eurem Unsinn zu befassen, hm?, fragt der Wachmann und wedelt zur Betonung mit seinen langen Armen plus Knüppel.
Seit wann bewachen Sie diesen Ort überhaupt? Wir haben Sie noch nie gesehen, sagt Bastard und guckt auf seine Fingernägel. Neuerdings lässt er sie wachsen, wozu, weiß ich nicht.
Seit eure unkultivierten Väter dieses Viertel terrorisieren. Das

sind doch eure Väter, die hierherkommen und unbescholtenen Bürgern die Butter vom Brot nehmen wollen, nicht wahr? Und jetzt spioniert ihr den Ort für sie aus, richtig? Na, wisst ihr was, sie sollen ruhig kommen, ich werde sie schon zurechtstutzen. Holt sie am besten sofort her, hört ihr? Holt sie her, nicht morgen, nicht in drei Stunden, sondern jetzt, ich will sie jetzt vor mir haben, sagt der Wachmann. Er hat Schweiß auf der Nase und Schaum vorm Mund und guckt uns nacheinander ins Gesicht, als wenn er echt glaubt, wir haben Zeit für so was. Mir wird langsam langweilig, und ich will, dass wir mit der Guavenjagd weitermachen.

Aber im Ernst, wie viel kriegen Sie bezahlt?, fragt Bastard. Er geht zum Tor, als wär's seins, und lehnt sich an.

Lass das, Schluss, du dreckige Ratte, hörst du? Mach das nie … entferne dich, weg da, sofort!, zischt der Wachmann.

Wir gucken zu, wie er zum Tor rübertrabt mit dem Knüppel überm Kopf und zum Schlag ausholt. Im nächsten Moment brüllen und buhen wir. Er zielt mit dem Knüppel auf Bastard, der duckt sich, rennt weg und bleibt in sicherer Entfernung stehen. Der Wachmann läuft hinterher, rutscht aus und stolpert kurz, als wenn er hinfallen würde. Er steht da und guckt Bastard an, der sich einfach nur amüsiert, weil er so was herrlich findet. Dem Wachmann merkt man an, dass es ihm langsam reicht; könnte er Bastard jetzt in die Finger oder unter den Knüppel kriegen, dann würde er ihn ganz schön fertigmachen.

Ich schnapp dich, und dann wirst du dir wünschen, du wärst niemals geboren worden, du jämmerlicher, unheilvoll verfehlter biologischer Irrtum, sagt er mit Zittermund. Danach dreht er sich zu uns um, als wenn ihm gerade erst einfällt, dass wir auch noch da sind.

Weg, verschwindet auf der Stelle. Bringt man euch so was in

der Schule bei? Sich wie Tiere zu benehmen? Hinweg, entfernt euch!, sagt er.

Wir gehen doch gar nicht mehr zur Schule. Die Lehrer sind weg, wissen Sie denn gar nicht, was hier los ist?, fragt Godknows. Der Wachmann will was sagen, aber dann steht er nur da, als wären alle seine großen Wörter abgehauen. Man merkt, dass er nicht so richtig weiß, was er mit uns anfangen soll.

Als das kleine rote Auto von unten die Straße hochgleitet, geht der Wachmann zum anderen Tor. Wir klatschen und jubeln ihm zu, dann beobachten wir das Auto, als wenn es irgendwie eine Braut wäre oder was. Im Gegensatz zu Stina kenn ich mich nicht gut aus mit Autos und weiß nicht gleich die Marke, wenn eins um die Ecke kommt, aber das seh sogar ich, dass das Auto hier interessant ist. Es sieht aus, als wenn ein Kind es fahren könnte, so komisch geformt mit Spitzen und Ecken und Falten. Nah dran klingt es, als wenn im Metall was summt. Stina nickt, pfeift, lacht. Der würde glatt hinrennen und das Auto umarmen und mit ihm reden, wenn er könnte.

Der Wachmann steht schon am Tor zu dem beigen Haus mit der großen Satellitenschüssel und dem riesigen Grundstück. Wir sehen, wie er dem Auto das Tor aufhält, auf einmal ganz groß und plusterig, als wenn er in den letzten paar Minuten an Zentimetern und Muskeln zugelegt hätte, als wenn er eigentlich der Besitzer von dem Auto wäre und wer auch immer es ausgeliehen hat, es ihm jetzt zurückbringt. Als das Auto vorbeifährt, sehen wir eine winkende Hand. Der Wachmann winkt zurück und lächelt. Er winkt und lächelt noch, als der Hintern vom Auto schon längst in dem großen Garten verschwunden ist. Er guckt nicht zu uns rüber, ganz klar geht er uns aus dem Weg.

Okay. Das war's hier für uns, gehen wir, sagt Sbho.

Ja, weg hier, sonst verhaftet er uns noch, sagt Godknows, und wir lachen.
Das da eben, das war ein Lamborghini Reventón, sagt Stina.
Wenn ich bei Tante Fostalina wohne, fahr ich auch so ein Auto, habt ihr gesehen, wie klein, wie extra für mich gemacht, sag ich. Ich weiß einfach, weil ich es in den Knochen spüre, dass das Auto in Amerika auf mich wartet, also brülle ich Mein Lamborghini, Lamborghini, Lamborghini Reventón! Meine Stimme hallt durch die leere Straße, und ich lache und mach einen Dreisprung.
Ach, halt doch den Mund, sagt Bastard.
Wir gehen jetzt Guaven suchen und lassen diesen Clown hier allein, sagt Godknows.

In der Julius Street finden wir endlich einen Baum mit Guaven, nicht furchtbar vielen, aber gerade genug, und mitten beim Ernten hören wir so ein verrücktes Geräusch. Als wir hingucken, strömen sie die Julius runter wie wütendes schwarzes Wasser, und sofort wird uns klar, dass es ein Fehler war, heute nach Budapest zu kommen. Sie sind einfach überall, laufen, rennen, tanzen Toyi-Toyi, Fäuste und Macheten und Messer und Stöcke und alle möglichen Waffen und die Landesflagge in der Luft, und Budapest bebt vor Donnerstimmen:
Tötet die Buren, die Bauern, die khiwa!
Macht ihm Angst, dem weißen Mann!
Weißer Mann, nach Hause, du hast hier nichts zu suchen!
Afrika den Afrikanern, Afrika den Afrikanern!
Tötet die Buren, die Bauern, die khiwa!
Die bringen uns um, sagt Sbho. Ich kann ihr Gesicht nicht sehen, weil sie hinter mir sitzt auf einem Ast, aber ich merke an ihrer Zitterstimme, dass die Tränen schon über ihre Wangen laufen und irgendwann in ihren Mund fließen.

Ich will nicht sterben. Ich will zu meiner Mutter, sagt sie. Jetzt fängt sie richtig an zu heulen, als wäre sie ein Radio, wo jemand gerade die Lautstärke aufgedreht hat.
Halt den Mund, was soll das, willst du, dass die uns umbringen?, sagt Godknows.
Psst. Sbho, hör zu, sei still. Wenn wir keinen Mucks machen, wenn wir hierbleiben und ruhig sind, sehen sie uns nicht. Dann gehen sie einfach vorbei, danach können wir weg, flüstert Stina und klingt dabei wie eine liebe Mutter. Sbho hört auf zu weinen, aber sie schnieft noch.
Ach was, uns tun die doch nichts. Also ich, ich hab kein bisschen Angst, sagt Bastard, und wir gucken zu ihm runter. Er sitzt auf einem dicken Ast, hat einen Arm um den Baum gewickelt, und seine rissigen Füße baumeln in der Luft. Das sieht aus, als wenn er posiert und auf jemand mit einer Kamera wartet.
Hört ihr nicht, dass sie Weiße suchen? Ich sag euch, uns rühren die nicht an, wir sind nicht weiß, sagt er. Wir sehen, wie er ausspuckt, eine Guave greift, sie an dem Bild von dem Regenbogen vorne auf seinem T-Shirt abreibt und dann mit schnellen Happen über sie herfällt.
Und wenn sie keine Weißen finden?, fragt Godknows. Dann holen sie uns.
So ein Quatsch, Weiße finden sie immer, sagt Bastard.
Die Meute ist jetzt in Pulks ausgeschwärmt, und die treten Tore ein oder springen über Fertigmauern in Gärten, hämmern an Türen und schreien, dass die Leute rauskommen sollen. Sie sind wild, singen und schreien und brüllen und fletschen die Zähne und wedeln mit Waffen, und ich muss an die Meute denken, die Bornfree holen gekommen ist; genau so haben sie es gemacht. Eine Gruppe stürmt in unsere Richtung. Sie treten das Tor ein und laufen direkt unter uns

vorbei. Da entdecken wir den Wachmann von vorhin; sie haben ihm den Knüppel abgenommen und die Hände auf den Rücken gebunden. Er läuft jetzt barfuß und sieht aus wie das Nichts, das er eigentlich ist. Wenn wir nicht hier oben wären, würden wir ihn auslachen.

Dann hält einer an, legt seine Waffe hin, und als wir uns gerade fragen, was los ist, zieht er seinen Reißverschluss auf, nimmt sein großes Ding raus und pinkelt an den Baum. Jetzt hocke ich nur noch zitternd da. Obwohl ich weiß, dass es nichts nützt, hab ich schon zweimal gebetet, zu Gott und dann zu Jesus' Mutter, für alle Fälle. Ich hab eine Guave im Mund, die liegt da wie ein bitterer Stein; ich kann sie nicht runterschlucken, und ich kann sie nicht ausspucken. Alle möglichen Gedanken gehen mir durch den Kopf, zum Beispiel *Was sollen wir machen? Und wenn er hochguckt? Was stellen die mit uns an, wenn sie uns finden?*

Als der Mann fertig gepinkelt hat, zieht er den Reißverschluss hoch, nimmt seine Waffe und schließt sich wieder der Meute an. Ich muss mich gut festhalten, weil ich das Gefühl hab, ich werde ohnmächtig.

Ah! Habt ihr dieses große Ding gesehen?, flüstert Godknows.

Wir antworten nicht.

Wenn ich groß bin, ist mein Ding auch so, sagt er.

Aufmachen! Wenn ihr nicht aufmacht, treten wir die Tür ein. Macht jetzt auf, auf, auf, auf!, brüllen sie da unten. Dann geht der Große im roten Overall, der mit der Axt, zu dem hohen Fenster. Wir hören Glas splittern.

Sie haben das Fenster eingeschlagen!, sagt Godknows.

Psst, still, flüstert jemand.

Dann bollert einer mit der Machete an die Tür und haut und haut und haut, und die anderen kommen mit ihren Waffen dazu. Der Wachmann steht an der Seite wie einer, der bloß nicht erwischt werden will. Ich frag mich, was er gerade für ein Gesicht macht, ich frag mich, was für große Wörter er für das hier benutzen würde. Sie machen weiter mit ihrem Schlitzen Hauen Prügeln, aber bevor sie die Tür richtig eintreten können, geht sie auf, und sie jubeln. Dann kommen zwei Weiße aus dem Haus, ein Mann und eine Frau. Sie sehen aus wie Ratten, die aus einem Loch gezogen werden.

Der Mann ist groß und dick und trägt Khakishorts und ein Khakishirt und einen Khakihut, wie ein Schuljunge. Er ist barfuß, das ist das erste Mal, dass ich einen Weißen barfuß sehe, als wenn er zeigen will, dass er sich keine Schuhe leisten kann. Seine Beine haben so viele Haare, die könnte man kämmen. Die Frau hinter ihm ist dünn, als wenn der Mann irgendwie ihr ganzes Essen aufisst oder als wenn sie die Krankheit hat. Sie trägt ein schwarzes Kleid und weiße Schuhe. Wir wussten eigentlich nicht, als wir hierherkamen, dass es ein Haus von Weißen ist.

Dann hört man ein Geräusch, und ein kleines weißes Ding, das wie ein Spielzeug aussieht, läuft hinter dem Paar her aus dem Haus.

Was ist das denn?, fragt Godknows. Zuerst antwortet keiner, weil wir alle das Ding angucken und rauskriegen wollen, was es ist.

Es hat vier Beine, es hat einen Schwanz, es bellt, auch wenn es ein komisches Bellen ist, sagt Stina.

Ein Hund!, sagt Sbho. Ich hab's, es ist ein Hund!

Mir wird langsam klar, dass das wirklich ein Hund sein muss und das Geräusch tatsächlich ein Bellen sein soll. Es ist halt ein merkwürdiges Bellen, als wenn der Hund es nur spielt oder nicht mal ans Bellen gewöhnt ist. Das ist der winzigste Hund, den ich je gesehen habe. Ich fang an zu lachen, aber dann fällt mir ein, wo ich bin und was gerade passiert. Der

Hund rast auf die Meute zu, als wenn er jemand fressen würde, bleibt plötzlich stehen und bellt sein irres kleines Bellen. Jetzt lacht sich die Meute tot. Wenn man die so hört, könnte man glauben, dass die heute Morgen aufgewacht sind und sich genau das vorgenommen haben für den Tag: den Kopf in den Nacken werfen und lange und laut lachen. So wie es klingt, würde man nicht drauf kommen, dass sie auch mit Sachen rumfuchteln, die Menschen aufschlitzen und Blut regnen lassen können.

Aber das sieht nicht aus wie ein Hund, das sieht aus wie ein Spielzeug, und bellen kann es auch nicht. Wie soll das beißen und jemand töten? Oder jagen?, fragt Godknows.

Das ist ein Hund von Weißen, der soll so komisch sein, sagt Bastard.

Ich hätte nicht mal Angst vor dem, sagt Godknows.

Dann bückt sich die weiße Frau und nimmt den Hund in den Arm. Sie wiegt ihn an ihrer Brust, wie ein Baby. Die Meute lacht sich wieder kaputt. Ich denk die ganze Zeit, gleich schmeißen die ihre Waffen hin und klatschen sich ab und halten sich den Bauch oder so was. Dann schnappt sich ein Mann in einem rosa Hemd den Hund und wirft ihn jemand zu, der ihn auffängt und dem Nächsten zuwirft. Sie tun jetzt so, als wenn sie Korbball spielen, und johlen immer, wenn der Hund von einem zum anderen fliegt.

Die Frau wirft die Arme hoch, verzweiflungsmäßig. Sie sieht aus, als wenn sie was sagt. Ich kann sie nicht verstehen wegen dem Lärm, aber man merkt, dass sie die Männer anfleht, ihren Hund herzugeben. Am Ende fängt einer den Hund und geht ein paar Schritte weg von den anderen, zu unserem Baum.

Er kommt, er sieht uns, flüstert jemand, aber als wir gerade überlegen, was jetzt passiert, bleibt er stehen. Er wirft seine Machete auf den Boden, hält den Hund vor sich an einer Pfo-

te, dass der wie ein Lappen in der Luft hängt. Dann sehen wir, wie der Mann ein paar Schritte zurückgeht und sein Bein ausschüttelt. Er schwingt das Bein nach hinten, und da wissen wir gleich, er holt zum Abstoß aus.
Der wird den ... fängt jemand an, aber bevor er aussprechen kann, schießt das Bein vor und trifft. Man hört ein *Bu*, und der Hund segelt durch die Luft, als wenn er sich Flügel ausgeliehen hätte. Er steigt höher und höher und verschwindet und kommt hinter der Mauer mit einem dumpfen Knall und einem scharfen Jaulen runter. Die Männer hüpfen und pfeifen, die ganze Meute jubelt und brüllt: *Tor!*
Was wollt ihr?, schreit der weiße Mann jetzt, und man merkt, wenn seine Stimme Zähne hätte, könnte sie was verschlingen. Dann sehen wir, wie einer von ihnen, der Einzige, der keine Waffe trägt, vorgeht und dem Weißen ein Stück Papier gibt. Er macht das wie eine Braut, langsam und respektmäßig, wie es sich bei Weißen gehört. Wir sehen, wie der Weiße das Papier schnappt, auseinanderfaltet und erst mal anguckt, dann wird sein Gesicht ganz dunkel, als wenn es gekocht wird.
Was ist das? Was ist das?, fragt der weiße Mann und bohrt seinen Finger in das Papier. Die Wut in seiner Stimme klingt, als wenn ein Löwe in ihm sitzt. Er ist größer als alle und hält den Kopf gebeugt wie jemand, der gleich irgendwas vorhat. Die Frau steht neben ihm und ringt die Hände.
Kannst du nicht lesen? Ihr bringt Englisch in dieses Land, und jetzt braucht ihr es erklärt, eure eigene Sprache, schämt ihr euch denn gar nicht?, fragt einer. Der Wachmann scharrt mit den Füßen, als wenn er irgendwie gebeten werden will, das Papier zu lesen; ich glaub, das würde er zu gern machen. Schwachsinn! Das ist illegal, dieses beschissene Grundstück gehört mir, ich kann es beweisen, sagt der Weiße. Der Löwe in ihm sträubt sein Fell.

Das ist uns klar, Sir. Es tut mir leid, aber so sind nun mal die Zeiten, wissen Sie. Sie ändern sich, wissen Sie. Vielleicht werden Sie eines Tages verstehen, dass es notwendig war, wissen Sie, sagt eine neue Stimme. Sie ist besänftigend, wie von einer Frau, und ich reck den Hals, um zu sehen, was für ein Mann so eine Stimme hat.
Du diskutierst nicht mit diesen Leuten, das hab ich dir schon tausendmal gesagt! Und hör auf mit diesem Kolonialscheiß, was nennst du ihn Sir, ist er dein Vater? Willst du dich aufführen wie dieser Verräter hier, sagt der mit dem roten Overall, der auch wie der Boss aussieht. Er zeigt auf den Wachmann, um das Wort Verräter zu erklären, und der Wachmann duckt sich.
Und du, dummer weißer Mann, uns kratzt das nicht, hörst du mich? Wenn du dieses Land nicht mit dem Schiff oder Flugzeug mitgebracht hast, wo immer du hergekommen bist, dann kratzt uns das einen Dreck, sagt der Boss. Er wedelt dem weißen Mann jetzt mit der Axt im Gesicht rum.
Hören Sie ...
Was, was, was, hört ihr ihn, Söhne der Erde, könnt ihr ihn hören?, fragt der Boss die Meute mit schiefem Kopf.
Typisch Weißer! Er hat die Eier, einem schwarzen Mann in seinem eigenen Land zu sagen, dass er zuhören soll. Kann bitte jemand diesem weißen Mann erklären, dass wir hier nicht in Scheißrhodesien sind!, sagt der Boss. Er hat sich jetzt wieder zur Meute umgedreht und spricht zu ihnen mit der Axt in der Hand. Sein Gesicht zeigt nach oben, als wenn er auch zu uns spricht. Der Boss hat ein Alltagsgesicht; erdbraune Haut. Er dreht sich wieder zu dem Weißen um und schwingt die Axt.
Merk dir, du Kolonialistenschwein, der schwarze Mann ist durch mit Zuhören, kapiert? Das hier ist ein schwarzes Land,

und der schwarze Mann hat jetzt das Sagen. Afrika den Afrikanern, sagt der Boss unter donnerndem Applaus.
Wer bist du überhaupt?, fragt der Weiße und guckt den Boss von oben bis unten an. An seiner Stimme merkt man, dass er ihn verachtet, sie alle verachtet, und uns auch, wenn er uns hier oben sehen würde.
Du kennst ihn nicht? Das ist Assistant Police Commissioner Obey Marima, und pass auf, wie du redest, weißer Mann, in dem Ton spricht man nicht mit ihm, nicht in diesem Ton, als wenn man scheißen würde, sagt eine heisere Stimme.
Nein, jetzt hört mal zu, sagt der Weiße, als wenn er gerade die Warnung vom Boss nicht gehört hat, dass Weiße Schwarzen nichts zu erzählen haben.
Ich bin Afrikaner, sagt er. Das hier ist auch mein Scheißland, mein Vater ist hier geboren, ich bin hier geboren, genau wie ihr! In seiner Stimme ist so viel Schmerz, als wenn ihn etwas in seinem Blut von innen verbrennt. Der Löwe zeigt Zähne. Die Adern am Hals vom weißen Mann sind dick wie Taue, sein Gesicht dunkel vor Wut. Aber keiner achtet auf ihn. Sie laufen los und stürmen das Haus, und ihr Gesang *Afrika den Afrikanern* erfüllt die Luft. Der weiße Mann und die Frau bleiben in der Nähe vom Wachmann stehen wie traurige Pflanzen, stehen einfach da und gucken der Meute nach; vielleicht haben sie Angst vor den Waffen und versuchen deswegen nicht, sie aufzuhalten oder ihnen ins Haus zu folgen.
Was genau ist ein Afrikaner?, fragt Godknows.
Psst, guck mal, sagt Bastard.
Der Weiße zerreißt das Papier in seinen Händen, er reißt und reißt und reißt und wirft die Schnipsel auf den Boden. Dann trampelt er drauf rum, ganz schnell mit seinen ewig langen Beinen. Eine kleine Staubwolke steigt nach oben. Er bewegt sich wie beim Tanzen, stampf-stampf-stampf, als wenn er in

seinem Kopf eine Trommel hört. Die Frau guckt zu und macht nichts.

Und dann legt sich der weiße Mann auch noch auf den Boden und fängt an, mit seinen Fäusten darauf einzuprügeln, zu prügeln und zu prügeln, und ich muss an Prophet Revelations Bitchington Mborro denken, wenn der mit einem Dämon kämpft. Ich stell mir vor, wie die Knöchel vom weißen Mann vor Schnitten bluten und die braune Erde das Blut trinkt. Als er endlich, endlich aufhört, vielleicht erschöpft, auf allen vieren unten bleibt und seinen goldenen Kopf hängen lässt, als wenn er nie wieder hochgucken würde, kniet sich die Frau neben ihn und legt ihre Hand auf seinen breiten Rücken, und ich denke, gleich betet sie für ihn. Dann beben ihre Schultern und beben und beben, als wenn sie um die Welt weint. Der Wachmann guckt einfach nur zu. Sbho fängt wieder an zu schniefen.

Wie bitte, heulst du jetzt um Weiße? Sind das deine Verwandten?, fragt Bastard.

Das sind Menschen, du Arschloch!, sagt Sbho mit einer harten, heißen Stimme, wie wir sie noch nie gehört haben, und ich fall fast aus dem Baum, weil noch niemand Bastard so genannt hat. Nie, niemals. Ich warte ab, was er macht, aber er guckt Sbho einfach nur verwirrt ins Gesicht.

Was die wohl machen?, sagt Godknows. Ihm kommt die Frage gerade über die Lippen, da hören wir es krachen. Der weiße Mann und die Frau knien immer noch, als wenn sie den Krach gar nicht hören, aber der Wachmann geht nervös hin und her. Ich weiß nicht, wieso der nicht wegrennt, dem sind ja nicht die Beine zusammengebunden, nur die Hände.

Vielleicht bringen sie Sachen um, beantwortet Godknows seine eigene Frage. Wir sitzen da und hören zu, wie Sachen brechen und krachen und fallen und splittern.

Ich will da drin sein und Sachen zertrümmern, sagt Bastard und lacht. Er hat sein Taschenmesser rausgeholt und sticht auf den Baum ein, tätowiert ihn.
Also, ich geh nach Hause, ich hätte sowieso bei Chipo bleiben sollen, und jetzt geh ich nach Hause, sagt Godknows, und er klingt wie jemand, der genug hat vom Spielen.
Warte. Warte, bis sie gehen, sagt Stina. Außerdem, da unten sind die Weißen, die sehen uns doch.
Mir egal. Ich gehe. Ich spar mir jetzt auch Budapest, sagt Godknows. Er setzt sich in Bewegung, aber Stina gleitet wie eine Schlange den Ast runter und packt Godknows an seinem Go-Green-T-Shirt. Man hört, wie Stoff reißt. Wir sitzen still und warten, Stina hält Godknows am T-Shirt fest, wie einen tollwütigen Hund, den man nicht loslassen darf. Bastard hat sein Baumtattoo fertig. Da steht *Bastad*; er hat das R vergessen, aber wahrscheinlich weiß er das nicht mal.
Nach einer ziemlich langen Zeit, da sind wir schon müde vom Baumsitzen, hört der Krach auf, und sie kommen aus dem Haus. Der Boss kommt zuerst, lässt die Axt an der Seite baumeln. Sie sind nicht mehr so laut und sehen sogar ein bisschen müde aus. Als wenn sie da drin Dämonen und Teufel ausgetrieben haben. Sie reden nicht mit den Weißen, sondern packen sie und führen sie weg, zusammen mit dem Wachmann, treiben sie vor sich her wie Vieh. Als die Gruppe unter unserem Baum durchkommt, guckt die Frau hoch, als wenn Gott ihr geflüstert hätte, dass sie hochsehen soll, als wenn irgendwas ihr gesagt hätte, dass wir da oben sind. Ich seh einen schwarzen Schatten über ihr ziemlich hübsches Gesicht huschen; ein Chamäleon, das versucht, unsere Farbe anzunehmen.
Ich kann mich nicht vom Blick der Frau lösen, aber es ist mir peinlich, dass sie uns hier oben in ihrem Baum sieht, peinlich

für sie, dass wir zusehen, wie sie abgeführt wird. Der schwarze Schatten bleibt auf ihrem Gesicht, und sie guckt weiter hoch, als wenn sie uns irgendwie mit ihren Augen aus dem Baum pflücken will, und allmählich denk ich, dass wir runterfallen, weil sie so guckt. Wir merken an dem Blick, weil Augen sprechen können, dass sie uns hasst, nicht ein bisschen, sondern so richtig. Sie sagt nichts; sie wird weitergeführt, und wir atmen aus.
Wo bringen sie die hin?, fragt Godknows, der jetzt wie sonst klingt.
Vielleicht bringen sie sie um, antwortet er selbst. Vielleicht bringen sie sie in den Wald, damit man ihre Hilfeschreie nicht hört, und bringen sie da um.
Als sie ganz sicher weg-weg sind, klettern wir schnell aus dem Baum und laufen direkt zum Haus. Zum ersten Mal betreten wir ein Haus von Weißen, also bleiben wir an der Tür stehen wie Leute, die nicht wissen, wie man durch eine Tür geht. Godknows, der vorne steht, streift seine Füße an der Matte ab, auf der *Saubere Pfoten* steht, aber dann bleibt er einfach stehen. Bastard kommt hinterher, schiebt Godknows weg und geht rein, als wenn er der Besitzer von dem Haus wäre und die Schlüssel hätte. Nach ihm drängeln wir alle rein.
Drinnen schlägt uns kalte Luft entgegen, wir legen die Hände auf unsere nackten Arme und fühlen die Gänsehaut. Erstaunt gucken wir uns um.
Wie kann es hier drin so kalt sein, wenn es draußen so heiß ist?, flüstert Sbho, aber keiner antwortet ihr, was bedeutet, dass wir es nicht wissen. Um uns herum ist alles durcheinander und kaputt. Stühle, der Fernseher, das große Radio, die hübschen Sachen, die wir nicht kennen. Wir stehen in den Trümmern; keiner spricht es aus, aber wir sind enttäuscht

von der sinnlosen Zerstörung, als wenn es unsere Sachen wären, die sie kaputt gemacht haben.
Im Wohnzimmer stehen wir vor der großen Maske an der Wand und starren auf das schwarze Gesicht, wo die Augen ausgestochen sind. Es ist ein langes, dünnes Gesicht mit weißen Linien um die Augenbrauen und die Lippen. Die Stirn ist hoch und steht etwas vor, und gelbe Punkte teilen sie in zwei Hälften. Die Nase ist lang und der runde Mund auf, als wenn da ein Heulen rauskommt. Und oben aus dem Kopf wächst ein Horn.
Bastard stakst durch die Möbeltrümmer und holt die Maske von der Wand. Er legt sie auf sein Gesicht und fängt an, wie der Hund von den Weißen zu bellen.
Genau das machen Heiden, die tragen so was, hat Prophet Revelations Bitchington Mborro in der Kirche gesagt, erkläre ich Bastard, aber er behält die Maske auf und bellt und bellt und bellt. Das ist nicht lustig, also lacht keiner. Wir gehen aus dem Wohnzimmer ins nächste große Zimmer mit dem langen Tisch, der jetzt zerbrochen ist, und den vielen Stühlen, die überall rumliegen. Von der Mitte der Decke baumelt eine große Lampe, die zum Teil zerschmettert ist.
Wozu haben die zwei Wohnzimmer?, fragt Godknows.
Das ist kein Wohnzimmer, das ist ein Esszimmer, sagt Bastard. Und geh mir aus dem Weg und hör auf, kaka Fragen zu stellen. Wir stochern uns durchs Zimmer und bleiben hinten an der Wand stehen, um uns die Bilder anzusehen, die heil geblieben sind.
Warum mögen die Weißen so gern Fotos?, fragt Godknows.
Weil sie schön sind, sagt Sbho.
Die Fotos?
Nein, die Weißen.
Auf den Fotos sehen wir Frauen mit langen Kleidern und ko-

mischen Hüten. Ein Junge reitet auf einem schwarzen Pferd; er sieht glücklich aus, das Pferd nicht. Ein Mann steht neben einem langen Felsen und zielt mit einem Gewehr. Er beißt sich vor Konzentration auf die Lippe wie jemand, der Verstopfung hat und es rausdrücken will. Ein anderer Mann trägt eine Soldatenuniform und eine rote Baskenmütze. Seine linke Brust blitzt vor Metallzeug. Er guckt in die Kamera, als wenn er nicht weiß, wo er hingucken soll. Ein Mann in Khakiklamotten steht vor einem Maisfeld. Ein Mann und eine Frau heiraten, um sie herum lauter glückliche Menschen mit Gläsern in der Hand.

Das ist wie ein Museum, sagt Sbho. So macht man das im Museum, da guckt man sich Bilder und so an.

Das nennt man Galerie, sagt Stina.

Auf einem sehr großen Foto, das viel Wand einnimmt, trägt ein großer schlanker Mann mit schon teilweise grauen Haaren und einem Seitenscheitel einen Anzug, der zu seinen blauen Augen passt. Er hält eine Tasse mit Untertasse in einer Hand. Die freie Hand ist leicht angehoben, als wenn er damit spricht. Unter dem Bild stehen die Wörter *The Hon. Ian Douglas Smith; Rhodesier sterben nie.* Auf dem nächsten Bild hält ein kleiner Junge Händchen mit einem Affen. Sie tragen dieselben blauen Sachen, halb Hemd, halb Unterhemd, wie Zwillinge.

Und auf einem anderen Foto, neben den Zwillingen, lächelt eine nett aussehende Frau mit einem runden Gesicht. Sie glitzert wie verrückt: Eine funkelnde Krone sitzt auf ihrem Kopf, dazu passend eine Kette und Ohrringe. Das Bild ist nicht mal spannend, und sie ist gar nicht so schrecklich hübsch, aber wir stehen alle da und gucken zu ihr hoch wie zu einer Flagge.

Warum sieht die so aus?, fragt Bastard.

Wie denn?, fragt Sbho.

Als wenn das Ding schwer ist, sagt Bastard.
Das nennt man Krone, sag ich. Und sie heißt Königin. Ich kenne sie.
Woher das denn?, fragt Bastard.
Sie war bei uns zu Hause. Lange her.
Du lügst. Was hat eine Weiße in deinem kaka Haus verloren?, fragt Bastard.
Doch, stimmt aber. Unterm Bett. Unter dem Bett von Mother of Bones.
Die Königin war unter dem Bett von deiner Großmutter?, fragt Godknows.
Mnnsss. Sbho saugt Luft durch die Zähne und verdreht die Augen.
Ihr Gesicht war auf dem englischen Geld, das Mother of Bones in ihrer Bibel unter dem Bett aufbewahrt. Von da kenne ich sie, sage ich.
Die Krone auf ihrem Kopf ist sehr schwer, darum lächelt sie so, lächelt wie jemand, der gerade ganz viel unreife Guaven gegessen hat. Die ist schwer, weil sie aus Gold ist, sagt Godknows.
Ich dachte, Kronen sind aus Dornen. Ich habe ein Bild in der Bibel gesehen, wo sie Jesus getötet haben, sagt Sbho.
Vielleicht hast du eine andere Bibel gesehen. In der, die ich gesehen hab, trägt Jesus auch eine echte Krone aus Gold. Immerhin gehört seinem Vater die ganze Welt, sagt Godknows.
Ihr lügt beide, Gold ist gar nicht schwer, und man trägt es nicht auf dem Kopf, sagt Bastard.
Woher willst du das wissen?, fragt Godknows.
Hat mein Onkel Jabu mir erzählt. Er hat doch in einer Mine gearbeitet. Und er hat erzählt, dass es gelb ist und glitzert, aber von schwer hat er nichts gesagt. Er wollte uns was mitbringen zum Zeigen, aber dann haben ihn die kaka Soldaten

niedergeschossen, sagt Bastard und hebt dabei angeberisch seine Stimme.
Die Geschichte kennen wir. Die hast du uns schon erzählt, sagt Sbho.
Ja, aber ich hab euch noch nicht erzählt, wie sie versucht haben, seine Leiche zu verstecken. Das stand in allen Zeitungen, sagt Bastard, aber wir gehen schon ins nächste Zimmer.
Ich denk an die Geröllhände von meinem Cousin Makhosi, der auch in der Mine gearbeitet hat. Als ich nach hinten gucke, ist Bastard dabei, seinen Afro zu betatschen, als wenn da eine Krone sitzt, die er zurechtrücken muss.
Im Schlafzimmer ist auch alles kaputt, trotzdem springen wir aufs Bett und hüpfen, außer Sbho, die vor einem kaputten Spiegel steht und sich die Lippen rot anmalt und aus einer blauen Parfumflasche besprüht. Wir hüpfen und hüpfen und hüpfen, die Federn heben uns so hoch, dass wir jedes Mal fast an die weiße Decke schlagen können, wenn wir unsere Arme nach oben strecken. Als wir genug haben vom Hüpfen, kriechen wir unter die Decke und schließen die Augen und machen Schnarchgeräusche. Das Bett ist so weich und riecht so schön, dass ich gar nicht mehr aufstehen will.
Wir sind wie Goldidogs, sag ich unter den Laken. Die drei Bären kommen, sag ich, aber keiner reagiert, weil sie nämlich die Geschichte in der Schule wahrscheinlich gar nicht gelesen haben.
Komm, wir machen das Erwachsenenspiel, sagt Sbho, und wir kichern. Jetzt sehen ihre Lippen aus, als wenn sie Blut getrunken hätte, und sie riecht teuer. Wir gucken uns schammäßig an wie Leute, die sich zum ersten Mal sehen. Dann legt sich Bastard oben auf Sbho drauf. Dann kommt Godknows rüber, aber ich schieb ihn weg, weil ich will, dass Stina und nicht Godknows mit seinem rissigen Po auf mich klettert.

Stina legt sich auf mich und bleibt da, und wir kichern und kichern. Mein Magen wird vom Gewicht zerdrückt, und ich überleg, was ich mache, wenn er aufplatzt und alles rausspritzt.
Wir liegen da und kichern und machen das Erwachsenenspiel in dem weichen Bett von Weißen, da klingelt es. Wir springen auf, gucken rum und wissen nicht, was wir machen sollen.
Was ist das?, fragt Godknows.
Ein Telefon, sagt Stina.
Ein Telefon! Ein Telefon! Ein Telefon!, brüllen wir und rennen aus dem Schlafzimmer auf das Geräusch zu. Wir wühlen im Wohnzimmer nach dem Telefon und finden es schnell unter einem Handtuch. Stina klappt es auf und sagt Hallo. Dann lacht er und gibt es Sbho, die lacht und gibt es Bastard, der lacht und gibt es mir. Ich kann am besten Englisch, also sag ich, Hallo, wie geht es Ihnen, wie kann ich Ihnen heute Nachmittag behilflich sein?
Wer ist da?, fragt eine Stimme am anderen Ende. Sie ist erstaunt, so wie man klingt, wenn man etwas entdeckt, was man nicht erwartet hat.
Ich, sag ich.
Was? Wer sind Sie?
Darling.
Darling?
Ja, Darling.
Na gut, ist das ein Scherz? Wie bist du ans Telefon gekommen?
Nein, das ist kein Scherz, ich hab das Telefon von Bastard, sage ich.
Bastard? Na gut, Moment, gibst du das Telefon bitte der Eigentümerin?

Die Eigentümerin ist nicht hier.
Wo ist sie? Wo sind sie?
Wissen wir nicht. Die haben sie mitgenommen.
Was? Wer ist wir? Wer hat sie mitgenommen? An ihrer Stimme höre ich, dass sie irgendwie die Stirn runzelt. Mir fällt außerdem ein, dass ich das Wort *Ma'am* nicht benutzt hab, wie wir es in der Schule gelernt haben, und am liebsten würde ich die Unterhaltung noch mal von vorn anfangen, um es richtig zu machen.
Die Meute, Ma'am, sag ich, diesmal richtig.
Was für eine Meute?
Die mit den Waffen und den Flaggen, Ma'am.
Wo haben sie sie hingebracht?
Weiß ich nicht, Ma'am.
Herrgott, Dan, kannst du mal rausfinden, was hier los ist? Ich ruf gerade Mom und Dad an, und irgend so ein komisches afrikanisches Kind hat Moms Telefon, sagt die Frau zu jemand, der Dan heißt.
Inzwischen gucken mich alle an, als wenn ich wer bin, und ich bin stolz, dass ich endlich mal mit einem weißen Menschen spreche, was ich in meinem ganzen Leben noch nicht gemacht hab. Jedenfalls nicht so. Dann kommt eine neue Stimme, eine männliche Stimme, ans Telefon. Als er mich in meiner Sprache anspricht, muss ich lachen; ich hab noch nie gehört, wie ein Weißer meine Sprache spricht. Das klingt komisch, aber ich bin ein bisschen enttäuscht, weil ich weiter Englisch sprechen will.
Der weiße Mann fragt mich, was passiert ist, und ich erzähl ihm alles, nur nicht den Teil mit den Guaven. Am Ende sagt er, ich soll das Telefon zurücklegen und wir sollen das Haus verlassen, weil es nicht unser Haus ist und wir kein Recht haben, hier zu sein. Ich klapp das Telefon zu und leg es wieder

unters Handtuch, wo wir es herhaben, aber dass der Mann gesagt hat, wir sollen das Haus verlassen, erzähl ich den andern nicht. Ich überleg schon, wie viele Leute aus Paradise in diesem großen Haus wohnen könnten. Fünf Familien vielleicht oder acht.

In der Küche schießt Wasser aus den Hähnen, und wir drehen sie zu. Der Tisch und die Stühle sind umgekippt, und Teller und Tassen und Töpfe und Kram liegen über den Boden verstreut. Im Kühlschrank ist alles unberührt, wir sind ganz überrascht, als wir ihn aufmachen. Wir hauen uns den Bauch voll mit Brot, Bananen, Joghurt, Limonade, Hühnchen, Mangos, Reis, Äpfeln, Karotten, Milch und was wir sonst noch finden. Wir essen Sachen, die wir noch nie gesehen haben, Sachen, von denen wir nicht mal wissen, wie sie heißen.

Wia haban de Gäbel fagessen, wia haban de Gäbel fagessen, sagt Godknows wie ein Weißer, und wir kichern. Er geht zum Schrank und wühlt und wühlt und wühlt und kommt dann mit blitzenden Gabeln und Messern zurück, und wir essen wie echte Weiße. Als wir am Mund vorbeipieksen, lachen wir, werfen die Dinger weg und essen wieder mit den Händen. Wir stopfen uns voll und stopfen uns voll, stopfen uns voll, bis wir fast keine Luft mehr kriegen.

Ich muss mal, sagt Godknows, und da gehen wir alle aus der Küche raus und suchen das Klo. Wir sind so voll, dass wir gleich platzen. Wir gehen wie Elefanten, weil wir so schwer sind und das Essen uns müde gemacht hat. Das Bad ist ganz am Ende von dem langen Flur. Da ist ein großes weißes rundes Ding, wo sie baden, dann eine Glasdusche, Seifen und Schnickschnack und Zeug. Und dann ist da noch ein schrecklicher Gestank, und als wir uns umdrehen, sehen wir neben dem Klo die Wörter *Blak Power* in braunem Kot auf dem großen Badezimmerspiegel.

9 IN ECHT

Das Singen ist so weit weg, es klingt, als wenn die Stimmen in der Erde begraben wurden und jetzt wieder rauswollen. Wir warten schon den ganzen Nachmittag, also hören wir gleich auf zu spielen und rasen zu dem großen Baum in der Mitte von Heavenway. Wir klettern doppelt schnell und sind in ein paar Minuten ganz oben. Ich persönlich mach es mir auf einem starken Ast schön bequem und achte drauf, dass ich von Blättern verdeckt bin.

Da drüben, sie kommen, sagt Godknows, und wir sehen, wie die Trauergemeinde um den großen Ameisenhügel herum auf Heavenway zurollt. Sie wollen Bornfree begraben, obwohl man ihnen gesagt hat, was passiert, wenn sie dabei erwischt werden. Wir gucken von hier oben zu, weil wir nicht zur Beerdigung können, Kinder sind in Heavenway verboten. Aber wir, das wissen die Erwachsenen bloß nicht, schleichen uns hier immer rein, wenn wir eine Beerdigung sehen oder rumstreunen oder spielen wollen.

Heavenway, das sind Haufen und Haufen rote Erde überall, als wenn man Menschen erntet, als wenn der Tod irgendwie hinter einem Stein wartet mit einer großen Gratistüte Essen und die Menschen sich gegenseitig überrennen, um vorne dabei zu sein, bevor es nichts mehr gibt. Genau so ist das nämlich, die Toten kommen und kommen.

Und auf den roten Haufen liegen die Gegenstände zum Gedenken an die Toten: Zerschmissene Teller. Kaputte Tassen. Schlagstöcke. Ein Haufen Steine. Zweige vom Mphafa-Baum. Alles so traurig und klobig und hässlich. Ich weiß nicht, warum die Leute nicht versuchen, es hier ein bisschen hübsch zu machen – zum Beispiel, indem sie die Kreuze anmalen und das khakigrüne Gras rupfen und nette Blumen pflanzen –, wo doch die Toten das nicht selber machen können. So hätte ich es gern, wenn ich tot wäre. Dass mein Grab schön aussieht und nicht so kaka.

Früher hatte ich große Angst vor Friedhöfen und Tod und so Sachen, aber jetzt nicht mehr. Angst bringt einfach nichts, wenn man so nah an den Gräbern wohnt; als würde sich die Zunge vor den Zähnen fürchten. Am liebsten mag ich an Heavenway die Kreuze mit den Namen der Toten. Wenn wir nicht bei Beerdigungen zugucken, spazieren wir manchmal rum und lesen uns die Namen auf den Gräbern vor. Ich versuch mir immer vorzustellen, dass ich die Leute kannte, und denk mir Geschichten über sie aus oder erzähle ihnen, was in der Zeit passiert ist, seit sie unter der Erde sind.

Wenn man sich die Namen zusammen mit den Tagen anguckt, sieht man, das sind jetzt wirklich Namen von Toten. Und wenn man gut in Mathe ist so wie ich, kann man sich das Alter von den Toten ausrechnen und rauskriegen, dass sie jung gestorben sind, dass ihr Leben so kurz war wie das von einer Hausmaus. Ein Mensch sollte ein erfülltes Leben haben, lange leben und alt werden wie zum Beispiel Mother of Bones. Die Krankheit, die bringt sie um. Niemand kann sie heilen, also macht sie einfach, was sie will – tötet, tötet, tötet wie ein Verrückter, der mit einer Machete unreife Zuckerrohrhalme abhackt.

Die Sargmänner kommen zuerst, vor den Trauernden. Mit dem Sarg auf ihren Schultern schreiten sie direkt unter unserem Baum durch, und ihre langen Schuhe, ziegelrot von der Erde, stampfen im Gleichschritt und heben sich – hoch-runter, links-rechts, hoch-runter, links-rechts –, als wenn die

Füße auf einer Marimba spielen würden, die direkt unter der schwieligen roten Erdhaut steckt.
So bewegen sie sich, die sechs Männer mit Gesichtern aus Stein und Blitzen in den Augen und null Mätzchen in ihrem Gang – hoch-runter, links-rechts, hoch-runter, links-rechts. Es ist schön, wie sie gehen, darum gucken wir uns an und lächeln. Auf Bornfrees Sarg ist eine Flagge drapiert mit schwarzen, roten, gelben und grünen Streifen und einem weißen Herz vorne drauf. In letzter Zeit sieht man ziemlich viele solche Särge; in denen liegen die Wandel-Leute, wie Bornfree.
Und als Nächstes kommt der Haufen Trauergäste. Zum ersten Mal sehen wir so viele Menschen in Heavenway, überall Leute, die die engen Wege verstopfen. Viele tragen das schwarze T-Shirt mit dem weißen Herz vorne drauf oder dem Wort *Wandel*. Aber die hier sind nicht wie die normalen Trauernden. Die hier weinen nicht, sie klagen nicht. Sie senken nicht den Blick auf den Boden, sie verschränken nicht die Arme auf dem Rücken. Sie gehen nicht mit gemessenen Schritten. Diese hier stürmen hinter dem Sarg her. Sie pfeifen, sie schütteln ihre Fäuste. Sie singen Bornfrees Namen, als wenn sie ihn von woher auch immer zurückholen wollen. Diese Trauernden sind wütend.
In dem Meer von Leuten sind auch Erwachsene aus Paradise. Mutter ist da, MaMoyo ist da und sogar Mother of Bones. MotherLove. Dignity. Chenzira. Soneni. Die Männer unter der Jacaranda. Die Leute von der Holy Chariot Church. Fast alle Erwachsenen sind hier, aber jetzt sehen sie nicht aus wie sonst, sie sehen aus wie Knochen, von denen man das Fleisch abgenagt hat.
In den Tagen nach dem Wählen, nach der Party in MotherLoves Hütte schlief Paradise nicht. Die Erwachsenen blieben viele Nächte lang auf und wussten nicht, wie sie still sitzen

sollten, wie sie sich in den Hütten bücken sollten, wie sie schlafen sollten, wussten überhaupt nicht mehr, wie man etwas macht außer ums Feuer stehen und darüber reden, wie sie das neue Leben leben, das auf sie wartet.
Ich ziehe erst mal in ein Haus, wo ich aufrecht stehen kann.
Ya, ein richtiges Haus für einen großen Mann wie mich.
Ich gehe zurück auf die Uni und mache meinen Abschluss.
Ich hole meine Kinder von diesen hässlichen Straßen, wisst ihr, hole die anderen aus dem Ausland zurück, sag ihnen, sie sollen nach Hause kommen. Und habe dann wieder eine Familie um mich, wisst ihr, wie ein Mensch, wisst ihr?
Wir fangen an zu leben. Alles wird anders. Komm, Wandel, jetzt.
So haben sie geredet, waren Nacht für Nacht auf und warteten auf den Wandel, der ganz nah war. Warteten und warteten und warteten. Aber dann hatte das Warten kein Ende, und der Wandel kam nicht. Und dann kamen die Männer Bornfree holen. Das war's, da hörten die Erwachsenen auf, von Wandel zu reden. Als wäre das Wählen und das Feiern und alles, was passiert war, gar nicht passiert. Und die Erwachsenen kehrten einfach still in ihre Hütten zurück und probierten aus, ob sie sich noch bücken können. Sie stellten fest, dass sie sich noch bücken können; besser als ein Ast voller verrottender Guaven. Jetzt ist alles wie immer, aber die Erwachsenen nicht. Wenn man ihnen ins Gesicht guckt, hat man das Gefühl, dass etwas, was da drin war, sich mit Sack und Pack aus dem Staub gemacht hat.
Messenger ist auch unter den Trauergästen, und in seinem Gesicht ist so viel Wut und Schmerz, man erkennt Messenger fast nicht, man erkennt fast nicht, dass man überhaupt in ein Gesicht guckt. Wenn Messenger jetzt den Mund aufmachen würde, wäre seine Stimme eine schreckliche Wunde; es

ist alles da in seinem Gesicht, der Schmerz. Ich weiß nicht, was er jetzt ohne seinen Bornfree macht, sie haben überall alles zusammen gemacht, als wenn sie irgendwie ein Paar Ohren wären.
Ganz zum Schluss kommen die beiden Männer mit den BBC-Mützen. Einer guckt sich durch ein Ding alles an, und der andere fotografiert. Bornfrees Mutter MaDube trägt ein blutrotes Kleid, obwohl man Schwarz tragen soll, wenn Menschen sterben, nicht Rot und keine andere Farbe. Schwarz ist für die Toten, Rot für die Gefahr. Sie windet sich und brüllt wie ein verwundeter Löwe. Sie hat Schmerzen; dass das echter Schmerz ist, sieht man und hört man. Schmerz-Schmerz. Frauen halten MaDube fest, als wenn sie gehört hätten, dass die Löwin in den Himmel springen und die Sonne in blutige Stücke reißen wird.
Die Trauernden stellen sich im Kreis auf. Der Sarg steht am Grab. Man kann vor lauter Leuten schlecht sehen, also kletter ich auf den höchsten Ast. Als ein Zweig knackt, guckt mich Stina stirnrunzelnd an und legt einen Finger auf die Lippen. Ich runzel zurück, damit er mich in Ruhe lässt, bei den vielen Blättern sieht uns keiner, und bei dem Lärm hört uns keiner.
Ein großer Mann mit riesiger Mähne steht am Kopfende vom Grab und fängt an zu sprechen. Die Trauernden verstummen, aber unter der Stille kann man immer noch was hören. Etwas wie Wut. Der Mann schreit, und seine Stimme steigt auf wie Rauch, an uns vorbei, Richtung Gott. Der Mann spricht über Land und Stichwahl und Helden und Demokratie und Mord und Freiheit und Menschenrechte und Kram. Der Ton macht die Trauernden böse; als wenn man sie beleidigt hätte. Der BBC-Mann klickt und klickt wie besessen mit seiner Kamera. Die Trauernden sind unruhig und können sich nicht beherr-

schen. Sie murmeln und nicken. Sie schreien und stampfen. Sie tanzen Toyi-Toyi. Sie prügeln mit den Füßen auf die Erde ein, als wenn sie sie aufreißen wollen. Dann hebt Prophet Revelations Bitchington Mborro die Bibel und fängt an, heilige Sachen zu sagen. Die Trauernden werden leise. Prophet Revelations Bitchington Mborro liest einen Vers und sagt ein Gebet und nennt Bornfree Moses, der versucht hat, sein Volk nach Kanaan zu führen. Er sagt noch mehr heilige Sachen und redet und redet, bis ich mich frage, ob es ihm nicht langsam mal reicht, mit einem Gott zu reden, der sich nicht mal die Mühe macht zu zeigen, dass er ein Gott ist.

In den Tagen direkt nach dem Wählen haben Prophet Revelations Bitchington Mborro und die Leute von der Holy Chariot Church auf dem Fambeki Wache gehalten, für den Wandel gebetet und alle aufgefordert, auf den Berg zu kommen und für das Land zu beten. Das war ziemlich beeindruckend, und wenn sie voll in Gang waren, haben sie den Fambeki mit ihrer Lautstärke angesteckt wie einen brennenden Busch, mit Liedern und Gesängen und Predigten und Gebeten, die in den Himmel gestiegen sind, bevor sie wie Steine den Berg runterpurzelten und jeden zermalmten, der zufällig vorbeikam. Und als hinterher kein Wandel kam, klappten die Stimmen der Gläubigen zusammen wie Schmetterlingsflügel, und die Gläubigen tröpfelten den Fambeki runter wie gebrochene Knochen und schleppten sich weg, aber jetzt sind sie zurück, als wenn Gott sie damals gar nicht ignoriert hätte.

Jetzt werden die Trauernden unruhig, und sie fangen an zu scharren und zu murmeln, also kommt Prophet Revelations Bitchington Mborro zum Ende, vielleicht hat er Angst vor der Wut der Leute. Dann beginnt die Beerdigung. Als die Männer Bornfrees Sarg vorsichtig ins Grab runterlassen, ist aus der Löwin MaDube ein wilder Stier geworden. Vom rasenden Rot seines Kleids geblendet, brüllt der Stier: Sie haben meinen Sohn umgebracht! Sie haben meinen einzigen Sohn umgebracht! Bornfree, mein Sohn! Wer begräbt mich, wo du jetzt tot bist! Der Stier brüllt und brüllt, bäumt sich gegen seine Bändiger auf und versucht, hinter dem Sarg herzustürmen. Ich guck Bastard an, er hat Tränen in den Augen, was mich überrascht. Als er mich sieht, runzelt er die Stirn und dreht sich weg.

Die Trauernden werfen ihre Handvoll Erde, und Schaufeln häufen eilig Erde aufs Grab. Dieser Teil passiert schnell, vielleicht damit der wilde Stier nicht ausbricht und reinspringt und sich in einen Wurm verwandelt, der sich tief reinbohrt und nicht wieder rauskommt; ich hab schon Leute gesehen, die in ein Grab springen oder echt merkwürdige Sachen machen wollten. Als die Erde ordentlich aufgehäuft und ein Schild aufgestellt ist mit Bornfrees Namen, sackt MaDube auf die Knie, als wenn sie beten würde. Jetzt, wo sie sich beruhigt hat, wird sie losgelassen. Sie sitzt auf den Schenkeln und fängt an, das Grab mit bloßen Händen festzuklopfen, wie ein kleines Mädchen beim Matschkuchenbacken. Dann singen die Trauernden ein Begräbnislied:

Tshiya lumhlaba, lentozawo,
thabath' isphambano ulandele,
ngcono ngiz' hambele mina ngalindlela,
tshiya lumhlaba, lentozawo –

In dem Moment, wo im Lied *lentozawo* kommt, springt der Stier in die Luft und rast über den Friedhof. MaDube läuft und schreit dabei die ganze Zeit nach ihrem Sohn. Sbho fängt an zu lachen, und Bastard sagt, Halt dein kaka Maul, siehst du nicht, dass das hier eine Beerdigung ist? Leute ru-

fen MaDube zu, dass sie anhalten und zurückkommen soll. Sie brüllen ihren Namen, aber sie rast weiter, dass ihre Fersen fast den Hinterkopf schlecken. MaDube rennt.
Als alle weggehen, einige hinter MaDube her und andere einfach weg, weil es nichts mehr zu tun gibt, klettern wir vom Baum. Wir sehen die Abdrücke von MaDubes Händen auf Bornfrees Grab – ein Dutzend gefurchte Handflächen ordentlich nebeneinander, ein schönes Muster. Auf dem Schild auf Bornfrees Grab steht BORNFREE LIZWE TAPERA, 1983-2008, RUHE IN FRIEDEN UNSER HELD. FÜR DEN WANDEL GESTORBEN.
Was passiert, wenn jemand stirbt?, fragt Godknows.
Keine Ahnung, wir sind noch nie gestorben. Woher sollen wir das wissen?, sagt Sbho.
Genau. Frag doch deine Mutter, sagt Bastard.
Wenn man stirbt, weil man umgebracht wurde, wird man ein Geist und irrt durch die Welt, weil man keine Ruhe findet, sagt Stina. Wir drehen uns nach ihm um; er steht da und guckt die ganze Zeit aufs Grab, als wenn es seins wäre.
Tja, falls Bornfree ein Geist ist, findet er ja vielleicht die Leute, die ihn umgebracht haben, und verbrennt sie. Ich hab gehört, dass Geister glühend heiße Kohle schmeißen und Sachen verbrennen können, sagt Godknows.
Mein Großvater wurde umgebracht, bevor wir auf die Welt kamen. Vielleicht ist er ein Geist ..., fange ich an, aber Großmaul Bastard unterbricht mich und sagt, Ich bin Bornfree. Töte mich!
Zuerst stehen wir nur da und gucken das Grab an, als wenn es uns die Regeln für ein Spiel mit Toten erklären soll, so was haben wir nämlich noch nie gespielt. Dann fängt Godknows an mit Tuten und Ächzen, und wir wissen, dass er der Laster ist, mit dem die bewaffneten Männer kamen, die hinter Bornfree her waren. Er wird lauter und lauter, und wir kommen

in die Gänge. Schnappen uns schnell unsere Keulen und Macheten und Messer und Äxte und steigen in den Laster. Stina zieht sein Was-würde-Jesus-tun-T-Shirt aus und wedelt damit rum, weil es jetzt die Landesflagge ist, und wir zeigen drauf mit unseren Waffen und singen den Namen des Präsidenten.

Godknows ist ein beängstigendes Auto; er ächzt und tutet und wirbelt Staub auf, bis er anhält, um uns rauszulassen, dann verwandelt er sich und wird einer von uns. Er zieht sein Arsenal-T-Shirt aus und schwenkt die Landesflagge durch die Luft. Inzwischen lachen wir und singen und stimmen Kriegslieder an und winken mit unseren Waffen. Wir sind ziemlich im Rausch; wir sind Tiere, und wir sind auf Blut aus.

Aber erst mal tanzen wir. Wir heben unsere Waffen über den Kopf und singen und johlen und pfeifen. Wir springen hoch, stampfen auf den Boden und wirbeln Staub auf. Wir schwingen unsere Körper wie Gegenstände und zerschlitzen die Luft mit unseren Waffen. Unsere Gesichter sind jetzt ganz verzerrt; wir gucken uns an, wir sind jetzt wilde und richtig hässliche Männer. Stinas Mund ist so weit auf, dass ich das Rosa in seinem Hals sehen kann. Er schwingt seine Axt und macht Beißbewegungen mit seinen Hundezähnen, und ich lache.

Nach dem Tanzen stürzen wir uns auf Bastard, der jetzt Bornfree ist. Wir schreien ihm ins Gesicht, während wir ihn verkloppen.

Für wen arbeitest du?

Verräter!

Wer bezahlt dich? Amerika oder England?

Warum rufst du dann nicht Amerika und England zu Hilfe?

Freund der Kolonialisten!

Verkaufst das Land an die Weißen!

Glaubst du, du kannst einfach wählen, wer dir passt?
Wähle jetzt, wir wollen es sehen, du Verräter!
Du willst Wandel, dann zeigen wir dir heute mal Wandel!
Hier ist deine Demokratie, hier sind deine Menschenrechte, friss, friss, friss!
Dann schwingt Godknows einen Hammer, haut eine gerade Linie durch die Luft. Er trifft Bornfree am Hinterkopf, und ich höre, wie was zerbricht. Sbho schwingt eine Axt und hackt ihm in die Seite, über dem Ohr. Als Nächstes erwischt eine Machete Bornfree im Gesicht und spaltet ihn vom Auge zum Kinn. Dann sind wir alle auf ihm drauf. Dreschen, schlagen, prügeln, hauen. Äxte auf den Kopf, Tritte in die Rippen, Beine, Keulen überall. Alle unsere Waffen, die sich um einen Menschen kloppen, das sieht so aus, als wenn wir über ein Sandkorn herfallen; da sind so viele Waffen, dass sie ineinanderkrachen. Aber wir lachen und machen weiter. Hauen, hauen, hauen. Bornfree macht die ganze Zeit keinen Mucks. Da ist überall Blut, so viel Blut, nur noch Blut. Dann hören wir auf zu hauen, und jemand sagt, Aufstehen und weg hier. Aufstehen. Aber Bornfree kann nicht stehen. Er kriecht über den Boden, langsam, laaaaaangsam wie eine fette vergiftete Kakerlake.
Wie schmeckt dir der Wandel jetzt?
Komm schon, aufstehen. Du musst aufstehen und wählen!
Wie willst du den Wandel sehen, wenn du hier bloß rumliegst und nichts tust?
Wir jubeln und lachen und knüppeln weiter.
Chipo, die nicht mit uns in den Baum klettern konnte, ist jetzt Bornfrees Mutter MaDube. Sie wälzt sich an der Seite über den Boden. Sbho läuft zu ihr, um sie festzuhalten, aber MaDube zappelt wie ein Fisch ohne Wasser, wie eine besessene Schlange, schreit und schreit. Schreit, schreit, schreit.

Lass mich! Lass mich los, ich muss meinen Sohn retten! Warum rettet keiner meinen Sohn! Was steht ihr hier alle rum und glotzt! Ihr Arschlöcher, was steht ihr hier und lasst es geschehen! MaDube schreit die Gräber an, die außerdem die Leute aus Paradise spielen, wie sie rumstehen und nichts tun.
Bitte, MaDube, bitte nicht, willst du, dass sie dich umbringen? Sbho ist jetzt eine Frau mit Troststimme.
Lass mich! Lass mich! Besser mich als meinen Sohn. Besser ...
In dem Moment schießt eine Blutfontäne in die Luft wie ein Pfeil und spritzt alles voll. MaDube schlägt die Hände auf die Brust und wird ohnmächtig.
Aber die Knüppelei hört nicht auf. Wir singen lauter und am lautesten. Wir stampfen auf den Boden und wirbeln noch mehr Staub auf. Bornfree ist jetzt halb nackt und sieht aus wie ein blutiger Lumpen und nicht wie ein Mensch. Er macht immer noch keinen Mucks, als wenn er versucht, Jesus zu sein, aber ich glaube, nicht mal Jesus hätte das so gemacht, in der Bibel gibt es ja sogar diesen Vers: *Jesus weinte*.
Die Menschen von Paradise machen auch keinen Mucks. Da ist dieses große schwarze Schweigen, als wenn sie was Heiliges angucken. In den Augen der Erwachsenen sehen wir aber die Wut. Sie ist still, aber da. Trotzdem, was nützt Wut, wenn sie innen drin bleibt wie ein Herz, wie Blut, wenn man nichts damit anfängt, wenn man sie nicht benutzt zum Zuschlagen oder auch nur Brüllen? So eine Wut zählt nicht, die ist gar nichts. Bloß ein schrecklicher großer Hund ohne Zähne.
Am Ende, ganz am Ende hören wir auf. Wir sind müde. Unsere Stimmen sind heiser. Unsere Gesichter sind leer. Unsere Waffen baumeln uns an der Seite, voller Blut. Unsere Kleidung ist blutig. Unsere Landesflagge ist blutig.

Sie haben ihn umgebracht, flüstert jemand. Herrgott, er ist den Tod gestorben.

Wir drängeln uns in den Laster, und Godknows fährt weg, tutend und ächzend.

Was ist denn das für ein Spiel?, fragt jemand hinter uns. Als wir uns umdrehen, sind die beiden BBC-Männer wieder da. Sie stehen zwischen den Gräbern und beobachten uns mit ihren Dingern. Die Kamera klickt ein paarmal, wir werden fotografiert. Dann fragt der Große mit Haaren überall und einem Dschungel im Gesicht noch mal, Was habt ihr da gerade für ein Spiel gespielt?, und Bastard zieht sein T-Shirt an und sagt, Seht ihr nicht, das passiert in echt?

10 WIE SIE GINGEN

Seht nur, sie gehen in Scharen, die Kinder des Landes, seht nur, sie gehen in Scharen. Die nichts haben, überqueren Grenzen. Die Kraft haben, überqueren Grenzen. Die ehrgeizig sind, überqueren Grenzen. Die Verluste beklagen, überqueren Grenzen. Die Schmerzen haben, überqueren Grenzen. Fahren, laufen, ziehen, gehen, wandern, verschwinden, fliegen, fliehen – überallhin, in nahe und ferne Länder, Länder, von denen sie noch nie gehört haben, Länder, deren Namen sie nicht aussprechen können. Sie gehen in Scharen.

Als alles auseinanderbricht, huschen und hasten die Kinder des Landes wie Vögel auf der Flucht vor einem brennenden Himmel. Sie fliehen das elende Land, auf dass ihr Hunger in fremden Ländern besänftigt, ihre Tränen in unbekannten Ländern getrocknet, die Wunden ihrer Verzweiflung in fernen Ländern verbunden, ihre blasigen Gebete in der Dunkelheit wunderlicher Länder gemurmelt werden.

Seht, wie die Kinder des Landes in Scharen gehen, ihr eigenes Land verlassen mit blutenden Wunden am Leib und Entsetzen auf dem Gesicht und Blut im Herzen und Hunger im Bauch und Kummer in den Beinen. Ihre Mütter und Väter und Kinder zurücklassen, ihre Nabelschnüre im Boden, die Knochen ihrer Vorfahren in der Erde, alles, was sie ausmacht, sie zu dem macht, wer und was sie sind, weil sie unmöglich bleiben können. Nie wieder werden sie sein wie jetzt, denn man bleibt nicht derselbe, wenn man zurücklässt, wer und was man ist, man bleibt nicht derselbe.

Seht nur, sie gehen in Scharen, obwohl sie wissen, dass man sie kühl empfangen wird in jener Fremde, weil sie dort nicht hingehören, obwohl sie wissen, dass sie auf einer Pobacke werden sitzen müssen, weil man sie jederzeit auffordern kann, sich zu entfernen, obwohl sie wissen, dass sie gedämpft flüstern werden, weil sie mit ihren Stimmen nicht die Stimmen der Besitzer des Landes ertränken dürfen, obwohl sie wissen, dass sie auf Zehenspitzen werden laufen müssen, um in der neuen Erde keine Spuren zu hinterlassen, um nicht für solche gehalten zu werden, die das Land für sich beanspruchen. Seht nur, sie gehen in Scharen, Arm in Arm mit Verlust und Verlorenen, seht nur, wie sie gehen.

11 DESTROYEDMICHYGEN

Wer da ist, wo ich gerade stehe, und aus dem Fenster guckt, sieht keine Männer unter einer blühenden Jacaranda beim Damespielen. Bastard und Stina und Godknows und Chipo und Sbho kommen mich nicht abholen, um nach Budapest zu laufen. Man hört nicht mal eine Verkäuferin ihre Waren anpreisen, und niemand spielt das Landspiel oder jagt fliegende Ameisen. Bestimmte Sachen passieren nur in meinem Land, und das hier ist nicht mein Land; ich weiß nicht, wem es gehört. Dieser fette Junge, TK, der mein Cousin sein soll, obwohl ich ihn noch nie gesehen habe, sagt, Das hier ist Amerika, yo, in diesem Motherfuckerland gibt es den ganzen afrikanischen Shit nicht.

Was man sieht, wenn man da ist, wo ich gerade stehe, ist Schnee. Schnee auf den nackten Bäumen, Schnee auf den Autos, Schnee auf den Straßen, Schnee in den Gärten, Schnee auf den Dächern – Schnee, einfach Schnee, der alles zudeckt wie Sand. Dieser Schnee, das ist ein gefräßiges Monster, man muss sich nur mal angucken, wie der hier alles verschluckt hat; wo ist der Boden jetzt? Wo sind die Blumen? Das Gras? Die Steine? Die Blätter? Die Ameisen? Der Müll? Wo ist das alles? Und was die Kälte angeht, so was hab ich überhaupt noch nicht erlebt. Ich meine, Kälte, die so tut, als wenn sie einen umbringen will, als wenn sie einem mit ihrem Schnee erzählen will, dass man zurückgehen soll, wo man hergekommen ist.

Tante Fostalina ist im Wohnzimmer schwer beschäftigt, sie geht und geht und geht. Es ist sehr merkwürdig, dass sie die ganze Zeit auf der Stelle geht. Wenn draußen nicht so viel

Schnee liegen würde, dann würde sie vielleicht draußen gehen wie normale Menschen. MaDube ist auch immer so gegangen, gegangen, gegangen, gegangen, ohne irgendwo hinzulaufen. Weil sie nämlich verrückt geworden ist, nachdem sie ihren Sohn Bornfree umgebracht haben, aber was Tante Fostalinas Problem ist, weiß ich nicht genau.
Beim Gehen schleudert sie immer die Arme nach hinten wie eine Mjingo und zählt dabei. Drei-vier-fünf-sechs, gehen, gehen. Onkel Kojo, TKs Vater, der so was wie Tante Fostalinas Mann ist, aber nicht ihr Ehemann, weil sie, glaub ich, nicht verheiratet-verheiratet sind, kommt von der Arbeit und sagt, Fostalina, spielen die Lions und die Giants noch? Onkel Kojos Stimme klingt, als wenn in seinem Mund etwas den Wörtern hinterherrennt, dass sie vor Schreck auseinanderlaufen. Aber Tante Fostalina antwortet nicht; sie muss mit den Frauen im Fernseher mithalten – vier-fünf-sechs, und gehen, und gehen.
Das bin ich auf dem Foto, im rosa T-Shirt; da wohnte ich noch in meinem Land. Tante Fostalina hat das Bild gemacht, als sie mich abholen kam. Irgendwann hat man als Erinnerung nur noch diese Fotos, das hat sie gesagt. Das ist Bastard, und das ist Godknows, und das ist Chipo, und das ist Stina, und die hier vorbeigeht, ist Godknows' Schwester S'bahle. Ich weiß nicht, wo Sbho war, als das Foto gemacht wurde. Auf diesem Bild sieht man Tante Fostalina und Mutter, sie sind Zwillinge. Tante Fostalina ist hübsch, aber ich finde, Mutter ist noch viel hübscher; wenn sie hier geboren wäre, dann wäre sie Model geworden oder so was. Andererseits hab ich gesehen, dass manche Models eigentlich gar nicht schön sind, keine Ahnung, was die im Fernsehen machen, ich seh die auf dem Laufsteg und denke, *Wenn du in meinem Land geboren wärst, dann wärst du ganz gewöhnlich, dein Lauf-*

steg wäre die Grenze, wo du Sachen verkaufen würdest wie meine Mutter.
Als ich weggegangen bin, wollte Mutter meine Hand nicht loslassen, ich dachte, sie reißt sie ab. Mother of Bones hat mich freundlich angeguckt, zum ersten Mal hat sie mich so angeguckt, und gesagt, Ich weiß nicht wirklich nicht Kind vielleicht sehe ich dich zum letzten Mal ich weiß nicht vielleicht bin ich noch da wenn du zurückkommst aber was ist das für ein Leben ihr seid hier geboren und verstreut euch in Scharen in fremden Ländern was soll aus dem Land werden eine Ruine? Ich hab nichts gesagt, weil das zwar eine Frage war, aber Mother of Bones mal wieder mit sich selber geredet hat.
Ein paar Tage vor meiner Abreise ist Mutter mit mir zu Vodloza gegangen, wo ich eine Calabashpfeife rauchen und niesen und niesen musste, und er hat gelächelt und gesagt, die Vorfahren sind deine Engel, sie werden dich nach Amerika tragen. Dann hat er Tabak auf die Erde gestreut und zu jemandem, den ich nicht sehen konnte, gesagt: Öffne den Weg für dein wanderndes Kalb, du, Vusamazulu, ebne die Himmel, rufe deine Väter, Mpabanga und Nqabayezwe und Mahlathini, und zieht eure mächtigen Speere, um die Pfade freizumachen und das Kind auf ihrem Weg vor dunklen Geistern zu schützen. Bringt sie sicher in das fremde Land, das ihr und eure Vorfahren nicht mal im Traum betreten habt.
Zum Schluss hat er mir einen Knochen an einer regenbogenbunten Kordel um die Taille gebunden und gesagt, Dies ist deine Waffe, sie wird alles Böse in diesem Amerika abwehren, leg sie niemals ab, hörst du? Doch als ich nach Amerika kam, hat der Flughafenhund gebellt und gebellt und geschnüffelt, und die Frau in der Uniform hat mich zur Seite genommen und den Stock um mich herumgewedelt, und der Stock hat

ding-ding gemacht, und die Frau hat gesagt, Trägst du eine Waffe bei dir?, und ich hab genickt und ihr meine Waffe von Vodloza gezeigt, und Tante Fostalina hat gesagt, Was ist das für ein Unsinn, und hat sie abgemacht und in den Müll geworfen. Jetzt hab ich keine Waffe, um in Amerika das Böse abzuwehren.

Mit dem ganzen Schnee, mit der Sonne, die nicht da ist, mit der Kälte und Trostlosigkeit sieht das hier nicht aus wie mein Amerika, es sieht nicht mal echt aus. Ich komme mir vor wie in einer schrecklichen Geschichte, wie bei den irren Stellen in der Bibel, wo Gott Leute für ihre Sünden bestraft und sie mit dem Wetter unglücklich macht. Der Himmel, zum Beispiel, ist schon die ganze Zeit, seit ich hier bin, weiß, daran merkt man, dass was nicht stimmt. Sogar ein Stein weiß, dass ein Himmel blau zu sein hat wie unser Himmel zu Hause – der ist blau, so blau, dass man Clorox draufsprayen kann und mit einem Küchentuch abwischen, ohne dass es abgeht.

Und noch was: Von hier aus, wo ich stehe, sieht man sie nicht, aber im Schnee stehen Tokoloshen. Nachts träum ich, dass sie kommen und sagen, Hey, willst du einen Schneemann bauen? Wie geht es dir? Wo kommst du her? Dann fragen sie, Magst du *High School Musical* oder *Raven blickt durch?* Sie fragen, Willst du was von McDonald's oder Burger King? Magst du Justin Bieber? Ich schrei die Tokoloshen an, dass sie weggehen sollen.

Onkel Kojo sieht Tante Fostalina auf der Stelle gehen und sagt mit verschränkten Armen, Weißt du, ich persönlich versteh gar nicht, warum du das alles machst. Was tust du dir da an, Fostalina, mal ganz ehrlich? Kick. Und punch. Und kick. Und punch. Guck dich doch mal an, Knochen Knochen Knochen.

Haut und Knochen. Wozu? Das sind nicht mal Afrikanerinnen, die Frauen, die du da nachmachst, sollte dir das nicht zu denken geben? Drei-vier-fünf-sechs und kick. Und punch. Dass das nichts mit Afrika zu tun hat, eine Frau ohne Schenkel, ohne Hüften, ohne Bauch, ohne Hintern? Hocke. Kniebeuge. Hocke. Kniebeuge. Hocke.
Er sagt, also Onkel Kojo sagt, Als ich meiner Mutter das letzte Mal Fotos geschickt hab, hat sie geweint, Ah ah ah, mein Sohn, ach, bitte, bitte, bitte, gib deiner Frau zu essen, und bring sie bloß nicht her, du würdest uns blamieren. Das hat sie gesagt, meine Mutter. Hocke, in die Knie. Hocke. Kniebeuge. Hocke. Kniebeuge. Hocke. Kniebeuge. Jetzt nach links, zweimal Führhand. Und Aufwärtshaken. Und noch mal.
Wenn Onkel Kojo von der Arbeit kommt, sitzt er nur vor dem Fernseher. Tante Fostalina sagt, Wann machst du mal was mit den Kindern, Kojo? Du bist nie zu Hause, und wenn, dann schmeißt du dich vor den Fernseher und glotzt Football. Kannst du nicht mal mit ihnen ins Kino gehen oder in die Mall oder irgendwas? Aber ich glaub, das sagt sie nur, damit sie den Fernseher für sich hat, um ihren Frauen beim Gehen zuzugucken. Onkel Kojo stellt wohl nur auf Durchzug; er sagt Touchdown! Und redet dann in seiner Sprache, die keiner versteht. Er kommt nämlich nicht aus unserem Land, darum verstehen wir seine Sprache nicht und er unsere auch nicht; er kommt aus Ghana. TK versteht seine Vatersprache auch nicht, weil er nicht aus Ghana kommt, seine Mutter ist Amerikanerin, und er ist hier geboren.
Onkel Kojo sagt zu TK, Wie oft muss ich dir eigentlich noch sagen, dass du deine Hose hochziehen sollst, hm? Wenn du sie so runterhängen lässt, kannst du sie doch gleich weglassen und in Unterwäsche rumlaufen. Im Grunde kannst du gleich deine ganzen Klamotten weglassen und nackt rum-

laufen. Willst du diese zerlumpten Typen nachmachen, die an den Ecken rumstehen und Zeug rauchen und fluchen, weil sie zu dumm sind zu kapieren, wie gut sie es haben? So einer willst du sein? TK murmelt, zieht seine Hose hoch und verkriecht sich stundenlang in seinem Zimmer.
Einmal bin ich da hochgegangen, um zu gucken, was er macht, und da saß er auf seinem Bett mit diesem Ding auf dem Schoß und hat es *karawumm* und *karawumm* und *karawumm* Kugeln und Bomben auf den Bildschirm hageln lassen. Ich fragte, Was machst du da, und er sagte, Siehst du das nicht, ich spiele, und ich fragte, Was für ein Spiel spielt man denn alleine?, und er sagte, Verpiss dich. Mit TK freunde ich mich nicht an, der igelt sich da ein wie einer, der allein in seinem eigenen Land lebt. Außerdem spricht er nicht mal meine Sprache und sagt, ich klinge komisch.
Zu Hause würde ich ganz bestimmt nicht rumstehen, weil ein sogenannter Schnee mich davon abhält, nach draußen zu gehen und mein Leben zu leben. Vielleicht würden Sbho und Bastard und Chipo und Godknows und Stina und ich nach Budapest gehen und Guaven klauen. Oder wir würden die Bin-Laden-Suche spielen oder das Landspiel oder Andy-over. Andererseits hätten wir nicht genug zu essen, darum werde ich es in Amerika aushalten und den Schnee ertragen; hier gibt es Essen, alle, alle Sorten von Essen. Aber manchmal macht mich das Essen nicht satt, egal, wie viel ich esse, als hätte ich Hunger nach meinem Land, und den kann nichts stillen.

Ich beobachte, wie das schwarze Auto gegenüber wegfahren will, aber es nicht schafft; der Schnee hat sich letzte Nacht runtergeschlichen und die armen Räder von dem Auto verhext. Das Auto bewegt sich nur ganz wenig, ganz, ganz wenig und bleibt dann hängen wie ein Mistkäfer, der mit einem gro-

ßen Ball Kuhdung den Hügel raufwill. Wer auch immer in dem Auto sitzt, steckt in dem kalten Schnee fest.
Der Schnee macht nicht mal ein Geräusch, wenn er fällt. Darum behalte ich ihn im Auge – weil er so hintenrum ist. Wenn man aufwacht, sind schon wieder Haufen und Haufen dazugekommen, ohne dass man ihn gehört hat. Wie kann so was Großes, das alles einwickelt, einfach so runterkommen, ohne dass man es hört? Kein Laut – kein Krachen, Schlagen, Bummsen, Rattern, irgendwas –, gar nichts, was diesem Schnee eine eigene Geschichte verpasst. Aber ich weiß, was er gerade macht: Er wartet darauf, dass ich rauskomme, damit er mich auch zudecken kann, aber ich trete nicht vor die Tür. Tante Fostalina sagt, wir sind eingeschneit und gehen so bald nicht aus dem Haus. Ich sag, ich bleib in diesem Haus, weil ich weiß, was der Schnee vorhat.
Wenn es nicht so wäre, dass die Häuser hier Heizung haben, dann wären wir wahrscheinlich schon alle tot. Umgebracht von diesem Schnee und der Kälte, die er mitbringt. Das ist keine normale Kälte, über die man sich beschweren kann und fertig. Nein. Diese Kälte ist anders. Es ist eine Kälte, die dir an den Kragen will, dich aufschneiden und die Knochen abfackeln. Von dieser Kälte hat mir niemand erzählt, als ich umgezogen bin. Wenn mir jemand das mit der Kälte vorher richtig erklärt hätte, ich weiß nicht, was ich gemacht hätte, ob ich dann wirklich in dieses Flugzeug gestiegen wäre.
Tante Fostalinas Cousin Prince ist gestern aus unserem Land gekommen, aber in zwei Wochen zieht er zu seinem Bruder in einen Ort namens Texas. Jetzt schläft er gerade, weil er so lange im Flugzeug gesessen hat und davon müde ist. Prince hat Narben auf seinen Armen und auf seinem Rücken, wo sie ihn verbrannt haben. Er ist jung, sieht aber alt aus, älter als Onkel Kojo, vielleicht so wie Mdawini zu Hause mit den

sechs Kindern. Sein Gesicht ist hart und schrecklich, und das Licht ist aus seinen Augen verschwunden, als wenn der Schnee sich irgendwie reingeschlichen und es ausgepustet hätte.
Als Tante Fostalina mit dem Gehen durch ist, fragt sie, Meinst du, ich hab abgenommen? Wer ist dicker, ich oder Tante Da? Wer ist dicker, ich oder deine Mutter? Dann setzt sie sich auf den großen Ball und schläft drauf. Dann hebt sie diese Metallteile und sagt, Ich mach eine Obstdiät. Dann steht sie auf und geht wieder hin und her, schwingt die Arme von vorne nach hinten, vorne nach hinten. Tante Fostalina ist dünn, und bald sieht sie aus wie die Knochen von Vater, die auf dem Bett am Ertrinken waren und nur auf den Tod gewartet haben.
Onkel Kojo kommt von der Arbeit und sagt zu Tante Fostalina, Also, ich persönlich versteh ja eigentlich nicht, wieso es in diesem Haus kein warmes Essen gibt, Fostalina. Tante Fostalina guckt hoch vom Orangenauspressen und sagt, Kein Essen in diesem Haus, Kojo, im Ernst? Ich hab doch erst gestern eingekauft, was meinst du ist in dem Kühlschrank da drüben, hm, Backsteine? Und er sagt, Fostalina, seit du auf diesem Abnehmtrip bist, kochst du nicht mehr. Wann gab es in diesem Haus zum letzten Mal ein richtiges Abendessen, hm? In meinem Land, ja, da kochen Ehefrauen tatsächlich jeden Tag warmes Essen für ihre Männer und Kinder. Und nicht nur das, sie waschen sogar Wäsche und bügeln und machen sauber und alles.
Fettwanst TK zieht seine Hose hoch und murmelt, Patriarchenarsch, und Tante Fostalina wirft die Orangenschale in den Müll und sagt, Ja, in deinem Land vielleicht, aber wir sind hier in Amerika, und nxa ubon' engan' ulebhoyi lapha manj' uzatshetshela ngereza fanami!, und Onkel Kojo schüttelt den

Kopf und geht weg, weil er kein Wort versteht. Aber es ist, glaub ich, besser, dass Onkel Kojo nicht verstanden hat, was Tante Fostalina zu ihm gesagt hat, sonst wäre er nämlich sehr, sehr wütend.

Im Fernsehen wird dieser hübsche Mann Obama, der *Yes We Can, America, Yes We Can* gesagt hat, Präsident. Er sieht nicht alt aus wie unser Präsident, er sieht eher aus wie das Kind von unserem Präsidenten. Da sind Massen und Massen weiße Menschen und schwarze Menschen und braune Menschen, einfach Menschen, und sie sind glücklich und jubeln und klatschen. Prince guckt sich das alles mit Tränen in den Augen an und schüttelt mir die Hand, bis ich das Gefühl hab, er will sie mir brechen, und sagt, Siehst du? Das ist Demokratie, zu Hause können wir das Wort nicht mal aussprechen, und dann schüttelt er den Kopf und lacht und lacht und lacht, bis Fettwanst TK sagt, Durchgeknallter Motherfucker. Prince redet mit sich selber, als wenn viele Leute in seinem Kopf sind, denen er was erzählen muss.

Als die Mikrowelle *ding* sagt, nimmt Fettwanst TK eine Pizza raus und isst sie. Dann macht die Mikrowelle wieder *ding*, und er nimmt die Chickenwings raus. Und dann die Burritos und danach die Hotdogs. Essen essen essen. Was TK an einem Tag isst, würden Mutter und Mother of Bones und ich zu Hause vielleicht in zwei oder drei Tagen essen.

Draußen schaufeln sie Schnee weg, weil so viel gefallen ist. Ich finde es gut, dass sie ihn wegschaufeln, es ist einfach zu viel Weiß, als hätte jemand dem Schnee gesagt, dass die anderen Farben gar nicht zählen. Ich glaube, eine hübsche Farbe wie beispielsweise Lila oder Rosa oder meinetwegen Regenbogen wäre wenigstens interessant anzuschauen. Sie schaufeln und schmeißen den Schnee zur Seite, und da türmt er sich in schmutzigen Haufen.

Vor der Tür sind auch kleine Kinder, die im Schnee spielen. Sie fassen ihn an, treten ihn und bewerfen sich gegenseitig damit, spielen damit, als wenn er dazu da wäre. Jetzt bauen sie damit sogar was, das fast wie ein runder Mensch aussieht, und sie haben ihm einen Hut aufgesetzt und einen roten Lappen um den Hals gehängt und eine Wurzel ins Gesicht gesteckt. Vielleicht ist das ein amerikanischer Tokolosh, vielleicht fängt er in der Nacht an zu laufen und stellt böse Sachen an. Ich weiß nicht, was ich dann mache, ich kann ja jetzt nicht mal das Böse abwehren, wo sie am Flughafen meine Waffe weggeworfen haben.

Im Wohnzimmer poliert Prince seine Holztiere; die hat er von zu Hause mitgebracht, und jetzt spielt er mit ihnen wie ein kleines Kind. Die Tiere stehen in einer Reihe auf dem Tisch: der Löwe, der Elefant, das Rhinozeros, die Giraffe. Prince spricht mit den Tieren, als wenn sie ihn hören und ihm antworten würden. Er sagt zum Löwen, Silwane, bhubesi, nkunzi! Dann nimmt er ihn hoch und hält ihn an seine Wange und brüllt für ihn, und das verschwundene Licht in seinen Augen kommt fast zurück.

Dann nimmt er den Elefanten und sagt, Ndlovu, ntaba, umkhulu! Dann hält er ihn an seine andere Wange und trompetet für ihn. Ich sag zu ihm, Wie gut, dass sie aus Holz sind, dann müssen sie nicht raus und in diesem Schnee sterben, aber Prince sieht nicht so aus, als würde er mich hören. Er drückt bloß den Elefanten und den Löwen mit den Köpfen aneinander und fletscht die Zähne wie ein Hund und knurrt und fragt sie, Wer wird diesen Dschungel beherrschen, wer wird ihn beherrschen? Onkel Kojo sagt zu ihm, Solltest du dich nicht lieber nach Colleges umsehen, Prince? Du bist jetzt in Amerika und kannst hier werden, was du willst, guck dir Obama an. Da kriegt Onkel Kojo von Tante Fostalina einen Blick, als wenn sie ihn mit ihren Augen aufschlitzen will, und sie sagt, Wena silima, merkst du nicht, dass er erst mal mit dem fertig werden muss, was dort passiert ist?

Der Schnee ist länger nicht gefallen, und am Boden sieht er aus, als wenn er langsam schmilzt. Er ist viel dünner, und an manchen Stellen sieht man Wasserpfützen. Er fällt auch von den Ästen runter, und man kann die Dächer und die Straße sehen. Vielleicht hat der Schnee beschlossen, wegzugehen, da hinzugehen, wo er herkommt, weil er weiß, dass ich ihn beobachte. Ich will noch nicht rausgehen, und ich schüttel den Kopf, wenn Tante Fostalina mich fragt, ob ich sie irgendwohin begleiten will. Sie lässt mich in Ruhe und zwingt mich nicht oder schlägt mich, wie es Mutter oder Mother of Bones vielleicht machen würden, wenn ich nicht tue, was sie wollen. Sie fragt mich immer, was ich will – Hast du Lust auf Macaroni and Cheese? Willst du ins Bett? Möchtest du lieber dies oder das? Bist du dir sicher? –, als wäre ich ein echter Erwachsener.

Prince redet immer öfter mit sich selber, als wenn die Leute in seinem Kopf wirklich rausgekommen sind und er sie sehen kann. Manchmal brüllt er und schreit und strampelt, als würde ihm jemand was antun. Tante Fostalina schüttelt Prince, damit er damit aufhört, aber sie ist nicht stark genug. Er rudert mit seinen verbrannten Armen und ruft um Hilfe. Wenn er aufhört, nimmt Tante Fostalina ihn in ihre dünnen Arme wie ein Baby. Er beruhigt sich, und sie schaukelt ihn und singt ihm ein Wiegenlied, und er singt mit, aber ein anderes Lied, und seine Fäuste hämmern an seinen Kopf, als wenn er ihn blutig hauen will:

Sobashiy' abafowethu
Savuka sawela kwamany' amazwe
Laph' okungazi khon' ubaba lomama
S'landel' inkululeko –

Wenn der Schnee endlich weg ist, kann ich rausgehen und mir mal dieses Detroit angucken, das Gras, die Blumen, die Blätter, die Vögel und den Müll. Vielleicht seh ich endlich Sachen, die ich kenne, und vielleicht sieht es hier doch normal aus. Ich werde rausgehen und die Luft riechen, vielleicht ein paar Grashüpfer fangen und rausfinden, was für fremde Früchte an diesen großen Bäumen wachsen. Ich werde das Landspiel auf den Boden malen oder sogar Arra, das Bornfree uns beigebracht hat. Er hat erzählt, dass sie es als Jungen gespielt haben, als das Land noch ein Land war.

Stina hat gesagt, ein Land ist eine Coca-Cola-Flasche, die auf dem Boden zerbrechen und einen enttäuschen kann. Wenn die Flasche zerbricht, kann man sie nicht mehr zusammensetzen. Als wir mal im Busch hockten, nachdem wir Guaven gegessen hatten, hat Mukoma Charlie uns entdeckt und gesagt, Ihr seid die bedauernswertesten Kinder, die diese zerbrochene Flasche je gesehen hat. Als es noch ein Land war, seid ihr alle zur Schule gegangen und habt richtig gelernt, um später mal wer zu sein, aber jetzt hockt ihr hier im Busch, und die Guaven reißen euch den Hintern auf.

Stina hat außerdem gesagt, dass sein Land zu verlassen so ist wie Sterben und dass man bei der Rückkehr zu einem verlorenen Geist wird, der auf die Erde kommt und rumirrt mit einem verschwundenen Blick in den Augen. So will ich nicht sein, wenn ich in mein Land zurückgehe, aber ich weiß ja gar nicht, ob Paradise noch da ist, wenn ich zurückkomme. Ist Mother of Bones noch da, wenn ich zurückkomme? Sind

Bastard und Godknows und Sbho und Stina und Chipo und alle meine Freunde da, wenn ich zurückkomme? Sind die Guavenbäume noch da, wenn ich zurückkomme? Ist Paradise, ist alles noch so, wenn ich zurückkomme?

Die einzigsten Male, wo es hier fast interessant ist, sind die Besuche von Onkel Themba und Onkel Charley und Tante Welcome und Tante Chenai und den andern. Ich nenne sie Onkel und Tanten, aber wir sind nicht blutsverwandt wie Tante Fostalina und ich; zu Hause kannte ich sie nicht, und Onkel Charley ist zum Beispiel weiß. Ich glaub, sie sind deswegen meine Verwandten, weil sie auch aus meinem Land kommen – als wenn das Land eine echte Familie geworden ist, seit wir in Amerika wohnen, das nicht unser Land ist.
Wenn sie kommen, geht Onkel Kojo die meiste Zeit aus dem Haus, weil alle unsere echte Sprache sprechen, lachen und laut über zu Hause reden, wie es war, als sie aufgewachsen sind, bevor alles schlecht wurde und dann fürchterlich. Sie vergessen immer, dass Onkel Kojo sie nicht versteht, und er sitzt da und sieht verloren aus in seinem eigenen Haus, wie einer, der gerade illegal in ein fremdes Land eingewandert ist.
Die Onkel und Tanten bringen Ziegeninnereien mit und kochen Ezangaphakathi und Sadza und Mbhida, und manchmal bringen sie Amacimbi mit, mein absolutes Leibgericht, und Umfushwa und andere Speisen von zu Hause, und alle fallen über das Essen her, als hätten sie in ihrem ganzen Leben noch nichts gegessen. Sie rupfen sich mit bloßen Händen Sthwala ab, rollen und tauchen ihn hastig in würzige Sauce und werfen sich einen kurzen Blick zu, bevor sie sich den Happen in den Mund schieben. Dann kauen sie gemütlich und legen den Kopf schief, als wenn das Essen spricht

und sie dem Geschmack lauschen, und dann kriegen sie fröhliche Gesichter. Wenn Essen aus der Heimat gekocht wird, vergisst sogar Tante Fostalina, dass sie eigentlich eine Obstdiät macht.
Nach dem Essen kommt die Musik. Sie spielen Majaivana, spielen Solomon Skuza, spielen Ndux Malax, Miriam Makeba, Lucky Dube, Brenda Fassie, Paul Matavire, Hugh Masekela, Thomas Mapfumo, Oliver Mtukudzi – alte Lieder, die ich aus meiner Kindheit kenne, wo Mutter und Vater und die Erwachsenen sie gesungen haben. Manche Lieder kenn ich nicht, weil ich, wie Onkel Charley sagt, da noch nicht mal auf der Welt war. Wenn sie tanzen, steh ich immer an der Tür und guck zu, weil das ein irrer Anblick ist.
Sie tanzen merkwürdig. Arme und Beine zucken, und alles verzerrt sich. Sie beugen sich vor wie zum Getreidepflanzen, sinken zu Boden, schnellen hoch, peitschen die Luft. Sie drängeln sich zusammen wie Vieh in einem Kraal und fallen auseinander wie kaputte Knochen. Sie finden sich, gucken hoch, beschirmen das Gesicht vor der Sonne und locken mit den Händen den Regen. Als er ausbleibt, schütteln sie enttäuscht den Kopf und sinken, sinken sinken sinken wie ertrinkende Schiffe. Dann stehen sie auf, halten sich den Bauch und das Herz wie Frauen unter Schmerz, heben die Arme zum Gebet, kauern, als würden sie sich selbst begraben. Dann kommen sie wieder hoch, ganz plötzlich, stellen sich auf die Zehen und strecken die Arme aus wie Flugzeuge unterwegs in ferne Länder.

12 HOCHZEIT

Die Probleme fangen an, als wir die Abzweigung verpassen und uns auf dem Weg zu Dumis Hochzeit in South Bend, Indiana, verfahren. Ohne zu wissen, dass wir uns verfahren haben; Tante Fostalina macht auf dem Beifahrersitz ein Nickerchen, weil sie die Nacht durchgearbeitet hat, und TK neben mir ist wie immer mit seinen Gedanken woanders, iPod auf dem Schoß und laute Stöpsel in den Ohren. Ich sitze hinter Onkel Kojo, der beim Fahren diese komische ghanaische Musik hört, in der er sich manchmal verliert, als wäre da was in seinem Kopf, das ihn weit weg lockt.

Die Häuser und Geschäfte haben wir längst hinter uns gelassen, jetzt fahren wir bloß noch zwischen weiten, weiten Maisfeldern durch, wo ich dauernd denke, gleich seh ich gebückte Pflüger bei der Arbeit, Jungs, die vor einem Ochsengespann herlaufen, während Pfiffe und Peitschenknallen durch die Luft jagen, Pflüge die Erde umwälzen und Frauen einander mit Liedern antreiben. Es gibt immer wieder solche Augenblicke, in denen die vertrauten Sachen von zu Hause praktisch so aus dem Nichts auftauchen wie Geister.

Egal, wie grün der Mais in Amerika aussieht, er ist nicht echt. Hier nennen sie ihn *corn*, und er wächst ganz falsch, ist klein, süß und zu weich. Ich geb mich gar nicht mehr damit ab, weil es echt enttäuschend ist, den zu essen, wie eine Beleidigung für meine Zähne. Die Felder erstrecken sich endlos vor uns, und das macht mich nervös, weil ich mir gar nicht vorstellen kann, was danach kommen soll. Vielleicht dichte Wälder mit Löwen und Tigern und Affen, die an Ästen schwingen, und so Zeug, man kann ja nie wissen.

Ähm, vielleicht sollten wir das Navi benutzen, Onkel Kojo, flüster ich ihm von hinten ins Ohr. Ich weiß, dass er nicht gern gesagt kriegt, was er tun soll, aber trotzdem. Es überrascht mich nicht, dass er einfach weiter zur Musik nickt, als wenn ich nichts gesagt hätte. Vor einer ganzen Weile, nachdem wir vom Highway runtergefahren sind, hat Onkel Kojo in seiner Sprache das Navi verflucht, weil es immer wieder sagte, Die Route wird neu berechnet, biegen Sie rechts ab, rechts ab, die Route wird neu berechnet, obwohl wir uns auf einer langen Straße befanden, wo man gar nicht rechts ab konnte. Am Ende hat Onkel Kojo das Navi einfach aus seiner Halterung gerissen und mir über die Schulter gereicht, das Radio aufgedreht und seine Musik gehört.
Als ich keine Lust mehr habe, mir die endlosen Felder und Onkel Kojos Hinterkopf anzugucken, nehme ich mein Hello-Kitty-Etui aus der Handtasche und hole meinen Spiegel und Lipgloss raus. Mein Gesicht gefällt mir heute, obwohl es fremd aussieht, weil Tante Fostalina es für die Hochzeit geschminkt hat; sie sagt, ich bin jetzt ein Teenager. Von außen betrachtet würde ich vielleicht fragen, Wer ist das denn, weil ich mein Gesicht nicht gleich erkenne, aber es sieht auch interessant aus, und ich bin zufrieden. Schade nur, dass Sommer ist und keine Schule, jetzt kann ich gar nicht damit angeben, aber ich hab beschlossen, dass ich im Herbst genau dieses Gesicht zur Washington Academy mitnehme.
Als ich neu war an der Washington, wollte ich einfach nur sterben. Die anderen Kinder haben sich über meinen Namen lustig gemacht, meinen Akzent, mein Haar, die Art, wie ich geredet oder Sachen gesagt habe, wie ich mich angezogen habe, wie ich gelacht habe. Wenn man wegen etwas gehänselt wird, versucht man es beim nächsten Mal richtig zu machen, damit das Hänseln aufhört, aber diese Verrückten ha-

ben mich wegen allem gehänselt, sogar den Sachen, die ich gar nicht ändern kann, und das ging immer so weiter, bis ich mich am Ende ganz verkehrt fühlte in meiner Haut, in meinem Körper, in meinen Kleidern, in meiner Sprache, in meinem Kopf, in allem. Als ich mit Tante Fostalina darüber sprach, erzählte sie mir, wie die Großen zu Hause in ihrem Internat die anderen Schülerinnen schikaniert, ihnen das Essen weggegessen und sie zu ihren Dienstmädchen gemacht haben – sie gezwungen haben, ihnen die Klamotten zu waschen und hinter ihnen herzuputzen und was noch. Sie hat so eine komische Angewohnheit, immer von zu Hause zu sprechen, wenn sie sich mit was nicht auseinandersetzen will: Als ich klein war, gab es zu Hause nur zu Weihnachten neue Kleider, und wir sind doch gut geraten; zu Hause würde keiner auf die Idee kommen, in diesem Ton mit Erwachsenen zu sprechen; zu Hause dies, zu Hause das.
Die Hänseleien hörten erst auf, als Tom in unsere Klasse kam. Ich weiß nicht, wo er her war, aber er hatte schiefe Zähne und fettige lange Haare und eine große Brille und so ein trauriges Stottern. Da haben sie mich irgendwie vergessen, und ich wollte ihm fast dafür danken. Ich weiß noch, dass sie ihn schlimmer hänselten, weil er ein Junge war. Ich weiß noch, dass sie immer mit ihm kämpfen wollten und ihn einen Freak nannten, was ich googeln musste, weil ich das Wort noch nie gehört hatte; ganz viele amerikanische Wörter und Sachen hab ich damals erst gelernt.
Ich weiß noch, dass ich wegen der Art, wie sie *Freak* sagten, das Wort nachgucken wollte; als wenn sie beim *F* ihre Unterlippe mit den Zähnen anpieksen wollten und das restliche Wort dann aus dem Mund platzen ließen. Ich weiß noch, wie ich gewartet habe, bis ich allein in meinem Zimmer war, um es zu googeln. Ich hab das Wort gesucht, dann die Bilder an-

geklickt, und als all diese verrückten Fotos kamen, habe ich auf den Monitor gestarrt und mich gefragt, wie sich Tom wohl dabei gefühlt hat, aber gleich eine Woche später hab ich es erfahren, haben wir es alle erfahren; er hing neben den Spinden in der Schule, und auf einem Spind hinter ihm stand mit rotem Marker *Freak!*

Halt nach der Halle Ausschau, die muss hier irgendwo sein, sagt Onkel Kojo.
Hier? Auf dem Acker?, frag ich und bereue es sofort, weil es so klingt, als wenn Onkel Kojo gerade was ganz schön Hirnloses gesagt hat und ich meinen Ohren nicht traue. Er antwortet nicht, also trage ich weiter mein Lipgloss auf und schmatze mit den Lippen, wie ich es bei Tante Fostalina gesehen habe. Ich stecke mein Lipgloss und den Spiegel wieder ein und schieb meine Handtasche unter Onkel Kojos Sitz, neben das Navi. Meine Schuhe fangen an zu kneifen, und ich streife sie ab.
Weißt du, in deinem Alter vergisst man am besten die Schminkerei und denkt lieber über die Schule nach. Was du mal werden willst, wenn du groß bist, so was, sagt Onkel Kojo. Als er die Lautstärke runterdreht, verdreh ich die Augen, weil ich weiß, was jetzt kommt.
Weißt du, wie viele junge Frauen in dieses Land wollen, um zur Schule zu gehen? Wie viele für ihr Leben gern mit dir tauschen würden?
Onkel Kojo klingt total gereizt, und das ärgert mich echt, weil ich ja gar nichts gemacht habe. Außerdem krieg ich überall die besten Noten, selbst in Mathe und Naturwissenschaft, diesen Ekelfächern, in Amerika ist die Schule nämlich so einfach, sogar ein Esel würde die schaffen, also weiß ich gar nicht, was Onkel Kojo will, was ich noch machen soll. Er guckt mich im

Rückspiegel an, und in seinem Blick liegt so eine Enttäuschung, die ich ganz bestimmt nicht verdient habe, also borge ich mir einen Spruch von TK und sage im Kopf, *Lass mich in Ruhe, Motherfucker*.
Ich glaube, genau in dem Moment, wo Onkel Kojo mich so anguckt, läuft uns das Reh vors Auto. Und schon kracht es, und der Wagen schlingert zur Seite, und wir werden alle durcheinandergeschleudert. Ein Auto, das direkt auf uns zukommt, hupt wie wild, und Onkel Kojo brüllt in seiner Sprache, und Tante Fostalina ist aufgewacht und brüllt in unserer Sprache, und TK sagt Scheiße, und ich schreie. Als Onkel Kojo das Auto wieder auf der richtigen Spur hat und bremst, humpelhoppelt das Reh schon in den Wald mit einem großen Blutfleck auf der Seite. Ich mach mir Sorgen um das Reh, bin aber auch dankbar, weil Onkel Kojo mich jetzt endlich in Ruhe lässt.
Was in aller Welt machst du da, Jameson, willst du uns umbringen?, fragt Tante Fostalina. Ihre Stimme ist voll mit Schlaf und Schock und Panik. Onkel Kojo ignoriert sie und steigt murmelnd aus. Eine Weile steht er nur da mit den Händen in den Taschen und schüttelt den Kopf. Dann beugt er sich runter, um sich die rechte Seite genauer anzusehen.
Herrgott, es ist fünf nach halb vier, wir verpassen die Hochzeit! Wie kann das sein?, fragt Tante Fostalina mit einer neuen Panik in der Stimme, als wenn das schlimmer ist als die Katastrophe, die beinahe passiert wäre.
Wo sind wir?, fragt sie und dreht sich nach TK und mir um, und wir antworten ihr mit Schweigen.
Wir hätten vor anderthalb Stunden auf der Hochzeit sein sollen, vor anderthalb Stunden! Wo ist mein Navi? Was hat er damit gemacht?, fragt sie, und ich hol das Navi schnell unter Onkel Kojos Sitz hervor und geb es ihr. Tante Fostalina

schnappt es sich; sie ist jetzt wütend, telefoniert rum und fragt nach dem Weg. Onkel Kojo steigt wieder ein und sagt, Das Reh hat mir den Scheinwerfer kaputt gemacht. Jetzt muss ich den austauschen. Und erst letzte Woche hab ich den Auspuff repariert!
Nachdem Onkel Kojo gewendet hat und wir wieder zur Interstate 94 zurückfahren, sagt TK, Scheiße, die Polizei ist hinter uns, vielleicht hat jemand was gesehen.
Die Polizei? Wirklich die Polizei?, fragt Onkel Kojo, und seine Stimme ist so hoch und so panisch, dass man meint, da spricht nicht Onkel Kojo, sondern ein kleiner, verängstigter Junge. Das Wort *Polizei* spricht er so aus, als wenn es Hexen wären, Monster.
Bloß nicht umdrehen, weißt ja, das mögen die gar nicht, sagt TK. Onkel Kojo fährt langsam rechts ran, um anzuhalten. Er murmelt, und es klingt wie ein Gebet. Ich guck über die Schulter, und als ich keine Polizei sehe, beiß ich mir in die Hand und fang an zu kichern. Neben mir wirft sich TK weg. Als Onkel Kojo uns hört, dreht er sich um und brüllt TK in seiner Sprache an, und seine Stimme ist so laut und wütend, dass er jetzt wieder wie er selbst klingt. Er findet das nicht lustig.

Als wir endlich auf der Hochzeit ankommen, ist das Wichtigste wohl schon vorbei, was mich überhaupt nicht kratzt, weil ich Dumi, den Kerl, der geheiratet hat, nicht kenne. Tante Fostalina aber schon, und ich weiß, dass sie wütend ist, weil sie seit Wochen von dieser Hochzeit redet, als wenn es ihre eigene wäre. Sie steigt aus, knallt die Autotür zu und stöckelt davon, als würden wir gar nicht zu ihr gehören.
Vor drei Wochen etwa bin ich mit Tante Fostalina zu JCPenney gegangen, um mit ihr ein Kleid für die Hochzeit auszusuchen. Wir haben Stunden um Stunden Kleider probiert,

und als ich gerade schon rauslaufen wollte, fand sie, wonach sie eigentlich gesucht hatte, ein langes schulterfreies, ganz eng anliegendes Kleid in Creme. Der Reißverschluss ging nicht zu, trotzdem hat sie es gekauft, also musste sie dafür noch ein bisschen abnehmen. Heute Morgen ist sie zu mir ins Zimmer gekommen und hat mich gebeten, ihr den Reißverschluss hochzuziehen, und der flutschte völlig problemlos, als hätte sie sich in das Kleid reingegossen.

Du siehst toll aus, Tante Fostalina, sagte ich, weil sie wirklich schön aussah und weil sie das gerne hört.

Ehrlich, findest du?, fragte sie, drehte sich um und blieb schließlich vor dem Spiegel stehen. Ihr Gesicht guckte sie ein bisschen müde an.

Nicht weitersagen: Der Bräutigam und ich waren mal zusammen, aber das war damals zu Hause auf dem College. Bis er dann vor einiger Zeit in die Staaten gezogen ist, aber das liegt alles hinter uns. Ich will nur sehen, wen er heiratet, mehr nicht, sagte Tante Fostalina mit einem schelmischen Grinsen, das ich noch nie bei ihr gesehen hatte, und ich wusste nicht mal, ob sie mit mir sprach oder mit sich selbst oder ihrem Spiegelbild.

Als wir den Saal betreten, fallen mir zuerst die vielen Weißen auf. Mir ist zwar klar, dass in diesem Land die Afrikaner am allermeisten von den Weißen geliebt werden, aber trotzdem, hier auf der Hochzeit sind so viele, dass ich denke, *Die sind doch nicht bloß aus Liebe hier*. Erst als ich die Braut sehe, kapier ich, warum hier so viele Weiße sind: Sie ist weiß. Außerdem besteht sie aus unendlichen Fleischrollen, da muss ich einfach hinstarren, da muss ich einfach denken, *Das ist doch nicht nur dick*.

In Amerika ist dick nicht dick, wie ich es von zu Hause kenne. Da war dick groß, so normal dick, dass man es kapieren konnte – es bedeutete einfach, dass jemand gut isst, so dick, dass man darauf sogar neidisch sein kann. So dick, dass es dem Körper nicht in die Quere kommt; ein Hals ist immer noch ein Hals, ein Bauch ein Bauch, ein Arm ein Arm, ein Hintern ein Hintern. Aber die Amerikaner machen daraus eine ganz andere Nummer: Der Körper verwandelt sich – der Hals in einen Oberschenkel, der Bauch in einen Ameisenhügel, ein Arm in irgendwas, ein Hintern in weiß ich auch nicht.

Der große Ehemann, Dumi, sitzt da in seinem weißen Anzug neben der Braut. Er trägt ein Lächeln auf dem Gesicht, das nie weggeht; seine getönten Dreadlocks fallen ihm auf die Schultern, und neben dem seiner Frau sieht sein Körper aus wie ein Stock. Ich guck mir sein geschnitztes Lächeln an und frag mich, wozu er lächelt, ich kann mir nicht vorstellen, was man mit so einer Frau zu lächeln hat, er will damit ja nicht sagen, Schaut euch meine hübsche Frau an, und es ist ja auch keine Frau hier damit beschäftigt, sie zu beneiden oder sie wegen ihrer Schönheit umbringen zu wollen oder sie dafür zu hassen. Tante Fostalina strahlt beim Anblick des Paares, die freut sich so, weil Dumis Angetraute fett und hässlich ist.

Wir sitzen da und hören uns die Grüße von zu Hause an. Der Conférencier erklärt, dass Dumis Eltern und Verwandte verhindert sind, weil sie keine Visa bekommen haben, also haben sie ihre Grüße aufgeschrieben und danach per Mail geschickt. Dumis Freund, der sich als Mtha vorstellt, liest die Grüße vor, und ein gewisser Siza übersetzt sie für die Weißen.

Der erste Gruß kommt von Dumis Großmutter, die Dumi erst mal mit seinen Totems anspricht, wie die Alten das so machen. Sie klingen wie ein purzelndes Gedicht, die Totems,

und es ist einfach schön, sie in unserer Sprache zu hören. Die Großmutter gratuliert ihrem ältesten Enkel und hofft, dass er eine gesunde, hübsche, respektvolle und geerdete Frau gewählt hat, die ihm starke Söhne schenkt und ihnen unsere schöne Kultur nahebringt und nach Hause kommt und die Heimstatt der Ahnen wiederbelebt, wie man es von der ersten Schwiegertochter erwartet. Eine Frau, die ihre Bestimmung kennt, die auf ihren Mann hört und ihm gehorcht und ihn zu einem Mann unter Männern macht. Eine Frau, die flink ist und geschickt mit ihren Händen und fleißig und rein und treu.
Die Braut nickt und lächelt die ganze Zeit wie eine, die die Sprache versteht, aber inzwischen hab ich gelernt, dass das Lächeln über nichts was typisch Weißes ist, darum überrascht es mich nicht. Mir fällt aber auf, dass der Übersetzer beim Übersetzen Sachen wie das Wiederbeleben der Heimstatt und die Vermittlung der schönen Kultur an die Enkel und die Flinkheit und den Fleiß und das Gehorchen weglässt. Als die Grüße endlos weitergehen wie Bibelverse, geh ich aufs Klo.
Ich bin mitten beim Pinkeln, als ich zwei Stimmen in unserer Sprache höre. Sie sprechen gedämpft und verstohlen, genau so, wie man es tut, wenn man lästert, aber ich höre es trotzdem. Ich hör auf zu pinkeln und lausche.
So eine Frechheit! Ich glaub, das ist die Schwester. Einfach über afrikanische Männer zu reden und ihre Vorliebe für runde Frauen! Ich hätte beinahe losgelacht.
Du vielleicht, ich hätte der blöden Schlampe am liebsten eine gescheuert. Und dann so, hör mal, was weißt du denn schon von Afrika? Und seit wann ist rund fett?
Süße, das ist nicht mehr fett.
Haargenau. Massiv übergewichtig nennt man das. Wie ein Monsterberg!

Hier brechen die Stimmen in Gelächter aus. Ich kicher leise mit, bis ich zwei Pinkeltropfen verliere, also höre ich auf zu kichern und konzentriere mich, damit ich den Rest bei mir behalte.
Ich kann nur sagen, was ein mutiger Kerl. Ich meine, wenn das kein Mut ist, was dann? Dummheit?
Ach, was eine Verschwendung, der Bruder ist so ein Knackarsch.
Aber was Menschen für ihre Papiere nicht alles machen, Schwester, ehrlich.
Ich bin überrascht von dem Tonfall, der plötzlich in die zweite Stimme kommt, von dem Mitleid, ich sehe die Sprecherin fast vor mir: nicht jung wie die Stimme, sondern alt, alt, eine Frau mit einem freundlichen Gesicht, die vielleicht bekümmert ihr weißes Haupt schüttelt. Wasser strömt kurz aus einem Hahn. Ich höre Absätze klacken, dann: Okay, du. Halt, da kommt jemand.
Ja, gehen wir besser zurück, ich hab Hunger wie eine fette Scheißbraut.
Ich höre noch mehr Absätze, wahrscheinlich von den Lästerweibern, dann ein Hi und dann die erste Stimme, diesmal auf Englisch und in einem heiteren Ton, der nicht echt ist, Das ist aber ein schickes Kleid! Ich pinkel, wisch mich ab, und die Toilette spült von alleine.
Ich wasch mir die Hände und bewundere mein interessantes Gesicht im Spiegel, als eine Stimme sagt: Bist du auch aus Afrika?
Ich guck in den Spiegel, und da steht eine Frau in einem blauen Kleid und lächelt mich an. Ihr süßes Parfum wabert überall rum, wie was Lebendes. Ich lächel zurück. Kein Lächeln-Lächeln in dem Sinne, eher ein kurzes Zähnefletschen. Das macht man so in Amerika: Man lächelt Menschen an, die

man nicht kennt, und man lächelt Menschen an, die man nicht mal mag, und man lächelt ohne Grund. Ich nicke, drehe mich um und halte meine Hände unter den lauten Trockner. Als ich mich wieder umdrehe, wartet die Frau auf mich, als wenn wir irgendwie zu Hause in der Main Street wären und sie mir billige Eier verkauft.
Kannst du was in deiner Sprache sagen?, fragt sie. Ich lach kurz, was soll man denn dazu sagen? Aber die Frau guckt mich erwartungsvoll an, das heißt, es war kein Spaß, also frag ich:
Ich weiß nicht, was soll ich denn sagen?
Na, irgendwas.
Ich seufze in mich rein, weil das so bescheuert ist, denk aber dran, das Lächeln im Gesicht zu behalten. Dann sag ich ein Wort: *Sa-li-bo-na-ni*, und zwar so langsam, dass sie mich nicht bittet, es zu wiederholen. Was sie auch nicht tut.
Wie schön das ist!, sagt sie. Jetzt guckt sie mich an wie ein Wunder, als wenn ich gerade gezaubert hätte.
Was für eine Sprache ist das?, fragt sie. Ich sag es ihr, und sie sagt mir wieder, wie schön das klingt, und ich bedanke mich. Dann fragt sie mich, aus welchem Land ich komme, und ich sage es ihr.
Es ist schön dort, oder?, fragt sie. Ich nicke, obwohl ich nicht weiß, warum. Einfach so. Für diese Lady ist vielleicht alles schön.
Afrika ist schön, sagt sie und bleibt bei ihrem Lieblingswort. Aber ist es nicht schrecklich, was im Kongo passiert? Einfach entsetzlich.
Jetzt guckt sie mich ganz verletzt an. Ich weiß nicht, was ich machen oder sagen soll, also huste ich ziemlich lange, um das Schweigen zu überbrücken. Mein Hirn schlägt gerade Salto, um sich daran zu erinnern, was genau im Kongo pas-

siert, denn ich glaube, ich verwechsel es mit einem anderen Ort, aber in den Augen der Frau seh ich, dass es ernst ist und wichtig und dass ich Bescheid wissen sollte, also sag ich schließlich, Ja, das ist schrecklich, was im Kongo passiert.
Ich drück Seife aus dem Spender und wasch mir noch mal die Hände, mit dem Rücken zur Frau. Aber sie versucht gar nicht, mich in Ruhe zu lassen. Sie hat den Stuhl rangezogen, der neben der Tür steht, und sich draufgesetzt; keine Ahnung, wozu man auf dem Klo überhaupt Stühle braucht.
Allerdings. Herrgott, die Vergewaltigungen und die vielen Morde! Wie kann so was überhaupt passieren?, fragt sie. Ich weiß nicht, ob es eine Frage-Frage ist oder eine Frage, die ich nicht beantworten muss, aber am Ende hör ich mich sagen, Ja, das weiß ich auch nicht. Dann trockne ich mir die Hände.
Ich meine, ich kann das nicht mal ... ich kann das nicht mal ansatzweise begreifen. Und all diese armen Frauen und Kinder. Ich habe gestern Abend auf CNN ein kleines Mädchen gesehen, das einfach ... einfach so süß war, sagt sie. Ihre Augen kriegen einen Schleier, und sie guckt nach unten. Ich seh den Karton mit Kleenex am Rand vom Waschtisch und frag mich, ob ich den nehmen und ihr hinhalten soll.
Das hat mir einfach das Herz gebrochen, weißt du, sagt die Frau mit zugeschnürter Kehle. Dann hebt sie den Kopf, als wenn ihr gerade was Wichtiges eingefallen ist.
Also, Lisa da oben im Saal, meine Nichte, eine der Brautjungfern, die große, ganz dünne Rothaarige – die geht nach Ruanda, um zu helfen. Sie ist im Friedenskorps, ja, die tun ganz viel für Afrika, einfach toll, sagt sie. Ich nicke, obwohl ich nicht so richtig weiß, wovon die Frau redet. Aber ihr Gesicht sieht jetzt viel, viel besser aus, als wenn der Schmerz von vorhin verschwindet.

Und letzten Sommer war sie in Khayelitsha in Südafrika und hat in einem Waisenhaus unterrichtet, und ich kann dir sagen, wir haben alle gespendet – Kleidung und Kugelschreiber und Arzneimittel und Buntstifte und Süßigkeiten für die armen afrikanischen Kinder. Dann legt sie ihre Hand aufs Herz und macht kurz die Augen zu, wahrscheinlich hört sie gerade ihre Güte schlagen. Mich überrascht, wie sie *Khayelitsha* sagt, so gut, als wäre das ihre Sprache.
Und ach, sie hat so tolle Fotos gemacht. Diese Gesichter hättest du sehen sollen, sagt sie und hält jetzt ihr Lächeln nach schräg oben ins funkelnde Licht; daran seh ich, wie die Gesichter von den Kindern ausgesehen haben. Sie haben gelächelt wie sie jetzt. Dann seh ich mich selbst im Gesicht dieser Frau, damals in Paradise, als die NGO-Leute uns fotografiert haben.
Einfach entzückend, ja, sagt sie. Jetzt gucken wir uns an und lächeln noch heftiger wie zwei, die gerade richtige Freunde geworden sind, hier auf diesem Klo mit den cremefarbenen Kacheln und den hell-hellen Lichtern und dem orangeroten Stuhl.
Ach, und überhaupt, als sie da war, ist sie auch zum Tafelberg und nach Robben Island und hat Bilder gemacht. Oh. Mein. Gott. Der Tafelberg ist sooooo fantastisch. Zu schön. Ich sag dir, ich hab diese Fotos gesehen und gedacht, da muss ich einfach hin. So was hab ich noch nie gesehen. Vielleicht fahren Christopher und ich nächstes Jahr zu unserem Hochzeitstag hin. Huch, apropos, ich sollte wohl besser mal meinen Hintern da hochbewegen, sagt sie, steht auf, geht zur Tür, macht sie auf und verschwindet, als wenn sie nie dagewesen wäre.
Als ich nach oben komme, stehen die Leute im Kreis um Tshaka Zulu rum, der ein traditionelles Lied singt. Obwohl er alt und am ganzen Körper faltig ist, sieht er schön aus und

cool in einem knielangen Rock aus bunten Tierhäuten. Um den Hals trägt er eine Kette aus gespitzten Knochen und in den Ohren Kreolen. Auf dem Kopf einen Hut aus Tierfell. Identische Armbänder an seinen dünnen Armen. In einer Hand hält er einen langen weißen, mit kleinen schwarzen Punkten gesprenkelten Schild.

Ich steh neben TK, der den Auftritt mit seinem BlackBerry filmt, vielleicht um es bei facebook zu posten. Und die anderen machen das auch, überall Smartphones und Kameras. Tshaka Zulu hat eine laute Dröhnstimme, die mich an Prophet Revelations Bitchington Mborro erinnert, und wirkt, als würde er für eine verlorene Seele singen, wo doch die Braut direkt vor ihm sitzt und lächelt, als wenn es der beste Song aller Zeiten wäre. Am Ende klatschen alle, und Tshaka Zulu strahlt vor Stolz. Es ist seine Spezialität, auf Hochzeiten aufzutreten und überall, wo Leute aus unserem Land was veranstalten, und wenn man ihn so sieht, würde man nicht drauf kommen, dass was mit ihm ist, dass er eigentlich Patient in Shadybrook ist.

Ich hab Hunger, aber beim Essen halt ich mich zurück, weil ich trotz ganz viel Übung noch nicht richtig mit Messer und Gabel essen kann. Ich verteile immer alles über den Teller, und das Fleisch rutscht beim Schneiden rum, und ich hab das Gefühl, dass die Leute mich angucken und heimlich auslachen. Darum bin ich immer unsicher, wenn ich in der Öffentlichkeit esse; meistens, wie jetzt, tu ich einfach so, als hätte ich keinen Hunger. Aber ich übe weiter. Es geht nur so langsam, weil ich im Haus mit den Händen esse, wie es sich eigentlich gehört.

Neben mir isst Tante Fostalina einen Salat, und Onkel Kojo und TK haben sich die Teller vollgeladen, als wenn sie schon ihr Leben lang hungern. Onkel Kojo hat sich an den Nebentisch gesetzt, zu einem anderen Mann aus seinem Land. Onkel Kojo und der Mann tragen nicht unbedingt Partnerlook, aber schon ziemlich ähnliche fließende, bunte, bestickte Gewänder, und das macht sie interessant, so nebeneinander. Vorhin ist ein Typ zu ihnen an den Tisch gekommen und hat gefragt, ob er sie fotografieren darf. Ich beobachte Onkel Kojo; mit Landsleuten zusammen ist er komplett anders – wie er lacht, wie er redet, wie er isst –, als wenn er aufgeschnitten wird und ein anderer Mensch rauskommt, den ich gar nicht kenne.

Später kommt Dumi zu uns an den Tisch, auf dem Arm hat er einen hübschen kleinen Jungen mit wallenden Haaren. Ich lächel den Jungen echt an, aber er starrt bloß zurück. Er klammert sich an einen weißen Ball mit stacheligen Gumminoppen. Dumi ist groß und geht bestimmt ins Fitnessstudio; er sieht nicht besonders gut aus, aber besser als Onkel Kojo. Wenn er nur nicht diese Dreadlocks hätte, die passen nicht zu ihm.

Mir fällt ein, was Tante Fostalina über ihn und sich erzählt hat, also achte ich drauf, ob zwischen den beiden was Interessantes passiert. Sie unterhalten sich über das Übliche – wann hast du Soundso das letzte Mal gesehen? Was arbeitest du jetzt? – und über die Situation zu Hause, unseren alten Präsidenten, der nicht sterben will, damit wir endlich einen neuen Anführer bekommen. Dumis tiefe Stimme ist ein bisschen heiser, als wenn sie ganz bis nach Amerika gewandert wäre und jetzt von der Anstrengung erschöpft ist.

Er sagt Tante Fostalina nicht, dass sie toll aussieht, wie ich es bei anderen gehört habe; er sagt ihr, dass sie aussieht wie die Morgenröte. Du siehst aus wie die Morgenröte, Fee, das sagt Dumi in unserer Sprache. Ich hab noch nie gehört, wie

jemand Tante Fostalina Fee genannt hat. Sie lächelt, und ich starre sie an wegen diesem Lächeln. Als würde sie Musik hören und innen drin danach tanzen.
Sie schweigen eine Weile, als wenn sie keine Wörter mehr haben, als wenn unsere Sprache und Englisch zusammen ihnen nicht ausreichen. Die Stille wird mir langsam peinlich, also nehm ich irgendwann aus Verlegenheit eine Gabel in die rechte Hand, ein Messer in die linke und mach mich über meinen Teller her. Ich schneide ein Stück Fleisch ab. Es tanzt nicht rum, was mich ermutigt, also schneide ich noch eins und noch eins, um damit hoffentlich die Zeit totzuschlagen. Die Stille geht nicht weg; als würden sie damit reden. Am anderen Ende des Saals sitzt die Braut noch an ihrem Platz, sie redet mit einer Brautjungfer und einem großen Mann in einem gelben Hemd.
Onkel Kojo guckt rüber. Er hält einen Hühnchenschenkel in der Hand, und als er den Bräutigam sieht, nickt er und hebt den Schenkel, wie man ein Glas zum Prosten hebt. Dumi nickt zurück. Der Junge fängt an, auf den Gummistacheln an seinem Ball rumzukauen.
Hey, mein Süßer, wie heißt du denn?, fragt Tante Fostalina den kleinen Jungen, um das Schweigen zu brechen. Der Junge legt kichernd die Hand über die Augen.
Er ist schüchtern. Er heißt Mandla, sagt Dumi. Ich frag mich, wie ein amerikanischer Junge zu dem Namen Mandla kommt, aber das hier ist nicht meine Unterhaltung, und mit mir hat keiner geredet, also halt ich mich raus. Ich konzentrier mich auf mein Fleisch; es schmeckt gut, und ich esse ein Stück nach dem anderen.
Aha, sagt Tante Fostalina. Das ist aber ein schöner Name.
Er ist Stephanies Sohn, sagt Dumi, als hätte er meine Gedanken gehört. Er sieht zum Brauttisch rüber, zu seiner Frau.

Aber ich habe ihm den Namen meines Vaters gegeben, sagt Dumi. Er küsst Mandla auf die Nase und wuschelt ihm die Haare. Ich frag mich, wie sich die Haare von Weißen anfühlen; ich hab noch nie welche angefasst, weil ich mich so noch mit keinem Weißen angefreundet hab. Wahrscheinlich seidig, wie der Bart von einem Maiskolben.
Aber Mandla mag es nicht, wenn man mit seinen Haaren spielt, er schüttelt jedenfalls den Kopf und sagt mit ganz hoher Stimme Nein! Erstaunlich, dass er überhaupt spricht, die ganze Zeit war er stumm. Er windet sich wie ein nasser Fisch in Dumis Armen und will runter. Von unten wirft er den Ball auf Tante Fostalinas Teller und lacht. Ich erstarre mit meinem Messer in der Luft. Tante Fostalina sagt nichts, aber es gefällt ihr gar nicht.
Nein, Mandla, nicht, hör auf, sagt Dumi. Er entschuldigt sich bei Tante Fostalina und beugt sich vor, um den Ball rauszufischen, wobei ihm die Dreadlocks ins Gesicht fallen. Mandla guckt zu und kaut jetzt an seinen Händen. Als Dumi den Ball mit einer Serviette abgewischt hat, streckt Mandla seine Patschen aus.
Jetzt nicht, Spatz, ich hab dir gesagt, du kannst hier nicht mit dem Ball rumwerfen. Wir spielen später, zu Hause, ja? Zu Hause, sagt Dumi und guckt Mandla mit einem ernsten Elterngesicht an, aber man sieht, dass Mandla immer seinen Willen kriegt.
Mein Ball, sagt er mit komischer Kraft in der Stimme. Als er sein Gesicht knautscht und anfängt zu heulen, guckt Dumi Tante Fostalina frustmäßig an. Sie zuckt mit den Schultern.
Na gut, aber nicht werfen, okay? Hier sind überall Leute, sagt Dumi.
Als Mandla den Ball kriegt, wirft er ihn gleich einer alten Dame in einem rosa Kleid an die Brust. Mir verschlägt's den

Atem, aber die alte Dame lächelt, als wenn nichts passiert wäre, nimmt den Ball aus ihrem Schoß und hält ihn Mandla hin.
Wie schnuckelig, sagt sie zu Dumi mit so einem sinnlosen Altdamenlächeln, und Dumi lächelt zurück. Mandla schnappt sich den Ball und kommt an unseren Tisch zurück. Er hat ganz klar Spaß. Als er mich anguckt, kriegt er von mir einen verschärften Blick, der heißen soll: Du nervst und lass den Unsinn, bevor was passiert. Aber an Mandlas Grinsen merk ich, dass er das nicht mal kapiert, dass sie ihm nicht beigebracht haben, Blicke zu lesen.
Komm, gib mir jetzt den Ball, sagt Dumi. Er beugt sich mit der hohlen Hand zu Mandla runter. Mandla geht ein paar Schritte zurück und schüttelt den Kopf.
Willst du zu Dad auf den Arm?, fragt Dumi.
Nein! Du bist nicht mein Daddy!, schreit Mandla ganz schrill.
Ich wisch mir den Mund mit einer Serviette ab. Ein paar Leute drehen sich um, reden und essen dann aber weiter. Mandla steht da und guckt Dumi an, so ganz herausfordernd. Dumi schüttelt bloß den Kopf; ich sehe ihm an, dass es ihm unangenehm ist, er weiß nicht mehr, was er noch machen soll.
Er hat zu viel Süßes gegessen, sagt er in so einem erklärungsmäßigen Ton, und mir ist zum Lachen, was haben Süßigkeiten denn mit einem verwöhnten Kind zu tun?
In dem Moment wirft Mandla, und als ich den Ball sehe, ist er schon in meinem rechten Auge und piekst mit einer Dornennoppe rein. Der Schmerz ist unfassbar. Und schwupp hab ich vergessen, dass ich auf einer Hochzeit bin, in einem Saal voller Menschen, in Amerika. Kurz bevor Tante Fostalina mich anherrscht, dass ich mich hinsetzen soll, pack ich den kleinen Hosenscheißer, mach dreimal zackig *paff-paff-paff* und hau ihm zweimal die Knöchel auf den Kopf.

Erst als ich wieder sitze und mich umsehe, merk ich, was ich gemacht habe. Die Weißen haben schon scharf Luft geholt, und eine entsetzte Stimme hat schon Du lieber Gott gesagt. Köpfe wurden bereits geschüttelt und Augen ungläubig aufgerissen. Ein paar Hände liegen auf Mündern, und Stille hat sich ausgebreitet. Sie klebt in der Luft wie ein Schmutzfleck, bis eine Dröhnstimme, ganz klar die von Tshaka Zulu, vom Eingang her ruft:
Habt keine Angst. So behandeln wir in unserer Kultur nun mal unartige Kinder, da ist nichts bei, entspannt euch, bitte, sagt er lachend. Keiner lacht mit; da ist nur diese flammend heiße Stille. Wenn Blicke brennen könnten, läge ich jetzt als Häufchen Asche auf dem Boden. Ich weiß einfach, dass ich was gemacht hab, was man nicht macht, was tabu ist. Ich weiß, dass ich diese Gesichter nie vergessen werde, und ich weiß, wenn ich mir die so angucke, dass ich nie wieder ein Kind schlagen werde, egal, wie sehr es sich danebenbenimmt.
Dumi trägt Mandla weg, und wo der jetzt weiß, dass sich alles um ihn dreht, brüllt er, als wenn er dafür bezahlt wird. Die Mutter guckt vom Brauttisch auf, wabbelt mit ihrem Berg und reckt ihren Hals, um zu sehen, was mit ihrem Sohn ist. Zum Glück ist sie so fett, sonst wäre sie vielleicht aufgestanden und rübergerannt. Ich nehm das Messer und konzentriere mich total auf meinen Teller.
Wird er wieder gesund?, ruft eine Jungenstimme Dumi hinterher, und ich will ihm einen Blick rüberschicken, trau mich aber nicht, mich umzudrehen. Endlich trägt Dumi Mandla durch die Tür, wo es zu den Toiletten geht. Das Geschrei lässt nach, die Leute essen weiter, aber sie sind noch durcheinander, das merk ich. Links von mir glotzt mich ein alter Mann die ganze Zeit so streng an, als wenn ich seinen Kuchen gegessen hätte. Die Kinder, die vorher rumgerannt sind, sitzen

jetzt bei ihren Müttern, als hätten sie eine Terroristin gesehen.

Mach das nie wieder, ich sag dir doch die ganze Zeit, du bist jetzt in Amerika, sagt Tante Fostalina ohne Gereiztheit in der Stimme, und das erleichtert mich. Wenn die Braut schön gewesen wäre, dann hätte Tante Fostalina ihre schlechte Laune gehabt, und wenn sie ihre schlechte Laune gehabt hätte, dann wäre ich schlechter dran gewesen als Mandla, schlechter als ein verwundetes Reh. Ich nicke, leg das Messer auf meinen Teller und nehm mir ein Glas Cola. Die schmeckt nicht mal echt.

13 ENGEL

Ich sag also zu Tante Fostalina, dass ich gerne nach Hause will, nur mal kurz, um zu sehen, wie es meinen Freunden und Mutter und Mother of Bones und ein paar Leuten geht und überhaupt. Zuerst herrscht Schweigen, als hätte Tante Fostalina mich nicht mal gehört. Wir sitzen im Wohnzimmer, und ich trinke eine Capri-Sonne mit Strohhalm. Tante Fostalina guckt sich auf der Couch Bilder von Frauen in Unterwäsche von Victoria's Secret an. Um sie herum stapeln sich Zeitschriften, vor ihr auf dem Couchtisch sind Stapel und zu ihren Füßen noch welche.

Ich trink meine Capri-Sonne aus, greif ins Regal hinter mir und nehme mir eine Guave. Ich guck sie an wie jemand, der noch nie eine Guave gesehen hat, und halt sie mir unter die Nase. Der Geruch geht mir mitten rein, und ich hab das Gefühl, mein Herz und alles da drin wird ganz sachte aufgebrochen. Ich schüttel den Kopf, reib die Guave mit beiden Händen, beiß rein, lache.

Mal sehen, ob dir das Lachen nicht vergeht, wenn du Verstopfung kriegst, sagt Tante Fostalina und blättert um. Ich kaue einfach weiter; wie soll sie begreifen, dass ich mit jedem Bissen das Haus verlasse, unseren Ort Kalamazoo und Michigan, ja das Land verlasse und wieder nach Paradise komme, nach Budapest?

Letzte Woche ist Messenger nach Amerika gekommen, um Asyl zu beantragen, und hat mir eine Überraschung mitgebracht. Weil es ein paar Tage vor meinem Geburtstag war, hab ich das Paket noch so lange liegenlassen. Es war in billiges Papier gewickelt, und ich hab gekichert, als ich endlich mit einer

Schere den schwarzen Bindfaden durchgeschnitten und die Plastikfolie und dann Lagen und Lagen von einer chinesischen Zeitschrift runtergeschält habe. Frische Lebensmittel und Zeug von zu Hause mitzubringen, ist nicht erlaubt; wenn die Grenzleute die finden, schmeißen sie sie weg, also war ich echt froh, dass meine Guaven überlebt haben. Noch bevor ich fertig ausgepackt hatte, war der Geruch überall, köstlich, schwindelerregend. Ich hab die Augen zugemacht und eingeatmet, als hätte ich Ewigkeiten keine Luft bekommen.

Ich hatte lange Zeit keinen Kontakt zu Bastard, Stina, Godknows, Chipo und Sbho, obwohl ich beim Weggehen versprochen hatte, immer in Kontakt zu bleiben.

Ich werde schreiben, drüben gibt es jede Menge Papier und Stifte, also werde ich ständig schreiben, hatte ich gesagt, das weiß ich noch, kurz bevor Tante Fostalina und ich auf der Mzilikazi ins Auto stiegen.

Versprochen?, fragte Chipo.

Ja, versprochen, sagte ich.

Hand aufs Herz, sagte Sbho.

Hand aufs Herz und ungelogen, sagte ich.

Was, wenn du nicht schreibst?, fragte Godknows.

Warum sollte ich nicht?, fragte ich.

Weil du hübsche weiße Freunde findest und uns vergisst, sagte er.

Ich werde hübsche weiße Freunde finden, aber das heißt nicht, dass ich euch vergesse, sagte ich.

Aus den Augen, aus dem Sinn, sagte Stina.

Das ist kaka, ihr wisst, dass ich euch nicht vergesse, sagte ich.

Abwarten, sagte Bastard mit so einem besserwisserischen Blick. Beim Wegfahren im Auto hab ich meine Hand geküsst und damit gewinkt, wie ich es bei einer NGO-Lady gesehen hatte, und gerufen: Ich schreibe, immer, immer, immer!

Am Anfang, in den ersten Monaten nach meiner Ankunft, hab ich auch geschrieben. In diesen Briefen hab ich ihnen von Amerika erzählt, was ich für Sachen esse, was ich für Kleidung trage, was ich für Musik höre, über Promis und Kram. Aber einiges hab ich extra weggelassen – dass das Wetter ganz schlimm ist zum Beispiel, weil es fast immer verkehrt ist, entweder zu heiß oder zu kalt, mit Tornados und so weiter. Dass unser Haus nicht so ist wie die Häuser, die wir früher im Fernsehen gesehen haben, nicht aus Backsteinen, sondern aus Holzbalken, ein Haus aus Balken in Amerika, und dass diese Balken vom Regen schimmelig werden und stinken.
Ich hab ihnen nicht erzählt, dass im Sommer manchmal nachts das Bäng-bäng-bäng von Schüssen durchs Viertel dröhnt und ich drinnen bleiben muss und Angst hab rauszugehen, und dass ein paar Häuser weiter eine Frau ihre Kinder, alle vier, in der Badewanne ertränkt hat, dass es arme Leute gibt, die auf der Straße wohnen und Schilder hochhalten, um Geld zu erbetteln. So was hab ich ausgelassen und noch viel mehr, weil es mir peinlich ist, weil sich dadurch Amerika nicht wie *mein* Amerika anfühlt, von dem ich in Paradise immer geträumt hatte.
Und irgendwann hab ich gar nicht mehr geschrieben. Ich hab es rausgeschoben und mir gesagt, ich schreibe morgen, nächste Woche, in ein paar Wochen, ich schreib in einem Monat, bald, und das war's, schwupp hatte ich den Kontakt verloren. Aber das heißt nicht, dass ich sie vergessen hatte; sie fehlten mir, fehlten mir sehr, und manchmal hat mich mittendrin, wenn ich mit ganz was anderem beschäftigt war, ein furchtbar schlechtes Gewissen überfallen, weil ich mich nicht melde. Budapest fehlte mir auch, Fambeki, Paradise, Mutter und Mother of Bones und MotherLove, all diese Menschen, sogar Prophet Revelations Bitchington Mborro mit seiner Verrückt-

heit, alle fehlten mir. Und als ich die Guaven bekam, die mir meine Freunde über Messenger geschickt hatten, nach all den Jahren, war es schön zu wissen, dass sie sich auch an mich erinnerten.

Tante Fostalina, sag ich, um ihre Aufmerksamkeit zu bekommen, aber sie klebt weiter an den Zeitschriften. Inzwischen haben die Zeitschriften das Fitnessprogramm ersetzt, Tante Fostalina hat nicht genug Energie, weil sie mit ihren beiden Jobs ausgelastet ist, einem im Krankenhaus und einem im Pflegeheim. Sie arbeitet so viel, um das Haus abzubezahlen, das sie gerade Mutter und Mother of Bones in Budapest gekauft hat. Ich hab die Bilder gesehen: ein schönes großes Haus mit Pool, genau wie die Häuser, wo wir immer Guaven geklaut haben. Das Haus ist sogar schöner als das hier in Amerika.

Hin und wieder guckt Tante Fostalina von ihrer Zeitschrift auf den Fernseher, auf die Frau mit dem hübschen Gesicht, das aussieht, als wenn damit was nicht stimmt, und die erzählt, wie man in zehn Tagen zehn Pfund abnimmt und dass man jetzt anrufen und sein Leben ändern soll.

Nur zwei Wochen ungefähr, dann komm ich zurück, sag ich, obwohl Tante Fostalina mir immer noch nicht zuhört.

Darling, die Zeit ist noch nicht reif. Wenn es so weit ist, kannst du hin, sagt sie schließlich und blättert um.

Aber du hast mal gesagt, wenn ich vierzeh…

Kind, dein Vater ist nicht Obama und hat auch nicht die Air Force One zur Verfügung; nach Hause fliegen kostet Geld. Außerdem bist du mit einem Besuchervisum eingereist, das abgelaufen ist; wenn du ausreist, kannst du dich von Amerika verabschieden, sagt Tante Fostalina.

Aber wieso kann ich nicht zurück? Ich kann doch mein Visum einfach erneuern, sag ich.

Darling, lass mich in Ruhe, seh ich aus wie die Einwanderungsbehörde?, fragt sie, in unserer Sprache jetzt, was bedeutet, dass die Unterhaltung beendet ist.
Jetzt hat sich der Bildschirm geteilt, und es gibt zwei Fotos von der Frau, ein Davor-Foto, als sie dicker war und mehr wie ein echter Mensch aussah, und ein Danach-Foto, wo sie dünn ist und aussieht wie ein bezauberndes Ding.
Gib mir das Telefon, und dann hol mir die blaue Handtasche aus meinem Zimmer, ich muss diesen Push-up bestellen, sagt Tante Fostalina.
Oben guck ich aus dem Fenster von Tante Fostalinas Zimmer auf den Friedhof auf der anderen Straßenseite. Als Erstes fallen einem die vielen Verzierungen auf, als wenn sie einem irgendwie weismachen wollen, dass der Tod schön ist. Am Eingang steht ein großes Betonding mit Buchstaben in einer Sprache, die ich nicht verstehe, und einer großen Skulptur von einer liegenden Frau obendrauf, deren Kopf auf der Seite ruht. Sie bedeckt ihr Gesicht mit einer Hand, als wenn sie sagen würde, es gibt zu viel Sonne im Leben, als wenn sie sagen würde, dass sie nicht gestört werden will.
Überall auf dem Friedhof stehen schöne Skulpturen von Engeln: Ein Engel guckt in den Himmel, ein Engel schläft auf einem Steinsockel, ein Engel trägt eine Taube, ein Engel hält die Hand auf dem Herzen, ein Engel kniet vor einem Brunnen. Wenn man sich die so anguckt, meint man, dass Engel gewöhnliche Wesen sind, die im echten Leben so rumlaufen wie Katzen und Hunde und Kakerlaken und Autos. Der Friedhof ist von grünem Gras bedeckt, und überall stehen Bäume, die lange Schatten in den Tag werfen. Und dann gibt es noch die Grabsteine; einige sehen aus wie kleine Häuser, einige wie Schlösser, einige sehen einfach nur seltsam aus, aber alle sind interessant.

Wenn ich auf den Friedhof gucke, muss ich immer an Vater denken in Heavenway, wo sie ihn begraben haben. Sein Grab ist bloß ein Häufchen rote Erde, und ich wünsche mir fast, dass auch er an einem schönen Ort begraben wäre, wo man sehen kann, wieso sie beim Begräbnis der Toten sagen: Ruhe in Frieden. Als wir von Detroit hergezogen sind und ich zum ersten Mal diesen Friedhof sah, wusste ich nicht mal, dass es ein Ort für die Toten ist; ich dachte, es ist ein Museum oder so was, noch ein interessanter Ort, wo interessante Dinge passieren. Die Straße, die unser Haus vom Friedhof trennt, ist ein geschwungenes Band, und ich frag mich immer, wo das genau enden würde, wenn ich ihm folge. In Amerika sind Straßen wie Teufelsklauen, wie Gottesliebe, die sich überall reinkraken, das Traurige ist nur, dass sie mich nicht nach Hause bringen.
In meinem Kopf gibt es zwei Zuhause: ein Zuhause vor Paradise und ein Zuhause in Paradise; Zuhause eins und zwei. Zuhause eins war am besten. Ein echtes Haus. Vater und Mutter mit guten Jobs. Viel zu essen. Kleidung. Jeden Samstag Radios in voller Lautstärke und alle am Tanzen, weil es nichts zu tun gab außer Feiern und Fröhlichsein. Und dann Zuhause zwei – Paradise mit seinem Blech Blech Blech.
Im Kopf von Mutter und Tante Fostalina gibt es drei Zuhause: das Zuhause vor der Unabhängigkeit, vor meiner Geburt, als Schwarze und Weiße um das Land kämpften. Das Zuhause nach der Unabhängigkeit, als Schwarze das Land gewonnen hatten. Und dann das Zuhause, als alles zusammenbrach und aus dem Tante Fostalina weggegangen ist, hierher. Zuhause eins, Zuhause zwei, Zuhause drei. Im Kopf von Mother of Bones gibt es vier Zuhause: das Zuhause, bevor die Weißen das Land klauten und ein König regierte; das Zuhause, als die Weißen das Land klauten und es Krieg gab; das Zuhause, als

die Schwarzen nach der Unabhängigkeit unser geklautes Land zurückbekamen; und das Zuhause jetzt. Zuhause eins, Zuhause zwei, Zuhause drei, Zuhause vier. Wenn jemand von zu Hause spricht, muss man ganz genau hinhören, damit man auch weiß, welches gemeint ist.

Vor zwei Tagen war der Präsident unseres Landes in den BBC-Nachrichten im Fernsehen. Er hat die Fäuste geschüttelt und gesagt, unser Land gehört den Schwarzen und wird nie wieder eine Kolonie und so weiter. Tante Fostalina hat sich die Fernbedienung vom Couchtisch gegriffen, auf den Fernseher gezielt wie mit einer Pistole und geschossen. Wir haben uns alle nach ihr umgedreht, und sie saß plötzlich zitternd da mit einem ganz hässlichen Gesicht, als wenn sie Dornen kaut. TK, der kein Fettwanst mehr ist, weil er jetzt Gewichte stemmt und aussieht wie Will Smith in *Ali*, fing an zu lachen, hörte aber gleich wieder auf, vielleicht wegen dem Ausdruck auf Tante Fostalinas Gesicht.

Onkel Kojo hat sich dann die Fernbedienung geschnappt und zum Sender zurückgeschaltet. Tante Fostalina funkelte ihn eine Weile an, stand dann auf und ging ohne ein Wort raus. Kaum war sie weg, sagte der Präsident im Fernsehen, als wenn er ein Geheimnis verraten würde und nur darauf gewartet hätte, dass Tante Fostalina geht: Sanktionen, die uns von Europa abschneiden, scheren uns nicht; wir sind keine Europäer. Und Onkel Kojo hat die Fäuste gereckt und heftig in die Luft geboxt, dann hat er dem Fernseher applaudiert und Jawohl gerufen, gib's ihnen, Mr. President, gib's diesen Scheißkolonialisten. Dann hat er gegrinst und erst TK, dann mich angeguckt.

Das da, Jungs, ist auf unserem Kontinent der einzige Motherfucker mit Eiern in der Hose. Afrikas führender Staatsmann!, sagte er. TK und ich haben uns verwirrt angeguckt, dann gelächelt und dann laut gelacht, weil wir Onkel Kojo zum ersten Mal das Wort *Motherfucker* haben sagen hören, das aus seinem Mund schön und interessant klang. Auf dem Weg die Treppe hoch lachte TK immer noch. Als ich später bei facebook rein bin, hatte er es schon gepostet, und auf seiner Pinnwand waren total viele Likes und LOLs.

Ich bin jetzt bei meiner dritten Capri-Sonne, und mein Bauch ist so voll mit Guaven und Flüssigkeit, dass ich platzen könnte. Ich hab meine letzte Guave aufgegessen und bin jetzt schon traurig, wenn ich mir überlege, wie lange es dauert, Jahre vielleicht, bis ich das nächste Mal Guaven schmecke. Tante Fostalina bestellt gerade telefonisch ihren Push-up-BH, und man hört, dass sie und die Person, mit der sie spricht, nicht miteinander klarkommen. Das Problem mit Englisch ist Folgendes: Man kann normalerweise nicht so den Mund aufmachen, und dann kommt es einfach raus – erst mal muss man drüber nachdenken, was man sagen will. Dann muss man die Wörter finden. Dann muss man die Wörter im Kopf sorgfältig ordnen. Dann muss man sich die Wörter leise vorsagen, damit man sie auch richtig draufhat. Und dann erst der letzte Schritt, nämlich die Wörter laut aussprechen und genau richtig klingen lassen.

Aber weil man da erst durchmuss, ist bis zum letzten Schritt was Merkwürdiges passiert, und man redet so, wie ein Betrunkener geht. Und weil man so wacklig redet, klingt man wie ein Idiot, wo doch in Wahrheit die Sprache und das ganze Hickhack dran schuld sind. Und das Problem mit den Leuten, die nur Englisch sprechen: Sie können nicht zuhören; sie gucken sich nur das Wackeln an und achten gar nicht drauf, was man gerade sagt.

Ich habe beschlossen, dass amerikanisch zu klingen die beste

Lösung ist, und das Fernsehen hat es mir beigebracht. Es ist ziemlich einfach; man braucht nur *Dora, Die Simpsons, SpongeBob Schwammkopf* und *Scooby-Doo* zu gucken und dann weiter mit *Raven blickt durch, Glee, Friends, Golden Girls* und so weiter, einfach nur zuhören und die Akzente nachmachen. Wenn man das draufhat, fordert einen plötzlich keiner mehr auf, zu wiederholen, was man gerade gesagt hat. Ich hab außerdem eine Liste von Wörtern, die ich einsatzbereit wie Talismänner unter der Zunge trage: *prima, nerv nicht, echt, krass, total, Alter, irre, skurril, cool, verstrahlt, drauf sein, Motherfucker, Outlet, Poser, Swag, gleichfalls, aggro, eklig*. Vom Fernsehen hab ich auch gelernt, Leuten, mit denen ich rede, in die Augen zu gucken, sogar Erwachsenen, obwohl das unhöflich ist.

Ich weiß nicht, wieso Tante Fostalina nicht draufkommt, so Amerikanisch zu lernen, das würde ihr Leben doch einfacher machen, und dann hätte sie nicht so einen Stress wie jetzt gerade.

Ich sagte Angel Collection, sagt Tante Fostalina. Sie hat den Fernseher stumm geschaltet und das Telefon laut, sodass ich hören kann, was die andere Person sagt; die klingt wie ein gelangweiltes Mädel.

Bitte wie? Ich meine, ich hab's nicht richtig gehört, wahrscheinlich meine Leitung. Ich seh sie vor mir, mit schiefem Kopf und ganz konzentrierten Stirnfalten.

Angel, angel, angel, sagt Tante Fostalina und wird noch lauter.

Jetzt ist Stille, als wenn das Mädel irgendwie gleich beten würde.

Ah-ngeh-l, schiebt Tante Fostalina hilfsbereit nach und dehnt das Wort dabei, als wenn sie Kies harken würde. Ich forme es mit dem Mund: endschel, endschel. Das Mädel seufzt leise.

Tut mir leid, ich weiß nicht, was sie meinen, Ma'am, sagt sie dann. Ihrer Stimme merkt man an, dass es sie langsam müde macht, das Wort verstehen zu wollen.

Was meinen Sie mit Sie wissen nicht, was ich meine? Sie verstehen nicht, was ich sage? So ein simples Wort!, sagt Tante Fostalina. Sie spricht jetzt mit den Händen und mit dem Kopf, und an ihrem knotigen Gesicht merk ich, dass es gar nicht gut ausgeht, wenn das Mädel es nicht bald kapiert. Ich räusper mich, damit Tante Fostalina weiß, dass ich auch da bin, vielleicht bittet sie mich dann, für sie zu sprechen, aber das macht sie nicht. Jetzt hat sie das Wort *angel* über die ganze Zeitschrift gekritzelt, und die nackte Frau mit dem BH und der Unterwäsche ist in schwarze Tinte gekleidet, in Buchstaben wie wütende kleine Insekten.

Ma'am, es tut mir schrecklich leid, dass wir diese ... Schwierigkeiten haben. Aber wir haben auch eine Website, über die Sie bestel..., fängt die junge Frau am Telefon an und klingt plötzlich ganz heiter. Sie freut sich ganz klar, dass ihr das mit der Website eingefallen ist, dass am Ende doch noch alles klappt. Ich bin auch erleichtert und überleg schon, schnell mein MacBook von oben zu holen, damit Tante Fostalina es benutzen kann. Ich steh von der Couch auf.

Nein, ich will nicht. Online. Bestellen, sagt Tante Fostalina entschlossen und macht Pausen zwischen den Wörtern, was immer ein schlechtes Zeichen ist. Ich setz mich wieder. Bei jedem Wort bohrt sie der Victoria-Secret's-Frau den Stift ins Gesicht.

Ich bestelle nicht online. Ich spreche Englisch, also ist es für mich ...

Vielleicht können sie es buchstabieren? Allmählich klingt die junge Frau genervt, als wenn sie irgendwie im Kopf schlimme Schimpfworte sagt, die sie nicht laut aussprechen kann.

Mnnsss, jetzt soll ich auch noch buchstabieren?, sagt Tante Fostalina. Sie guckt mich an, fassungslos über das, was sie da hört, aber ich hab den Bildschirm im Blick; die Frau ist weg, und eine neue sitzt auf einem Fitness-Ball. Ich warte darauf, dass Tante Fostalina dem Mädel am Telefon die Meinung sagt, so klingt es nämlich, als wenn sie drauf und dran wäre, aber aus irgendeinem Grund richtet sie sich auf und fängt an zu buchstabieren.

Also A, sagt Tante Fostalina. Ihre Stimme hat sich etwas beruhigt. Sie hat den Buchstaben auf die Zeitschrift geschrieben, für alle Fälle wahrscheinlich.

Okay, A wie Apfel ...

Nicht Apfel. A wie Anus, das ist ein anderer Laut. N wie nein. G wie Gott. E wie essen. L wie Libyen. Also angel, angel, angel, sagt Tante Fostalina.

Kurz herrscht Schweigen, als wenn die junge Frau irgendwie überlegt, was sie aufgeschrieben hat, dann sagt sie Ach! Sie meinen endschel!

Ja, angel, das versuch ich Ihnen doch schon die ganze Zeit zu sagen. Ich will einen in Rot, sagt Tante Fostalina und rollt ihr R, was klingt, als wenn in ihrem Mund was vibriert, und ich nehme mir fest vor, nie so zu klingen.

Als Tante Fostalina ihr Gespräch mit der von Victoria's Secret beendet hat, wählt sie eine Nummer, die anscheinend besetzt ist, denn sie legt gleich wieder auf. Sofort wählt sie eine andere Nummer und muss ein bisschen warten, bis sie eine Nachricht hinterlassen kann, in unserer Sprache, dass die andere Person zurückrufen soll. Ich weiß, dass Tante Fostalina unbedingt jemand in unserer Sprache die Geschichte mit Victoria's Secret erzählen muss, das braucht man nämlich in Amerika, wenn man so was erlebt. Man muss es jemand erzählen, der weiß, was man meint, der genau versteht, was

man sagt, jemand, der weiß, dass Englisch wie eine riesige Eisentür ist, zu der man dauernd den Schlüssel verliert.
Als sie ihre Nachricht hinterlassen hat, sitzt Tante Fostalina da wie eine, in der was Wichtiges vorgeht und die darauf wartet, dass es rauskommt, sich vor sie hinkniet und verkündet, dass es jetzt fertig ist und sich bitte anderen Dingen widmen will. Und dazu dieser Gesichtsausdruck – ich hab ihn schon oft gesehen, weiß aber immer noch nicht, ob ich ihn Schmerz oder Wut oder Traurigkeit nennen soll oder ob er überhaupt einen Namen hat. Ich meide ihren Blick, während sie ihre Kreditkarte ins Portemonnaie zurücksteckt und aufsteht, zur Kellertür geht und sie hinter sich zuknallt.
Ich weiß, dass sie das Licht anmacht, wenn sie die knarrende Treppe runtergeht, dass sie vorsichtige kleine Schritte macht, als würde sie sich da unten vor etwas fürchten, sich vor den Spiegel stellt, der die eine Wand bedeckt, und sich darin ansieht. Ich weiß, dass sie nicht ihre schlanke Figur sieht, sondern ihren Mund. Ich weiß, dass sie da steht und das ganze Gespräch von vorne durchspielt und in gepflegtem Englisch laut alles sagt, was sie sagen wollte, was sie dem Mädel am Telefon hätte sagen sollen, aber nicht gesagt hat, weil sie die Wörter gerade nicht finden konnte. Ich weiß, dass Tante Fostalina wortgewandt ist vor diesem Spiegel, dass das Englisch auf ihrer Zunge zum Leben erwacht, dass sie es ausspuckt, als würde es ihr den Mund verbrennen, als wäre es giftig, als wäre es die einzige Sprache, die sie je gesprochen hat.

14 DIESER FILM ENTHÄLT SCHOCKIERENDE BILDER

Marina kommt aus Nigeria und hält sich für die Prinzessin von Afrika, weil ihr Großvater da drüben ein Häuptling war oder so was in der Art, und sie trägt diese ganzen bunten traditionellen Outfits, die aber nun mal leider hässlich sind und sie aussehen lassen wie eine alte Frau. Kristal bildet sich ein, weil sie uns das Schminken beigebracht und Extensions hat, dass sie besser ist als Marina und ich, aber in Wahrheit kann sie auf Englisch keinen korrekten Satz hinschreiben, an dem man sehen würde, dass sie tatsächlich Amerikanerin ist. Sie sind eigentlich hauptsächlich meine Freundinnen, weil wir in derselben Straße wohnen und die achte Klasse an der Washington Academy abschließen. Jetzt hängen wir gerade bei mir im Keller ab.

Nach der Schule gehen wir jetzt immer ganz schnell nach Hause, um Pornos zu gucken. Das machen wir bei mir, weil nachmittags keiner da ist; Tante Fostalina und Onkel Kojo sind immer bei der Arbeit, und TK kommt nur zum Schlafen her, wie in ein Hotel. Wenn wir von der Schule kommen, hauen wir unsere Taschen neben die Haustür und gehen direkt runter an den Computer. Bisher haben wir Xtube geguckt, aber jetzt haben wir RedTube entdeckt, was viel edler ist und nicht so eine Virenschleuder.

Wir gucken die Pornos alphabetisch und nach Kategorien, damit es nicht so durcheinandergeht. Bisher haben wir Amateure gesehen und Anal, was einfach widerlich war; dann Asiatisch, das war respektvoll; wir haben Blond gesehen und

Blowjob und Busenwunder und davor Bondage, was unheimlich war; Creampie und Cumshot waren beide eklig, Doppelte Penetration zum Fürchten, und Ebony war uns peinlich; Facial war schmutzig und Fetisch seltsam; dann haben wir Gangbang gesehen, was wie ein Verbrechen ausgesehen hat; Gay haben wir nicht geguckt, davor haben wir Angst, also haben wir es übersprungen; Gruppe war auch schlimm, Hentai aufregend; dann haben wir Japanisch gesehen, ziemlich ruhig, und Lesben fanden wir interessant. Heute gucken wir MILF, und weil Kristal dran ist, wählt sie ein Video aus und klickt auf Play.

Der Film fängt mit einem Typen in Skimaske an, der in ein Haus einbricht, und sofort frag ich mich, ob ich die Tür oben abgeschlossen habe; Tante Fostalina besteht darauf, wenn ich von der Schule komme. Ich weiß es nicht mehr, aber ich will nicht hoch und nachsehen, also rede ich mir ein, dass abgeschlossen ist. Der Einbrecher im Film verschwendet Zeit, daddelt rum, guckt durch ein Fenster und nimmt dann ein Werkzeug aus seiner Hosentasche, um das Fenster aufzubrechen. Irgendwann stemmt er sich hoch, aber auch dabei lässt er sich noch Zeit. Er ist gerade halb drin, da sagt Marina Scheiß drauf und klickt auf der Leiste weiter vor.

Als es weitergeht, steckt der Mann schon in der Frau, also geht Marina etwas zurück und hält an, wo die Frau aus der Hocke hochkommt und sich die Lippen leckt, als hätte sie gerade Zucker geküsst. Jetzt sehen wir, dass der Mann ein ganz junger Typ ist, aber sein Ding ist wie von einem Mann. Die Frau sieht viel älter aus, wie seine Mutter oder so was. Wir sehen, wie sie auf das Geländer zugeht, das quer durchs große Wohnzimmer verläuft, und ihre geölte Haut schimmert im Licht. Eine tätowierte rot-grüne Blume wächst ihr über die ganze linke Hängebacke und windet sich dann den Oberschenkel runter.

Die Frau ist am Geländer, hebt ihr langes Bein auf eins dieser Metallteile und hält sich dabei mit beiden Händen an einer Stange fest; auf dem weißen Metall sehen ihre Nägel blutig aus. Ich guck mir ihre lila Highheels an und frag mich, wie irgendjemand auf so was stehen kann. Der Junge kommt von hinten an sie ran, sein Ding vor sich wie eine Schlange. Ich klicke auf stumm; wenn die Action richtig losgeht, machen wir gern den Soundtrack zum Film.

Inzwischen beherrschen wir die Geräusche, und als der Junge sich an der Frau zu schaffen macht, stöhnen wir und stöhnen und ächzen und werden mit jedem Stoß heftiger, als wenn wir die Frau in dem Film geworden sind und spüren, wie uns das Ding von dem Jungen innerlich zerreißt. Wir machen kurz Pause, als die Frau ihr Bein vom Geländer nimmt und sich vorbeugt, immer noch mit den Händen an der Stange. Der Junge pumpt wühlt gräbt. Wir stellen uns vor, dass er Feuer ist, und schreien, als wenn wir in der Hölle schmoren. Normalerweise ist Kristal die Lauteste wegen ihrer hohen Stimme, aber heute übertrifft Marina uns alle.

Gleich nochma, sagt Kristal, als wir mit dem kurzen Clip durch sind und auf den Bildschirm starren. Kristals Stimme ist tief, irgendwie ganz durstig. Sie beugt sich zum Computer vor.

Was passiert mit dem Ding, wenn Männer auf dem Klo sitzen und groß müssen?, fragt Marina.

Wahrscheinlich baumelt es einfach ins Wasser, sag ich.

Meinst du nicht, sie müssen die Beine so zusammenlegen, fragt Marina und drückt die Knie zusammen, als wenn sie sich gleich ein Baby auf den Schoß setzt. Dann legt sie ihre Hand da hin, wo die Schenkel zusammenkommen, und tut so, als wenn es ein Männerding wäre.

Da, so, das wäre logischer, sagt sie.

Oben schrillt das Telefon. Ich blende es aus, seit der Film angefangen hat, und mag nicht rangehen.
Jetzt nimm schon ab und bring den Scheiß hinter dich, sagt Kristal, und ich will ihr sagen, dass sie nicht vergessen soll, in wessen Haus wir hier sind, aber stattdessen sag ich, Bin gleich zurück, nicht ohne mich anfangen.
Als ich die 011-263 auf dem Display sehe, weiß ich, es ist jemand von zu Hause, und mach mir Sorgen. Wo gerade so viel passiert, schiebt man Panik, sobald man eine Nummer von zu Hause sieht, weil der Anruf sonst was bedeuten könnte. Letzte Woche zum Beispiel hat Tante Fostalinas Freundin MaDumane angerufen, weil ihr Mann, der bei der Zeitung arbeitet, mitten in der Nacht von der Polizei abgeholt wurde wegen der Sachen, die er geschrieben hat. Die Polizisten haben an die Tür gebollert, ihr Mann ist nachgucken gegangen, und dann haben sie ihn einfach so mitgenommen, nur in Shorts. Seitdem hat man nichts mehr von ihm gehört.
Und bei einem anderen Anruf hat Tante Fostalinas Cousine NaSandi erzählt, dass ihr Sohn Tsepang, der in meinem Alter war, von einem Krokodil gefressen wurde, als er versucht hat, durch den Limpopo nach Südafrika zu kommen. Ich weiß noch, wie Tsepang und ich einmal, als wir klein waren, an Weihnachten miteinander gespielt haben. An dem Weihnachten hat mir Vater auch ein gelbes BMX-Bike geschenkt, und Tsepang und ich sind abwechselnd durchs Viertel gefahren, bis er voll in ein Dornennest gebrettert ist. Er hat geheult, bis kein Ton mehr aus seiner Kehle kam.
Wenn die Leute nicht wegen solchen Geschichten anrufen, dann bitten sie um US-Dollar, um Essen kaufen zu können, denn man bezahlt jetzt mit US-Dollar oder südafrikanischen Rand. Das sind die Anrufe, vor denen sich Tante Fostalina am meisten fürchtet, so sehr, dass sie fast gar nicht mehr ran-

gehen mag. Die Anrufe hören und hören nicht auf, als wenn sich irgendwie rumgesprochen hätte, dass Tante Fostalina die Bank of America geheiratet hat.
Heute ist Mutter am Telefon. Ich freu mich, ihre Stimme zu hören, also lächel ich. Sie fehlt mir manchmal so, dass mir ganz schwindlig wird, aber ich kann ja nichts daran ändern. Ich höre ihr an, dass alles in Ordnung ist, und entspanne mich.
Wie war das Fallen?, fragt Mutter.
Fallen? Ich zermarter mir das Hirn, um zu kapieren, was sie meint.
Von wo?, frage ich.
Aus dem Himmel, ich hab dich ja anscheinend nicht auf die Welt gebracht. Vielleicht war es ein Engel, sonst wüsstest du ja, dass du eine Mutter hast, und würdest sie ab und zu mal anrufen, um zu hören, wie es ihr geht, sagt Mutter. Ich sag nichts, weil ich nicht weiß, was man da am besten sagt. Das letzte Mal hab ich vor ungefähr zwei, drei Wochen mit ihr geredet. Vier; ich weiß es nicht mehr.
Darling, sprech ich nicht mit dir?
Ich hatte viel zu tun, sage ich.
Ja, natürlich, ich hab gehört, du hast jetzt eine Arbeit und einen Mann und Kinder, um die du dich kümmern musst. Und ich höre, dass Amerika dir beigebracht hat, mit deiner Mutter Englisch zu reden, und das mit dem Akzent. Ha ha ha, du versuchst jetzt also, weiß zu klingen!, sagt sie, dann lacht sie hysterisch, und es ist schwer zu sagen, ob sie es ernst meint oder nicht. Ich will sie grad schon gestört nennen, halt mich aber zurück, weil das was Amerikanisches ist, das ich lieber lassen sollte; ich verdreh stattdessen die Augen. Im Fernsehen, in der Maury Show und bei Jerry Springer und so hab ich Kinder gesehen, die ihre Mütter gestört und Schlampen

und Huren nennen. Die Wörter hab ich geübt, aber ich weiß, die sag ich niemals laut zu meiner Mutter oder irgendwelchen Erwachsenen.
Hast du Tante Fostalina ausgerichtet, dass ich angerufen habe?, fragt sie.
Ja, sag ich. Mein Herz setzt kurz aus, aber meine Stimme hab ich unter Kontrolle, also hört sie nicht, dass ich lüge. Ich habe Tante Fostalina lieber nicht erzählt, dass Mutter Geld geschickt haben will, um dem Nachbarssohn eine aus China importierte Satellitenschüssel abzukaufen.
Ich wollte es Tante Fostalina ja ausrichten, nur als sie an dem Abend von ihrem zweiten Job nach Hause kam, sah sie aus wie ein schlaffer Sack und hat sich mit einem müden Seufzer in den *La-Z-Boy*-Sessel geworfen, da hab ich mich einfach nicht getraut.
Na, dann sag's ihr auf jeden Fall noch mal. Wir brauchen die Schüssel, warum sollt ihr all die schönen Dinge in Amerika allein genießen?, sagt Mutter. Jedenfalls, deine Freunde sind hier.
Meine Freunde?, frag ich.
Ja, sie sind hier rumgelaufen, da hab ich sie reingebeten, wer weiß, was sie gerade im Schilde führten. Bleib dran.
Jetzt höre ich die vertrauten Stimmen im Hintergrund. Godknows' und Sbhos besonders deutlich, und ich krieg Gänsehaut davon. Ein komisches Gefühl packt mich, mir wird schwindelig, und ich muss mich setzen. Die Zeit löst sich auf, wie in einer Filmszene, wo ich irgendwie ins Telefon gekrochen bin, durch die Leitung nach Hause. Ich war nie weg, ich bin wieder zehn, und wir spielen das Landspiel und die Bin-Laden-Suche und Andy-over. Wir hänseln Godknows wegen seinem Hintern, der durch die Hose blinzelt, wir gucken uns einen Kampf an, wir machen die Kirchenleute nach, wir

gucken zu, wie jemand begraben wird. Wir haben Hunger, aber wir sind zusammen, und wir sind zu Hause, und alles ist süßer als Nachtisch.

Bist du da? Ich hab gefragt, was du gerade machst. Es ist Sbhos Stimme.

Nichts, sag ich.

Nichts? Du meinst nichts-nichts?

Na ja …

Wie kann sie in Amerika nichts tun? Das macht ja überhaupt keinen Sinn! Es ist Godknows im Hintergrund.

Ich komm gerade aus der Schule, sag ich und versuche, mich nicht zu ärgern.

Aus der Schule? Sie sagt, sie kommt aus der Schule, und hier ist schon gleich Abend, ha ha, sagt Sbho, halb zu mir und halb zu den andern. Ich höre sie lachen, versteh aber nicht, wieso. Zeitverschiebung? Mal ehrlich.

Hast du Victoria Beckham gesehen? Kim Kardashian? Lady Gaga? Oprah? Warst du schon in New York? Hollywood? Was trägst du gerade für Klamotten? Hast du weiße Freundinnen? Wie heißen die? Sbho spricht in Fragen, und ich weiß nicht, wie ich darauf antworten soll, weil alles gleichzeitig rauskommt wie in einem Rap. Dann erlöst mich Godknows, indem er sich das Telefon schnappt, Sbho protestiert und will den Hörer zurück, und Mutter macht klar, dass ihr Telefon kein Spielzeug ist.

Was geht, Darling, alles cool, Schätzchen? Bist du okay?, fragt Godknows. Ich will gerade antworten, aber dann schwallt er mich schon zu: Das hab ich alles aus dem Fernseher von deiner Mutter. So redet ihr da drüben in Amerika, weißte Bescheid, mein Nigga, was geht mit all den Schlampen und Motherfuckern da drüben? Wie ist New York? Wie geht's meinem Kumpel Obama?, fragt er, und ich lach leise, weil ich nicht so richtig weiß, was ich darauf antworten soll. Dann folgt ein ungemütliches Schweigen, ein Warteschweigen.

Also, in ein paar Monaten wohn ich in Dubai. Mein Onkel ist aus London weg und arbeitet jetzt da, er kommt mich holen, und dann geh ich auch weg aus diesem kaka Land, sagt Godknows, als wenn ihm das gerade wieder eingefallen ist. An seiner Stimme merk ich, dass er sein breites Grinsen draufhat.

Das ist schön, Godknows, sage ich.

Ja, das ist schön, sagt er.

Wieder herrscht Schweigen, aber es wird von einem langen Schrei aus dem Keller unterbrochen und dann Gekicher. Ich hatte fast vergessen, dass Kristal und Marina noch unten sind. Jetzt weiß ich, dass sie ohne mich weitergucken, und das macht mich sauer. Ich weiß nicht, wann Godknows das Telefon abgegeben hat, aber auf einmal sprech ich mit Bastard.

Wie ist Destroyedmichygen?, fragt Bastard. Seine Stimme ist brüchig, und er klingt komisch; wie jemand, den ich gar nicht kenne.

Destroyed was? Ach, Detroit! Schön, aber da wohn ich nicht mehr. Ich wohne jetzt in Kalamazoo, da sind wir kurz nach meiner Ankunft hingezogen.

Haben die euch vertrieben?

Nein, eigentlich nicht. Wir sind einfach weggezogen.

Weißt du, du hast es ganz schön gut, Darling, sagt er nach einer Weile. Seine Stimme klingt auf einmal müde, und ich weiß nicht, was ich ihm sagen soll, also bin ich einfach still.

Schickst du mir ein Lady-Gaga-Shirt und einen iPod?, ruft Sbho im Hintergrund.

Was ist los da drüben?, fragt Chipo, als sie ans Telefon kommt.

Was los ist?, frag ich. Noch ein Schrei von unten. Eine dicke

Fliege surrt durchs Wohnzimmer und setzt sich auf ein Stück Pizza, das jemand nicht weggeräumt hat. Ich schnapp mir eine Zeitung, um sie totzuschlagen, aber da ist sie schon weg.
Ja, draußen. Was siehst du, wenn du rausguckst? Sind da Leute, und was machen die?, fragt Chipo.
Ich guck raus, durch die Spitzengardine. Die Straße ist leer, als wenn Martha Stewart hier irgendwie alles aufgeräumt hätte. Als ich Chipo gerade erzählen will, dass nichts los ist, rasen Streifenwagen durch die Straße mit Blaulicht und Sirenen. Sieben, wenn ich richtig gezählt habe.
Nur ein paar Polizeiwagen auf der Straße, sag ich.
Wo fahren die hin? Wollen sie jemand verhaften? Gibt es da drüben Verbrecher? Was haben sie gemacht? Gehst du raus gucken?, fragt sie. Im Hintergrund höre ich Godknows, Was geht ab, was treiben die Motherfucker in Amerika?
Ich leg das Telefon ans andere Ohr und klemm es zwischen Kopf und Schulter. Ich bin ein bisschen fertig; ich weiß einfach nicht, wie ich mit all diesen irren Fragen umgehen soll. Ich beuge mich zum Glastisch vor und blättere die Post durch. Eine Karte für TK, auf der *Join the U.S. Army* steht, ein rosa Umschlag von Victoria's Secret, ein roter von JCPenney, etwas von Pizza Hut, ein Umschlag, auf dem ein Plastikschlüssel klebt, einer von der Bank of America und einer von Discover Card.
Also, hier ist das los, deine Mutter kocht gerade Istshwala und Macimbis, und Sbho guckt ihr zu und isst dabei eine Guave.
Als Chipo das sagt, tut mein Herz ganz komisch weh. Meine Kehle wird trocken, der Speichel läuft mir auf die Zunge. Auf einmal erinnere ich mich an den Geschmack von all diesen Sachen, aber Erinnerung ist nicht dasselbe wie Geschmack, und das tut weh. Mir kommen die Tränen, und ich wische sie nicht weg. Chipo redet weiter.

Und draußen läuft eine Frau in einem gelben Kleid und einem weißen Hut die Straße runter. Sie läuft wie ein Bulldozer, weil sie dick ist. Jetzt hält sie einen Verkäufer an auf einem Fahrrad, um ihm fetten Mais abzukaufen. Jetzt, ja jetzt, o Mann, seh ich einen Wirbelwind. Kein großer, aber trotzdem ein echter Wirbel, und er hat Staub und Schutt aufgewirbelt. Die Kleider tanzen auf der Wäscheleine. Ha ha ha, das Kleid von der Frau wird hochgeweht, und sie drückt es mit beiden Händen runter. Wir können ihre dicken braunen Beine sehen und ihre grüne Fallschirmunterwäsche. Meine Tochter versucht, mit dem Wind zu fliegen, ich muss nach draußen, sie holen, bye.

Als wir klein waren, haben wir immer im Wind gespielt. Wenn er kam, liefen wir raus, ihm entgegen, die Arme ausgestreckt wie Flügel, auf Zehenspitzen balancierend und in den Himmel grapschend. Wir wollten, dass der Wind uns mitnimmt, und wenn das nicht passierte, haben wir uns gedreht und gedreht und gesungen: *Bring mich nach London, Baby. Zu meinem Onkel, Baby. Wer hat ein Baby, Baby. Ein Mädchen, Baby. Oh-uh-ah, Baby!* Genau das Lied singe ich jetzt, als Stina mich fragt, was ich gerade mache. Seine Stimme klingt weit weg, als wenn er von einem Baum runterspricht.

Komisch, das gleiche Lied hat Chipo eben gesungen, als sie raus ist, um Darling zu holen, sagt Stina, nachdem wir uns begrüßt haben. Darling ist Chipos Tochter; sie haben sie nach mir benannt, behaupten sie, damit es noch eine Darling gibt für den Fall, dass mir in Amerika was passiert. Irgendwie ist das süß, aber ich weiß nicht, was ich davon halten soll. Da ist jetzt einfach jemand nach mir benannt, obwohl ich gar nicht tot bin oder so.

Wann kommst du zurück?, fragt Stina nach langem Schweigen. Ich mach den Mund auf und höre Tante Fostalinas Stimme in meinem Kopf. Ich weiß nicht, wie ich Stina sagen soll, dass ich nicht weiß, wann ich nach Hause komme. Durchs Fenster sehe ich, wie der große Paketzusteller die Auffahrt hochkommt, aufs Haus zu. Ich warte, bis er klingelt, und leg den Hörer hin, nachdem ich Stina gesagt habe, er soll warten, dabei weiß ich, dass ich nicht wieder ans Telefon gehe. Schwer zu erklären, dieses Gefühl; als wenn es zwei von mir gibt. Die eine sehnt sich nach ihren Freunden, die andere kriegt keinen Draht mehr zu ihnen, als wenn es Menschen wären, die sie noch nie gesehen hat. Ein bisschen schlechtes Gewissen ist dabei, aber das schüttel ich ab.

Nachdem ich das Päckchen angenommen habe, mach ich die Tür zu und blicke dem Postboten nach, wie er zu seinem Kastenwagen zurückgeht. Er ist groß und stark, und vorhin beim Unterschreiben konnte ich ihm nicht in die Augen sehen. Aber gespürt habe ich ihn, so groß neben mir mit dicht behaarten Armen und Beinen. Und ich hab mir vorgestellt, wie sein Ding wohl aussieht, wenn er seine Uniform auszieht. Als der Postwagen wegfährt, leg ich das Päckchen auf den Küchentisch. Es ist von Victoria's Secret an Tante Fostalina adressiert, und ich weiß, es ist der Push-up-BH. Als Name steht da *Fosterline*.

Als ich in den Keller zurückkomme, gucken Kristal und Marina was anderes.

Was ist das denn bitte?, frag ich.

Shemale, sagt Kristal.

Was ist Shemale? Und warum seid ihr zu S gesprungen?, frag ich.

Ist doch egal, sagt Kristal. Sind immer noch Leute, die ficken, oder? Sie rückt ein Stück, aber ich bleib stehen und stütz die Hände ein und überlege, ob ich mich setzen oder umdrehen und die Treppe raufstampfen soll, damit sie wissen, dass ich mich ärgere.

Auf dem Bildschirm sieht man eine schöne große Frau mit Penis. Nicht so ein Möchtegernding, das die Lesben getragen haben, als wir bei L waren; nein. Ein echter. Von all den Filmen, die wir uns angeguckt haben, schockt der hier wirklich, und mir schwirrt der Kopf. Lange Haare und ein hübsches Gesicht und ein Adamsapfel und große Brüste und ein großer Penis in einem einzigen Körper, da krieg ich das Gefühl, dass wir nicht nur Böses tun, das hier ist richtig böse, also sag ich, Ihr hättet nicht springen sollen.

Schön, dann gehen wir halt zurück, sagt Marina schnell, und an ihrer Stimme merk ich, dass sie auch noch nicht bereit ist für eine Shemale. Als sie zurückklickt, setz ich mich erleichtert hin.

Yo, also, meine Freundin Alexis hat mir so einen coolen Link geschickt. Wollt ihr gucken?, fragt Kristal.

Was ist es denn?, frag ich.

Was weiß denn ich? Unser Computer lahmt so derb, wie wenn du Jesus downloaden willst.

Du hast doch gerade gesagt, der Link ist cool, ich dachte, du hast das schon ausprobiert, sagt Marina.

Und? Rutsch rüber, sagt Kristal und klemmt sich an die Tastatur.

Als Erstes sehen wir den Hinweis *Dieser Film enthält schockierende Bilder*. Ich guck Kristal an und dann Marina, was die wohl davon halten, mich jedenfalls erinnert es an Horrorfilme, und auf Horror hab ich keinen Bock. Kristal fährt sich durch ihre Extensions, und Marina trommelt sich auf die Beine, also mach ich schulterzuckend den Soundtrack zum Trommelwirbel, aber plötzlich gellt da ein wahnwitziger Schrei, und wir erstarren.

Der Schrei klingt, als hätte er jeden Schmerz verschlungen, den es überhaupt gibt, und würde jetzt daran ersticken. Er hängt in der Luft wie ein Lebewesen. Ich denk bei mir, er klingt so vertraut, wie etwas, das ich schon mal gehört habe, aber ich weiß nicht recht, wo und von wem. Ich würde so gerne stumm schalten, wir alle würden das gern, das weiß ich, weil es so fürchterlich klingt, aber keine fasst die Maus an. Dann gibt es eine Totale, und da sehen wir sie auf dem Boden liegen, die Hände zu Fäusten geballt, Kopf zurück, Mund auf und nichts als Zähne. Sie trägt ein gelbes Kleid mit weißen Blumen und hat die richtigen Beine fürs Landspiel, lange Beine, mit denen sie ordentlich punkten kann und weit weglaufen.

Dann kommt eine Frau ins Bild und packt dem Mädchen an die Beine, und das Mädchen strampelt, als wenn der Teufel in ihr drin ist. Als Nächstes kommt ein Pulk Frauen und stürzt sich auf das Mädchen und hält sie fest. Ich muss daran denken, wie die Männer zu Hause eine Ziege zum Schlachten festgehalten haben oder wie Prophet Revelations Bitchington Mborro und seine Evangelisten die schöne Frau auf dem Berg gehalten haben, um ihr den Dämon auszutreiben. Jetzt schreien die Frauen das Mädchen an, und obwohl ich deren Sprache nicht verstehe, merk ich an ihren heißen Stimmen, dass das Mädchen mit dem Schreien und Treten aufhören und sich benehmen soll.

Nur eine Frau beteiligt sich nicht am Festhalten, und das ist die mit dem langen Messer. Eine große, üppige Frau, lange Arme, Giraffenhals. Rundes Gesicht. Fast hübsch. Ovale Augen. Großer Busen. Langer Rock in Herbstlaubfarben, rote Bluse. Gelbe Kreolen, bunte Armreifen, Ringe an den Fingern. Einen schmutzigen Lappen in der Hand und in der anderen das Messer; ich will fragen, was sie mit dem Messer vorhat, aber wenn ich den Mund aufmache, kommt kein Wort raus, das weiß ich. Auf der anderen Seite ist eine alte, alte Frau mit

einer Haut wie abgetragenes Leder. Sie guckt sich das alles mit schmalen Augen an. Nickt und nickt die ganze Zeit, die welken Hände auf einen Spazierstock gestützt.
Die Messerfrau säubert das Messer mit dem Lappen, und mich schaudert. Sie macht das langsam und sorgfältig, als wenn sie irgendwie weiß, dass wir zugucken, und runzelt vor Konzentration die Stirn. Sie spuckt auf das Messer, wischt, spuckt, wischt und wirft dann zufrieden den Lappen weg. Ich hab jetzt fest die Beine zusammengekniffen. Als ich kurz Kristal und Marina angucke, sitzen die genauso da.
Dann beugt sich die Messerfrau zu dem Mädchen runter, die Zähne in die Unterlippe gegraben, die dicken Finger fest ums Messer geschlungen. Als das Messer beim Mädchen ankommt, steht Marina auf und rennt die Treppe hoch. Ich will auch aufstehen und hinterherrennen, aber meine Beine fühlen sich so schwer an, dass ich wieder in die Couch sinke und die Augen mit dem Arm verdecke und die Schreie des Mädchens höre, die jetzt so schneidend sind, als hätte jemand ihre Stimme mit Petroleum getränkt und angezündet.
Als ich wieder hingucke, ist ganz viel Blut auf dem Boden. Das Mädchen wurde in eine Ecke getragen, das Kleid über ihre Beine gezogen. Keine Spur von dem, was gerade passiert ist. Das Schreien und Strampeln hat aufgehört, als wenn das, was in dem Mädchen gewütet hat, was auch immer, Flügel bekommen hat und weggeflogen ist; sie sieht jetzt aus wie eine Blume, die mit Wurzeln und allem aus der feuchten Erde gezogen wurde. Kristal und ich sitzen da, rühren uns nicht und starren vor uns hin, ohne uns anzugucken, darum weiß ich, dass wir niemals darüber sprechen werden, was wir gerade gesehen haben.

15 CROSSROADS

Kristal ist nicht alt genug für einen Führerschein, aber das heißt nicht, dass sie nicht fahren kann, darum sind wir jetzt überhaupt auf dem Weg zur Crossroads Mall. Der Wagen gehört Marinas Mutter – wir haben ihn genommen, weil sie nachts im Borgess Hospital arbeitet und tagsüber schläft wie eine Eule und erst um fünf aufwacht, in der Zeit schaffen wir es zur Mall und zurück. Marina sagt, ihre Mutter schläft wie eine Tote, und wenn sie doch mal aufs Klo muss, stakst sie mit geschlossenen Augen rum und rennt in Sachen rein wie ein Huhn mit abgeschnittenem Kopf; wenn sie rausgehen würde, dann würde sie nichts sehen.

Wir haben das noch nie gemacht und hätten es auch fast gelassen, weil Marina und ich uns erst unsicher waren, aber wie Kristal dann das Auto rückwärts aus der Einfahrt lenkte und mit einer Hand wieder zurück, hat uns überzeugt, und wir stiegen ein und schnallten uns kichernd an. Als wir gerade wegfahren wollten, sahen wir allerdings Mr. Harris. Mr. Harris ist Marinas Nachbar, und er kam gerade in seinem Kriechauto nach Hause, also mussten wir uns ducken und unten bleiben, bis wir hörten, wie der Wagen nebenan geparkt wurde und die Tür knallte. Wir tauchten gerade so weit auf, dass wir Mr. Harris zum Briefkasten schlurfen sahen und dann zum Haus, als wenn man ihm gesagt hätte, dass er einen Preis kriegt, wenn er mindestens zehn Jahre dafür braucht.

Marina sitzt vorne, weil der Wagen ihrer Mutter gehört, und ich sitz hinter Kristal, was mir recht ist, falls wir einen Frontalzusammenstoß haben oder so was. Am Anfang beuge ich mich vor und beobachte Kristals schmale Hände auf dem Lenkrad. Meine Hände krallen sich in die Rückseite von Kristals Sitz, als wenn ich selber fahren würde. Marina schweigt, das bedeutet, sie hat Angst und überlegt vielleicht sogar, ob sie uns sagen soll, dass sie uns nur verarscht hat und wir den Wagen zurückbringen und Crossroads vergessen sollen. Kristal, die redet die ganze Zeit, aber ich hör nicht zu; ich pass auf, wo das alles hinführt und wie.

Einmal schwenkt das Auto nach links, und ich hole scharf Luft und will schon schreien, beherrsch mich aber, weil sonst keiner schreit. Wir fahren schweigend weiter, aber nachdem Kristal uns die Paterson runtergefahren hat und ohne Probleme links in die Cobb einbiegt, fühl ich mich besser und setz mich mit dem ganzen Po auf den Sitz. In der Westnedge haben wir dann alle unsere Fenster runtergekurbelt und die Ellbogen rausgestreckt, als wenn wir das Auto von unserem Geld gekauft und auch noch die Straßensteuer bezahlt hätten.

Heute Morgen, an unserem letzten Tag an der Washington, hat ein Junge eine geladene Waffe mit zum Unterricht genommen, also haben sie die Schule geschlossen und alle mit einem Brief nach Hause geschickt. Es wurde erzählt, dass der Junge eine Liste von Leuten hatte, die er erschießen wollte, und dass die geladene Waffe aus Versehen aus seinem Rucksack gefallen und losgegangen war; der Hausmeister hat ihn zu Boden gerungen, bevor er jemand erschießen konnte.

Ich hab nichts gesehen, aber von der Mensa aus das Peng-peng-peng gehört, und da rannten schon Schüler und Lehrer wie die Hühner kreischend in alle Himmelsrichtungen, verstopften die Gänge und versuchten alle gleichzeitig rauszukommen. Das hat mich an die Panik zu Hause erinnert, als alles zusammenbrach und die Geschäfte leer waren, wie die Leute da auf die Straße geströmt und hinter Lastern mit

Maismehl, Zucker, Speiseöl, Brot, Seife und praktisch allem her sind, als wenn sie am Verrecken wären.

Rechts kommen die Kirchen und der Spirituosenladen, links der chinesische Friseurladen und die Autowerkstatt; links die Shell-Tankstelle und rechts die von Speedway, das Tattoo-Studio, die Bank, das Holiday Inn, Starbucks, die schicke private Highschool, auf die Marina im Herbst geht, während Kristal und ich auf die Central gehen; dann fahren wir am Chinarestaurant vorbei und am indischen Restaurant und an Walgreens und McDonald's und Burger King. Weil wir fahren, wohin wir wollen, und es selbst bestimmen, fühlt sich die Tour durch die Stadt anders an, als würde irgendwie alles, was wir sehen, uns gehören, als hätten wir es selber gebaut. Ich spreiz die Finger im Wind, und ab und zu fang ich ihn ein und werfe ihn zu ihm zurück.

So kurven wir rum, und ich muss mir diesen blöden Rihanna-Song anhören, den in der Schule alle gespielt haben wie eine Hymne oder so was. Also, der Song ist vielleicht gar nicht blöd, mir ging nur dieses ganze Rihanna-Getue auf die Nerven, dass sie dauernd in den Nachrichten war und das alles. Ich weiß, dass ihr irrer Freund sie verprügelt hat, aber ich finde nicht, dass man sie deswegen überall sehen muss, als wäre ihr Gesicht eine humanitäre Krise, wie Sudan oder was. Wir kurven rum, und sie schmachtet, und ich würde das Radio am liebsten aus dem Fenster schmeißen. Gerade fahren wir am Erotikshop auf der rechten Seite vorbei, als wir das Gejaule hören, und da wissen wir, die Polizei ist hinter uns her. Da ist der Spaß zack zu Ende, als wäre er bloß Wasser in einem Eimer gewesen, und dann hat ihn jemand umgekippt.

Das letzte Mal, dass wir von der Polizei angehalten wurden, saß ich mit Onkel Kojo und Tante Fostalina im Auto, auf dem Highway, ich weiß nicht mehr woher. Der Polizist wollte Onkel Kojo festnehmen, aber nachdem Tante Fostalina gefleht und gefleht hat, durften sie den Strafzettel am Ende gleich bar bezahlen, an Ort und Stelle. Marina sagt noch, dass ihre Mutter sie umbringt, und Kristal sagt auch irgendwas, und ich krieg es gar nicht mit, weil ich mir den Kopf darüber zerbreche, was jetzt mit uns passiert; in Amerika sind die Gefängnisse nicht nur für Erwachsene und echte Verbrecher da.

Kristal fährt ran. Ich dreh mich um und seh nur noch Blaulichter. Ich will schon die Tür aufmachen und laufen, einfach weglaufen, aber dann fällt mir ein, dass die Polizei einen für so was erschießt, wenn man schwarz ist, und ich sag, Wir hätten nicht herkommen sollen, was machen wir denn jetzt, was wird bloß Tante Fostalina sagen?

Als die Streifenwagen schon längst an uns vorbeigedonnert und verschwunden sind, gucken wir uns immer noch an, als wenn jemand in einem dunklen Raum gerade das Licht angeknipst hätte. Uns dämmert, dass die Polizei nicht hinter uns her war, sondern woanders hingerast ist; wir waren nur im Weg. Die Angst verlässt unsere Gesichter, und wir sitzen da und lachen, erst zaghaft und nervös, dann fassen wir wieder Mut, und unsere Stimmen werden lauter, jetzt lachen wir richtig, lachen echt, als wenn wir das Auto mit unserem Gelächter anschieben wollen.

Wir fahren wieder auf die Straße, und als wir an der Ampel neben der Statue mit dem Soldaten auf dem Pferd halten, freu ich mich so sehr, dass wir nicht eingesperrt werden, so sehr, dass ich plötzlich ein Lied singe, das wir zu Hause immer in der Schule gesungen haben:

Wer hat den Weg nach Indien entdeckt?
Vasco da Gama! Vasco da Gama!
Vasco da Gama! Vasco da Gama!

Weil ich jetzt nicht mehr mit Kristal und Marina in einem geklauten Auto sitze, weil ich nicht mehr in Amerika auf dem Weg zur Mall bin, schmetter ich schöner und schöner und schöner als Rihanna. Ich bin jetzt in meinem Zuhause-Zuhause, mit meinen Freunden in der Schule, und wir tragen eine braune Uniform mit gelbem Kragen und einem Abzeichen, auf dem *Queen Elizabeth Primary School* steht, mit einem Bild von einer aufgehenden Sonne und den Wörtern *Wissen ist Macht* in roter Kursivschrift unten drunter. Wir fahren nach Indien, marschieren in den Fußstapfen von Vasco da Gama, und wir tragen weiße Socken und schwarze Schuhe. Weil ich jetzt genau da bin, und weil man da so singt, als wenn etwas in einem brennt, singe ich, bis Marina meinen Namen schreit und Kristal das Radio ausgemacht hat und Hallo?! ruft, komm mal runter, verdammte Scheiße.
Was? Als du deine blöden Songs bis zum Anschlag aufgedreht hast, hab ich mich da beschwert?, frag ich.
Na, jedenfalls mussten wir uns kein Stammesgedudel anhören, sagt Kristal und biegt ab. Ich weiß nicht, ob das ein Witz sein soll, aber neuerdings – seit sie so einen Vorbau hat, als wenn sie ganz Amerika stillen will – kommandiert sie Leute rum, als hätte sie irgendwer zur Königin gemacht.
Egal, lass mich in Ruhe, sag ich. Und im Übrigen war das Englisch.
War es nicht, sagt Kristal, und Marina kichert. Wir fahren durch eine Baustelle, wo die beiden Spuren zu einer werden. Links von uns stehen ganz viele Fässer.
Woher willst du das denn wissen? Du kannst ja nicht mal Englisch.
Bitte was?, sagt Kristal. Obwohl sie sich nicht umgedreht hat, weiß ich, was sie für ein Gesicht macht. Das sieht man an ihrer

Stimme. Gespitzte Lippen. Schmale Augen. Stirnrunzeln. Bitte was?

Ist doch wahr; dass du kein Englisch kannst, ist allgemein bekannt. Jetzt zum Beispiel: *Bitte was*. Was soll das überhaupt heißen?, frag ich. Marina hüstelt. Und was ist *Alles klar? Gecheckt? Abgang?* Dieser ganze Quatsch. Ist es so schwer, *Wie bitte* zu sagen? Oder einfach *Was hast du gesagt? Weißt du, was ich meine? Hast du mich verstanden?*

Was geht denn mit dir ab?, fragt Kristal, und ihre Stimme sagt mir, dass ihr Gesicht inzwischen ganz zerknautscht ist, aber ich lass nicht nach.

Nein, im Ernst. Weißt du, am Anfang hab ich überhaupt nichts verstanden, kein Wort, nada, und du sitzt hier und behauptest, du bist Amerikanerin und sprichst Englisch!

Ich starte jetzt durch, und ich muss dran denken, langsamer zu reden, denn wenn ich mich aufrege, klinge ich nach mir, und mein amerikanischer Akzent verschwindet. Aber ich hab's Kristal gegeben, das weiß ich, weil sie erst mal still ist, auf die Straße starrt und nichts sagt. Marina dreht sich um und klatscht mich ab. Plötzlich riechen wir Teer oder irgendwas Verbranntes von draußen; ein ekelhafter Gestank.

Bähhh, sagt Marina und hält sich die Nase mit beiden Händen zu, als wenn das gegen den Geruch hilft.

Du hast doch null Peilung, sagt Kristal nach einer Weile und dreht sich zu mir um mit einem Blick, als wenn ich es bin, die den Wagen vollstinkt.

Heißt erstens Ebonics und ist ein Sprachsystem, aber unser eigenes, alles klar, weil wir faken nicht.

Wie bitte?, frag ich.

Wie bitte, am Arsch!, du willst doch bloß klingen wie bescheuerte Weiße, sagt sie.

Was hast du gesagt?, frag ich.
Hast schon gecheckt, Mann, sagt Kristal. Der Wagen wird ein bisschen langsamer.
Nein, das stimmt nicht. So reden wir nun mal, sagt Marina.
Hat dich wer gefragt, Spacken?, sagt Kristal und wendet sich an Marina. Du machst sowieso lieber Kopf zu. Hab diese Streifen aus Nigeria gesehen, ihr könnt alle nicht reden, basta; was meinst du, wozu die Untertitel haben? Ich will nicht lachen, aber dann lach ich doch.
Ein bisschen was ist ja schon dran. Ich mein, wenn ich deine Filme sehe, muss ich auch immer Untertitel lesen, obwohl das Englisch sein soll.
Ja, weil du nicht schlau genug bist. Und was meinst du mit *deine Filme*, hast du mich schon mal in einem gesehen, hm?, fragt Marina mit Messern in der Stimme. Kristal lacht, und ich guck einen Hund an, der in einem Auto auf der Rückbank sitzt und geradeaus starrt, als wenn er die Verantwortung dafür trägt, dass der Fahrer nicht falsch abbiegt. Wir sind an der Baustelle vorbei und wieder auf zwei Spuren.
Von wegen schlau, ihr da drüben seid ja alle krass schlau, weil sonst könnt ihr diese 419-Nummer nicht durchziehen, sagt Kristal zu Marina. Sie wechselt die Spur.
Was für eine 419-Nummer?, fragt Marina.
Sie meint die Scam-Mails; tu nicht so, als wenn du das nicht kennst, sag ich. Zum Beispiel, Liebe Miss Darling, bitte helfen Sie mir, Schwarzgeld zu waschen, und Sie bekommen eine Million Dollar. Oder, Ich bin der Manager dieser Bank, und dieser reiche Kunde ist bei einem Flugzeugabsturz gestorben und hat keine Verwandten, dürfen wir Ihnen die zwanzig Millionen geben? So irres Mailzeug, ich hab zig davon in meinem Junk-Ordner, alle von Nigerianern, sag ich.

Keine Ahnung, was ihr meint, ich hab die nie gesehen, sagt Marina.
Logisch, weil du sie verschickst, sagt Kristal, ich klatsch in die Hände, und wir lachen beide.
Das ist nicht witzig, sagt Marina. Ihr bricht die Stimme, also hören wir auf, immerhin sitzen wir im Auto von ihrer Mutter.
Irgendjemand Ahnung von wegen Tempolimit?, fragt Kristal.
Woher weiß man das? Steht das auf Schildern?, frag ich.
Wir sind am Bahnübergang, als die Lichter blinken und dieses Schrankenteil runtergeht. Kristal will den Zug noch austricksen, ist aber nicht schnell genug, am Ende muss sie so auf die Bremse steigen, dass wir nach vorne geworfen werden; ich muss mich hinten an Kristals Sitz abstützen, um nicht dagegenzuknallen.
Tschuldigung, tschuldigung, sagt Kristal.
Pass gefälligst auf, das Auto gehört meiner Mutter, sagt Marina.
Reg dich ab, Prinzessin, hab mich grad entschuldigt, oder?, sagt Kristal.
Wir sitzen da und beobachten die Bahn. Bei den blauen muss man nur so vielleicht drei Minuten warten und kann weiterfahren, aber das hier ist ein langer brauner, der braucht ewig, nicht mal Gott hat so lange gebraucht, um sein Zeug zu erschaffen.
Da, da, sagt Marina, und wir gucken nach links, der Typ im roten Auto hat sich rausgelehnt und glotzt bei uns rein wie einer, der uns irgendwie kennt. Als er die Zunge rausstreckt und damit wackelt, quietscht Marina.
Das ist eklig, guckt den blöden Arsch bloß nicht an, sagt Kristal, aber ich riskiere trotzdem einen kurzen Blick. Wenn Jungs

diese Zungennummer machen, find ich das erschreckend und interessant. Vor uns rattert und rattert der Zug, Waggon nach Waggon nach Waggon nach Waggon. Auf einigen Zügen ist Graffiti, aber die kann ich nicht richtig lesen. Dann ist der Zug durch, das Schrankenteil hebt sich, und wir fahren wieder.

Wir parken vor Borders, und als wir gerade vom Parkplatz runtergehen, seh ich genau da neben einem schwarzen Van mein Auto. Ohne zu zögern lauf ich drauf zu und rufe, Mein Lamborghini, Lamborghini, Lamborghini Reventón! Vielleicht flipp ich ein bisschen aus, keine Ahnung, aber Marina zieht mich weg und fragt mich, was das soll.
Weißt du, wie viel dieses Auto kostet?, fragt sie, als wir vom Parkplatz runter sind.
Wie viel?, frag ich.
Fast ein paar Millionen Dollar, sagt sie.
Du lügst. Millionen? Für diesen kleinen Wagen?, sag ich.
Ach nee, sagt Kristal.
Kannst du googeln; der kleine Wagen ist mit das teuerste Auto überhaupt, sagt Marina.
Tja, sag ich, mehr nicht. Ich lass ein Auto vorbeifahren und geh dann über die Straße zum Eingang der Mall. Ich will es einfach nicht aus meinem eigenen Mund hören: Wenn das Auto so viel kostet, heißt das, ich werd so eins nie besitzen, und heißt das dann, dass ich arm bin, und wenn ja, wozu ist Amerika dann da?
Ich dreh mich zum Parkplatz um, aber den Lamborghini kann ich in dem Automeer nicht sehen. Ich reck den Hals hierhin und dahin, aber er ist weg, wie ein Traum, den man träumt, den man ganz sicher geträumt hat, aber doch nicht mehr weiß. Ich bleib jetzt etwas hinter Kristal und Marina, damit

ich zurückgucken kann und noch mal zurückgucken. Wenn Bastard und Stina und Chipo und Godknows und Sbho hier wären, dann würden sie schreien und mich ärgern und johlen und sterben vor Lachen.

Am Eingang zu Borders begrüßt uns eine alte Frau mit einer roten Weste und lauter Abzeichen drauf mit geweißtem Lächeln und fragt, Was darf's denn heute sein, meine Damen?, aber wir rauschen einfach an ihr vorbei, als wenn sie Luft wäre. Kristal geht vor, Marina dahinter und dann ich. Der Geruch von neuen Büchern ist überall, aber wir gucken uns nichts an, obwohl ich eigentlich Lust hätte, weil ich Bücher nicht hasse. Ich hab aber schon ziemlich lange keine interessanten mehr gelesen, weil ich dauernd vorm Computer und vorm Fernseher sitze. Das letzte Buch, das ich gelesen hab, war dieses *Jane Eyre*, wo die langen, verschlungenen Sätze und das alles mich einfach gelangweilt haben und diese Jane mich mit ihren dummen Entscheidungen dauernd genervt hat und die ganze ätzende Geschichte einfach so war, dass ich das Buch wegwerfen wollte. Ich musste mich zum Lesen zwingen, weil ich ein Referat schreiben musste für den Englischunterricht.

So früh am Morgen ist die Mall ziemlich tot. Zu Hause würde hier jetzt schon der Bär toben: Kleine Kinder würden drüben Rolltreppe fahren, als wenn die in den Himmel führt, und ihre Schreie würden hochschießen wie Wolkenkratzer – man würde sie noch bei Victoria's Secret in der zweiten Etage hören; die Mütter würden im Erdgeschoss quatschen und lachen und abwechselnd hochgucken und ihre Kinder ermahnen und sich dabei ständig bewegen, weil Frauen nie stillhalten, weil es immer was zu tun gibt, immer irgendwas; die Männer würden sich um ihren Kram kümmern, vielleicht auf den Bänken vor Payless sitzen, vielleicht eine Kingsgate-

Zigarette rumreichen oder sich über eine Zeitung beugen und über Fußball-Ergebnisse der europäischen Ligen austauschen oder über den Krieg im Irak, mit tiefen Stimmen, die nie die Stimmen der Frauen und Kinder übertönen, weil eine Männerstimme immer leise sein muss; und draußen im Freien, wo eine Inderin Fadenepilation anbietet, würden die älteren Kids zu House-Musik tanzen, zu DJ Sbu und DJ Zinhle und Bojo Mujo, und sich so halsbrecherisch verdrehen, als wenn sie wissen, dass ihr Körper sowieso nicht ihnen gehört und deswegen auch ruhig kaputtgehen kann; und in den Massagesesseln neben der Rolltreppe würden zahnlose Alte wie Eidechsen in der Sonne braten und leise stöhnen, während die Massagedinger ihre welken Körper kneten; und vor dem Telefon neben dem Kerzenladen würde eine ungeduldige Schlange warten, die Verwandte in Chicago und Kapstadt und Paris und Amsterdam und Lilongwe und Jamaika und Tunis anrufen will; betörende Aromen von Morgenspeisen würden durch die Luft wabern und die parfümierten Gerüche von Macy's zerschreddern; und vielleicht würde auf dem kleinen Platz vor Foot Locker, unter dem Kunstbaum, jemand mit einer Bibel stehen und predigen und eine kleine Menge um ihn rumstehen, vielleicht überlegen, ob man ihm glauben soll oder nicht, und zu ihren Füßen und überall in der Mall würde Müll rumliegen, weil hier Leute leben.

Mir wird komisch, und als Marina von oben meinen Namen ruft, merk ich erst, dass ich mich in Gedanken verloren habe und sie hochgegangen sind und mich vor dem Piercingladen haben stehen lassen. Auf der Rolltreppe nach unten hält ein kleiner Mann mit zurückgegelten Haaren zwei große Müllbeutel fest. Auf seinem Namensschild steht *Jesus*. Wir grinsen uns an, weil es nicht anders geht; als wir aneinander vorbeifahren, sagt er *Buenos días, señorita*, und noch breiter grinsend sage ich *Buenos días*.

Drinnen im Best Buy nickt Kristal heftig unter Kopfhörern. Marina starrt die iPods an, als wenn sie einen kaufen würde. Ich bleib vor den Postern stehen, geh aber weiter, als ich die DVDs sehe. Ich nehm eine raus, auf der *Salt* steht und Angelina Jolie vorne drauf ist. Ich hab eigentlich noch keine Filme mit Angelina Jolie gesehen, weiß aber, dass sie sich überall auf der Welt Babys besorgen kann. Als ich sah, dass sie jetzt ein hübsches kleines Mädchen aus Äthiopien hat, war ich neidisch; wäre sie doch auch in mein Land gekommen, als ich klein war, um mich zu holen. Ich könnte jetzt Darling Jolie-Pitt sein und in einer Villa wohnen und in Jets rumfliegen und alles. Andererseits hätte sie sich dann vielleicht Sbho ausgesucht, die Hübsche.

Als ich eine DVD sehe mit einem Mann drauf, der versucht, wie Nelson Mandela auszusehen, nehm ich die in die Hand und leg Jolie zurück. Da steht *Invictus* drauf. Ich hab den Film nicht gesehen, aber schon davon gehört; vielleicht frag ich Tante Fostalina, ob sie ihn bei Blockbuster ausleiht, oder TK, ob er ihn über Netflix kriegen kann.

Was geht?, fragt Kristal, als sie aus der Musikabteilung kommt. Sie packt ein Kaugummi aus; ich halt die Hand auf, sie verdreht die Augen, lässt es in meine Handfläche fallen und packt noch eins aus.

Siehst du nicht, das hier ist *Invictus*, sag ich und tu so, als wenn ich den Film gesehen hätte. Ich schnippe mir das Kaugummi in den Mund; Spearmint.

Weißt du, wer dieser Typ ist?, frag ich und halte die DVD hoch, damit Kristal das Cover sehen kann.

Pff, logisch, kennt doch jeder Morgan Freeman, sagt sie.

Das weiß ich, ich meine, den er im Film spielt?

Wen?
Nelson Mandela, sag ich und bin erstaunt, wie stolz ich klinge, als wenn er irgendwie ein Bekannter wäre und wir früher zusammen das Landspiel gespielt haben oder so.
Klar, der Alte mit den bedruckten Hemden. Bin bei JCPenney, Mädels, sagt Kristal und ist schon weg.
Draußen wartet Marina vor dem Juwelier, wo es die Uhren gibt. Ich bleib stehen, aber Kristal geht weiter Richtung JCPenney. Die Uhren sind schön und sehen außerdem bedeutend aus. Ich stemm die Hände in die Hüften und lache.
Worüber lachst du?, fragt Marina.
Na, die Preise sind lustig. Wer kauft schon eine Dreitausend-Dollar-Uhr?, sag ich.
Würd ich sofort, wenn ich das Geld hätte. Ist doch nichts dabei, wenn man schöne Sachen haben will.
Egal, sag ich und lass mein Kaugummi in Marinas Ohr knallen, um sie zu ärgern, dann geh ich weiter und guck mir die Diamantringe im nächsten Schaufenster an. Die sind auch zu teuer, und selbst wenn ich Geld wie Heu hätte, ich würde die ganz bestimmt nicht kaufen. Aber ein Ring sieht anders aus als die andern. Der Ring selber ist verschlungen und der Kopf aus Diamanten, die aufgehäufelt sind wie winzige Samenkörner. Auf dem Preisschild steht *$ 22.050*, und ich will Marina gerade sagen, dass ihr Laden verrückt ist, als ich mir am Kaugummi vorbei innen auf die Lippe beiße. Das tut so übel weh, dass ich die Augen zumache und mir den Mund halte, während sich der metallische Salzgeschmack von Blut ausbreitet.
Bei JCPenney gehen wir direkt in die Junior-Abteilung. Wir suchen Jeans aus, T-Shirts, Kleider, Pullover, wir schnappen uns alles von den Kleiderständern, was wir wollen. Wir reden nicht viel dabei, damit keiner zu uns kommt oder fragt, warum wir nicht in der Schule sind und wo unsere Mütter sind

und was noch. Manchmal verlieren wir uns einige Minuten aus den Augen, laufen uns dann aber wieder über den Weg, weil wir dauernd im Kreis unterwegs sind. Als wir nichts mehr tragen können, gehen wir in die Umkleide. In manchen Läden darf man nur fünf oder vielleicht sechs Sachen auf einmal anprobieren, aber JCPenney ist da nicht so; hier kann man, wenn man will, ganze Berge mit in die Umkleide nehmen, ohne dass einen jemand stört.

Kommt, wir machen uns schick für eine Party, ruft Marina aus ihrer Kabine.

Psst, nicht so laut, du Idiot, sagt Kristal.

Was für eine Party?, frag ich.

Sweet Sixteen, sagt Marina mit gedämpfter Stimme.

Als wir rauskommen, trägt Marina ein schulterfreies schwarzes Kleid mit Glitzerdingern auf der Brust bis runter zum Bauch. Irgend so ein Spitzenteil bildet den Rock. Kristal trägt ein rotes Kleid mit Rüschen; es hat keine Ärmel und einen tiefen Ausschnitt, wo einem ihre dicken Möpse gleich entgegenfallen, so wie sie es mag, und jetzt schiebt sie ihren Oberkörper vor, um sie noch zu betonen. Und ich trag ein langes in Beige, das über den Boden schleppt. Wir stehen da wie Models und starren unsere Spiegelbilder an.

Für schulterfrei brauchst du Brüste, sagt Kristal und guckt Marina im Spiegel an. Ich kicher, aber nicht so doll, weil mein Busen selber klein-klein ist; manchmal frag ich mich sogar, wozu ich eigentlich einen BH trage.

Egal, sagt Marina und verdreht die Augen.

Als wir uns einig sind, dass Kristal das beste Kleid hat, gehen wir in die Umkleide zurück und machen uns für eine Nacht auf der Tanzfläche zurecht. Als wir rauskommen, sehen wir aus wie Nutten: knappe Röckchen, wo man sich nicht mal bücken kann, ohne seinen Slip zu zeigen, und enge Tops, in denen man keine Luft kriegt. Wir stehen nicht so lange vor dem Spiegel, vielleicht ist es uns peinlich. Wir gehen schnell zurück, um uns für einen Mädelsabend anzuziehen. Als wir uns angucken, müssen wir lachen, weil wir alle die gleichen Skinny Jeans tragen und Marina und Kristal sogar das gleiche ärmellose Spitzenshirt. Weil ich was anderes anhabe, nämlich einen V-Pullover mit einer französischen Flagge auf dem Bauch, geht die Runde an mich, aber als ich zur Umkleide zurückwill, sagt Marina, Du hättest wenigstens was mit einer afrikanischen Flagge tragen können.

Wir brezeln uns für den Abschlussball auf, für die Kirche, den roten Teppich und ein Blind Date. Wir wechseln und wechseln die Klamotten und treffen uns nach jeder Runde zum Bewundern und Vergleichen. Gerade haben wir uns fürs Footballspiel umgezogen, da kommt eine zierliche Frau im Krankenhauskittel in die Umkleide mit ein paar Kleidern über dem Arm. Ohne ein Wort zu sagen, geht sie zur Behindertenkabine ganz am Ende. Kristal lacht, einfach so, aber als die Frau ihre Tür zugemacht hat, sagt Marina, Ich zieh mich um, ich geh nach Hause, und ich frag, Warum?, und gleichzeitig fragt Kristal, Soll das ein Witz sein?

Wir ziehen uns um und lassen alles kreuz und quer auf einem Haufen liegen.

Wer zuerst beim Auto ist, ohne zu rennen, sag ich, und wir legen los. Mit Powerwalking aus JCPenney raus, als wenn wir abnehmen wollen, am Juwelier und den Diamanten vorbei, die Rolltreppe runter, an den Telefonzellen vorbei und den alten Männern in den Massagesesseln. Ich führe, und als ich mich umdreh, ist Marina so dicht dran, dass ich mit den Händen pumpe und vier-fünf-sechs zähle und walke und walke. Wir schießen durch Borders durch, und als wir zur Tür kommen, halt ich es nicht mehr aus, stoße sie auf und

fang an zu rennen. Kristal überholt mich und ist als Erste am Auto, und hinter mir höre ich Marina brüllen, Unfair, Mädels, unfair, das ist gegen die Regeln.
Im Auto fühlt es sich an, als würde der Teufel Sünder braten; wir kurbeln die Fenster runter und lassen die Arme rausbaumeln. Dann sehen wir sie, in dem Auto direkt gegenüber: Eine Frau in einem schwarzen Hidschab wühlt hinterm Steuer in ihrer Handtasche, wahrscheinlich auf der Suche nach dem Schlüssel. Sie sieht uns an, lächelt kurz und wühlt dann wieder in der Tasche, aber wir starren wie so Besucher im Zoo. Wir sagen nichts, aber wir wissen, wir starren so wegen ihrer Kleidung und wegen dem, was man im Fernsehen sieht – wenn sie Jeans tragen würde oder irgendwas anderes, würden wir sie gar nicht beachten.
Kristal lässt den Motor an, aber dann sitzt sie da, als hätte sie vergessen, wie man fährt.
Stimmt was nicht mit dem Wagen?, fragt Marina. Ich beuge mich vor und schieb den Kopf zwischen die beiden Vordersitze, um zu sehen, was los ist.
Ihr kennt doch George, oder?, fragt Kristal.
Wer ist George?, fragt Marina.
Der kleine Motherfucker, der mit der Knarre in die Schule ist, sagt Kristal.
Was ist mit ihm?, frag ich und winke, weil die Frau winkt, vielleicht starren wir sie ja immer noch an. Dann winkt Marina, und wir winken noch, als die Frau wegfährt.
Egal, sagt Kristal und fährt rückwärts raus.

Als ich nach Hause komme, setzt Tante Fostalina gerade mit dem Auto aus der Einfahrt. Sie kurbelt das Fenster runter und erzählt mir, dass sie nach Shadybrook fährt, also steig ich ein und werf meine Schultasche auf die Rückbank. Hin

und wieder wird Tante Fostalina ins Shadybrook-Sanatorium gerufen, um Tshaka Zulu zu beruhigen. Wenn er seinen Schub kriegt, droht Tshaka Zulu den anderen Mitbewohnern und dem Personal mit dem Assegai, den er angeblich irgendwo in seinem Zimmer versteckt hat. Ich hab den kurzen Stichspeer gesehen; er ist nicht echt, aber das weiß keiner. Tshaka Zulu hat ihn mir mal gezeigt, es ist nur eine Zeichnung von einem Speer, die er zusammengefaltet zwischen den Bildern von sich als Jungen in seinem Land versteckt hat.
Das Problem ist, wenn Tshaka Zulu seinen Wahn kriegt, wenn die Medikamente, die sie ihm verschreiben, nicht mehr wirken, weigert er sich, Englisch zu sprechen, und dann ruft Claudine, die stille, hübsche Lady, die das Sanatorium führt, Tante Fostalina an, damit sie mit Tshaka Zulu in unserer Sprache redet. Nur das scheint zu wirken, aber Tante Fostalina hat rausgefunden, dass man Tshaka Zulu gar nicht beruhigen muss, wenn er scheinbar austickt, man muss ihm zuhören. Sein Wahnsinn besteht im Reden, und Tante Fostalina nimmt mich mit, weil ihr beim Zuhören langweilig wird.
Heute parken wir in einer ruhigen Straße und hetzen durch die siedende Watteluft auf das Shadybrook-Gelände. Bevor wir klingeln können, macht uns ein grinsender Irrer mit blonden Haaren die Tür auf. Er heißt Andrew. Irgendwas stimmt nicht mit seinem Kopf, aber er ist dabei auch sehr schlau. Vor zwei Monaten zum Beispiel ist die Polizei gekommen, weil er angeblich mehrere Websites gehackt und schmutzige Bilder von sich reingestellt hat. Tante Fostalina rauscht an ihm vorbei Richtung Keller, wo Tshaka Zulus Zimmer ist.
Hi, sag ich zu Andrew, weil ich nicht einfach an dem Typen vorbeilaufen kann, als gäbe es ihn gar nicht, auch wenn er verrückt ist. Shadybrook riecht immer nach Krankenhaus, und mir zieht sich jetzt schon der Magen zusammen.

Hi, Peter, sagt Andrew zu mir. Hast du eine Zigarette? Das fragt er immer, und ich schüttel den Kopf wie immer. Ich korrigiere ihn nicht mehr, wenn er mich Peter nennt. Im Aufenthaltsraum winke ich einer Frau zu, die ich noch nie gesehen habe. Sie sitzt neben einem Rollator und starrt stumpf in die Luft, als wenn sie auf was wartet, auf einen Engel, der sie segnet, und nebenher läuft der Fernseher. Ich guck schnell weg; bei Kranken hab ich immer ein schlechtes Gewissen, weil ich nichts für sie tun kann.

Tshaka Zulu steht in seiner Stammeskleidung auf dem Bett. Claudine marschiert im Keller auf und ab und verschränkt immer wieder die Arme.

Gott sei Dank sind Sie da, flüstert sie Tante Fostalina zu, ich weiß nicht, wie lange ich das noch durchhalte, sagt sie.

Schon gut, ich bin gekommen, so schnell ich konnte, ruhen Sie sich aus, sagt Tante Fostalina.

Tshaka Zulu nimmt seinen Schild, hebt ihn über sein grau meliertes Haupt und ruft, Bayethe, ich heiße euch willkommen in meinem Kraal, wollt ihr meinen Speer sehen? Und ich muss mich schwer beherrschen, nicht zu lachen. Ich weiß, dass er nicht bei sich ist und so weiter, aber das hier ist echt abgedreht. Das Gute dabei ist, er ist eigentlich nicht gefährlich. Er steigt vom Bett, geht zu seinem Holzhocker, wie ihn alte Männer zu Hause benutzt haben, und setzt sich unter ein Plakat von einem barbusigen Masai-Mädchen mit irren Perlen am ganzen Körper.

Tshaka Zulus Zimmer ist wie ein Gedenkmuseum oder so was – die Wände ersticken nur so vor Zeug: Zeitungsausschnitte von Nelson Mandelas Freilassung aus dem Gefängnis und Kram, Bilder von unserem Präsidenten, als er das erste Mal Präsident wurde und noch ganz viele Haare hatte, ein Bild von Kwame Nkrumah, Kofi Annan, ein großes Bild von Desmond Tutu, Bilder von Miriam Makeba, Brenda Fassie, Hugh Masekela, Lucky Dube, ein Zeitungsausschnitt über Credo Mutwa, gerahmte Bilder von Bébé Manga, Leleti Khumalo, Wangari Maathai und so weiter.

Die Familienfotos hängen extra und nehmen eine ganze Wand ein. Wenn Tshaka Zulu bei sich ist, erklärt er die Bilder, zeigt seine Söhne und Töchter und Nichten und Neffen und Enkelkinder. Dann erzählt er, was sie arbeiten, was sie mögen, wo sie wohnen, mit wem sie verheiratet sind, und mich erstaunt immer wieder, wie er sich jede Einzelheit merken kann, als wenn er mit all diesen Leuten zusammenlebt. Er hat alle seine Kinder und Enkel benannt, hat sie Gezephi, Sisa, Nokuthula, Nene, Nicholas, Makhosi, Ophelia, Douglas, Sakhile, Eden, Davie und Ian genannt, jeden Namen sorgfältig ausgesucht und am Telefon vergeben.

So kann ich sie berühren, hat Tshaka Zulu mir einmal erklärt, als wir über die Namen sprachen.

Weißt du, jedes Mal, wenn sie beim Namen genannt werden und darauf antworten, bin ich die unsichtbare Hand, die sie berührt und mein eigen nennt, sagte er.

Ich weiß nicht genau, an was für einer Verrücktheit Tshaka Zulu genau leidet; Tante Fostalina hat mir mal den Namen gesagt, aber ich hab ihn vergessen, weil er kompliziert war, allerdings ist sie, glaub ich, ganz schön viel besser als jede Menge andere, die ich erlebt habe. Einmal auf unserem Rückweg von Budapest hat uns ein Irrer halbnackt bis nach Hause gejagt. Und auf einer Hochzeit, das war noch vor Paradise, ist der Bräutigam einfach aufgesprungen und hat mit einem Ast auf Leute eingedroschen, unter anderem seine Braut. Er hat sich nie wieder erholt; wenn er irgendwo auftauchte, rannten alle um ihr Leben.

16 WIE SIE LEBTEN

Und als sie uns fragten, woher wir stammten, tauschten wir Blicke und lächelten mit der Scheu von Kinderbräuten. Sie fragten: Afrika? Wir nickten. Wo in Afrika? Wir lächelten. Da, wo die Geier darauf warten, dass die hungernden Kinder sterben? Wir lächelten. Wo die Lebenserwartung bei fünfunddreißig liegt? Wir lächelten. Wo Dissidenten den Frauen Kalaschnikows zwischen die Beine schieben? Wir lächelten. Wo die Menschen nackt rumlaufen? Wir lächelten. Wo die sich gegenseitig massakriert haben? Wir lächelten. Wo der alte Präsident die Wahlen gefälscht und die Menschen gefoltert und umgebracht und ganz viele ins Gefängnis gesteckt hat und so weiter, da, wo sie an Cholera sterben – ach, Gott, ja, wir kennen euer Land; es war in den Nachrichten.

Und als ihnen diese Worte wie zerstoßene Backsteine über die Lippen rieselten, tauschten wir abermals Blicke, und unsere Augen wurden feucht. Unser Lächeln schmolz wie sterbende Schatten, und wir weinten; weinten um unser gesegnetes, elendes Land. Wir weinten und weinten, und sie hatten Mitleid und sagten, Schon gut – es ist gut, ihr seid jetzt in Amerika, und wir weinten immer noch und weinten und weinten, und sie gaben uns kleine weiche Dinger und sagten, Hier ist ein Kleenex, hier, und wir nahmen die weichen Dinger und steckten sie uns in die Taschen für später und weinten, weinten wie Witwen, weinten wie Waisen.

In Amerika sahen wir so viel Essen wie noch nie in unserem ganzen Leben, und wir waren so froh, dass wir in den Mülleimern unserer Seelen wühlten, um die fleckigen Scherben Gottes herauszufischen. Wir hatten ihn damals, noch in unserem Land, dort hineingeworfen, in verzweifelten, verzweifelten Augenblicken, als uns schwindlig war vor Hunger und wir dachten, Wieso hat er kein Erbarmen, wieso? Als wir dachten, Warum hört er uns nicht, warum? Als wir dachten, Wie kommt es, dass wir bitten und bitten und bitten und er gibt uns keinen Bissen, wieso? Und blind vor Zorn warfen wir ihn weg, lieber ohne Gott, lieber ohne Gott, als so zu leben und um Dinge zu beten, die niemals geschehen werden. Lieber ohne Gott.

Als wir aber nach Amerika kamen und das viele Essen sahen, hielten wir die Luft an und dachten, Moment, es gibt ja doch einen Gott. Glücklich und dankbar fanden wir die weggeworfenen Scherben und setzten sie mit Sekundenkleber für 99 Cent aus dem Dollarladen zusammen und sagten, Auf Gott vertrauen wir jetzt auch, auf Gott vertrauen wir jetzt richtig, und fingen wieder an zu beten. Bei McDonald's verschlangen wir Big Macs und fraßen Pommes und kippten Jumbo-Colas. Bei Burger King verehrten wir Whopper. Bei Kentucky Fried Chicken mampften wir Hühnchen aus Eimern. An Chinatheken aßen wir, so viel wir schlucken konnten – Bratreis, Huhn, Rind, Garnelen, und wenn wir die Namen nicht lesen konnten, zeigten wir einfach darauf und sagten, Das wollen wir.

Wir aßen wie Schweine, wie Wölfe, wie Würdenträger; wir aßen wie Geier, wie streunende Hunde, wie Monster; wir aßen wie Könige. Wir stillten unseren vergangenen Hunger, wir aßen für unsere Eltern und Brüder und Schwestern, Verwandten und Freunde, die noch immer dort waren. Mit vollem Mund nannten wir deren Namen, beschworen ihre hungrigen Gesichter und aufgesprungenen Lippen – aßen für jene, die nicht mit uns essen konnten. Und wenn wir satt waren, trugen wir unsere prallen Körper mit der Erhabenheit von

Elefanten – wenn doch nur unser Land uns in Amerika sehen könnte, wie Könige speisend in einem Land, das nicht unseres ist.

Wie hat uns Amerika anfangs überrascht. War man unzufrieden mit seinem Körper, ging man zum Arzt und sagte zum Beispiel, Herr Doktor, ich bin im falschen Körper geboren, berichtigen sie das; Frau Doktor, ich mag diese Nase nicht, diese Brüste, diese Lippen. Wir sahen, wie Menschen ihre ergrauten Eltern wegschickten, damit Fremde sich um sie kümmerten. Wir sahen Eltern, die ihre eigenen Kinder nicht schlagen durften. Wir sahen lauter komische Dinge, die wir im ganzen Leben noch nicht gesehen hatten, und fragten, Was ist das für ein Land, was ist das bloß für ein Land?

Weil wir nicht in unserem Land waren, konnten wir unsere Sprache nicht benutzen, und wenn wir sprachen, klangen unsere Stimmen angeschlagen. Beim Reden peitschten unsere Zungen wie wild im Mund herum und stolperten wie betrunkene Männer. Weil wir nicht unsere Sprache benutzten, sagten wir Dinge, die wir nicht so meinten; was wir wirklich sagen wollten, blieb verborgen, gefangen. In Amerika hatten wir nicht immer die passenden Worte. Nur unter uns sprachen wir mit unseren echten Stimmen. Wenn wir für uns waren, riefen wir die Pferde unserer Sprachen, sattelten sie und preschten an Wolkenkratzern vorbei. Nur ungern stiegen wir wieder ab.

Wie schwierig es war, nach Amerika zu kommen – schwieriger, als durch den Anus einer Nadel zu kriechen. Um Visa und Pässe bettelten wir, wir verzweifelten, logen, buckelten, schworen, schmeichelten und bestachen – was immer uns aus dem Land half. Für Pass und Reise verkaufte Tshaka Zulu alle Kühe seines Vaters, gegen den Wunsch des alten Mannes. Perseverance musste seine Schwester Netsai aus der Schule nehmen. Nqo arbeitete neun Monate lang auf den Feldern von

Botswana. Nozipho wie auch Primrose und Sicelokuhle und Maidei schliefen mit dem großen schwarzen Schwein Banyile Khoza vom Passamt. Die Mädchen flach auf dem Rücken, Banyile zwischen ihren Beinen und Amerika im Kopf.

Bei unserer Abschiedsfeier verstreuten die Alten Tabak auf der trockenen Erde, um zu unserem Schutz die Geister der Vorfahren zu rufen. Anders als in längst vergangenen Zeiten tanzten die Geister nicht aus der Erde unter uns herauf. Sie kamen gekrochen. Sie stockten. Sie hatten Hunger. Sie wollten Blut und Fleisch und Hirsebier, sie wollten Opfer, sie wollten Gaben. Und außer den paar Krümelchen Tabak hatten wir nichts zu bieten, rein gar nichts. Also betrachteten uns die Geister mit ungerührten Augen. Untereinander flüsterten sie: Wie sollen die denn jemals wieder ganz werden in diesem Melika, so weit von den Gräbern ihrer Vorfahren?

Haben die Menschen denn keine Angst in Melika, Angst vor dem Bösen?

Sagt man nicht, dass Melika ist wie ein Grab, dass man sich selbst beerdigt, wenn man dort hingeht, weil man seine Leute vielleicht nie wieder sieht?

Ist nicht Melika auch das elende Land, in das geraubte schwarze Söhne und Töchter mitgenommen wurden vor so vielen, vielen Jahren?

Wir hörten das alles, aber wir ließen es zu einem Ohr hinein und zum anderen wieder heraus und taten, als hätten wir es nicht gehört. Wir ließen uns nicht beirren, wir hörten nicht hin, wir gingen nach Amerika. In den Fußstapfen jener geraubten schwarzen Söhne und Töchter gingen wir, ja, wir gingen. Und nach Amerika nahmen wir unsere Träume mit, betrachteten sie zärtlich wie Neugeborene und verstauten sie; wir würden sie nicht verfolgen. Wir würden nie werden, was wir werden wollten: Ärzte, Anwälte, Lehrer, Ingenieure. Kei-

ne Ausbildung für uns, obwohl unsere Visa Ausbildungsvisa waren. Wir wussten, dass wir fürs Studium ohnehin kein Geld hatten, aber beworben hatten wir uns um Ausbildungsvisa, denn nur so kamen wir raus.
Statt zur Uni gingen wir zur Arbeit. Auf unseren Sozialversicherungsausweisen stand *Arbeitserlaubnis nur mit Bewilligung der Einwanderungsbehörde*, aber zähneknirschend verstießen wir gegen das Gesetz und arbeiteten; was blieb uns anderes übrig? Und weil wir gegen das Gesetz verstießen, senkten wir beschämt den Kopf, wir hatten noch nie gegen das Gesetz verstoßen. Wir senkten den Kopf, weil wir keine Menschen mehr waren. Jetzt waren wir Illegale.
Wurde über den Umgang mit Illegalen debattiert, hörten wir auf zu atmen, hörten auf zu lachen, hörten mit allem auf und lauschten. Wir hörten: Ausverkauf amerikanischer Jobs, poröse Grenzen, Krieg gegen die Mittelschicht, Invasion, Deportation, Illegale, Illegale, Illegale. Wir bissen uns auf die Zunge, bis wir Blut schmeckten, saßen angespannt auf einer Pobacke, denn wie kann man auf beiden sitzen, wenn man sein Morgen nicht kennt?
Und weil wir illegal waren und Angst hatten, erwischt zu werden, blieben wir meist unter uns, hielten uns an unsere Leute und scheuten vor denen zurück, die nicht wie wir waren. Wir wussten nicht, was sie von uns halten, was sie mit uns machen würden. Wir wollten ihren Zorn nicht, wir wollten ihre Neugier nicht, wir wollten keine Aufmerksamkeit. Wir starrten nicht zurück und mieden alle Blicke. Wir verbargen unsere richtigen Namen und nannten auf Nachfrage falsche. Wir schufen Berge zwischen uns und ihnen, wir gruben Flüsse, wir pflanzten Dornen – wir hatten einen so hohen Preis bezahlt, um nach Amerika zu kommen, und wollten nicht alles verlieren.

Als es hieß, Arbeitgeber würden ihre Angestellten überprüfen, sank uns der Mut. Wir erinnerten uns an das Trümmerland, das wir hinter uns gelassen hatten, notdürftig zusammengehalten von amerikanischen Dollars, von fremden Währungen, und uns gefror das Blut in den Adern. Und als sie uns bei der Arbeit nach unseren Papieren fragten, huschten wir wie aufgeschreckte Hühner davon und strömten in Scharen zu ungeliebter Arbeit, wo wir die anderen trafen, viele andere. Andere mit Namen wie Mythen, Namen wie Puzzle, Namen, die wir nie zuvor gehört hatten: Virgilio, Balamugunthan, Faheem, Abdulrahman, Aziz, Baako, Dae-Hyun, Ousmane, Kimatsu. Wenn die vielen fremden Namen zu mühsam wurden, nannten wir sie nach ihren Ländern.

Wie kriegst du das bloß hin, Sri Lanka?

Mexiko, kommst du jetzt oder nicht?

Stimmt es wirklich, dass du eine Niere verkauft hast, um nach Amerika zu kommen, Indien?

Leute, lasst Tshaka Zulu in Ruhe, er ist alt, ich mein ja nur.

Wir wissen ja, dass du diese Arbeit nicht ausstehen kannst, Sudan, aber das ist dein Problem, Mann.

Komm schon, Äthiopien, los, los, los; Israel, Kasachstan, Niger, Brüder, auf geht's!

Die anderen sprachen unbekannte Sprachen, glaubten an andere Götter, aßen, was wir niemals anrühren würden. Aber wie wir hatten sie ihre Heimatländer verlassen. Sie schlugen ihre Brieftaschen auf, um uns vergilbte Fotos von Müttern zu zeigen, die dieselben Sorgenfalten trugen wie unsere Mütter, von Geschwistern mit düsterem Blick und unerfüllten Träumen wie die unserer Brüder und Schwestern, von Vätern, die so verlassen und gebrochen waren wie unsere. Wir hatten ihre Länder nie gesehen, kannten aber alles auf ihren Bildern; wir waren uns nicht gänzlich fremd.

Und die Arbeit, die wir verrichteten, Gott – Gott – Gott, die Arbeit, die wir verrichteten. Billigjobs. Knochenjobs. Jobs, die an den Knochen unserer Würde nagten, das Fleisch verschlangen, das Mark aussaugten. Wir nahmen glühheiße Eisen und bügelten unseren Stolz platt. Wir putzten Klos. Wir pflückten Tabak und Obst unter der sengenden Sonne, bis uns die Zunge aus dem Hals hing und wir hechelten wie verlorene Hunde. Wir schlachteten Tiere, durchschnitten Kehlen, bluteten sie aus.
Wir bedienten gefährliche Maschinen, hielten die Luft an wie Krokodile unter Wasser, stets das Geld im Blick und nie unser Leben. Adamou wurde getötet von dieser Maschinenbestie, die auch drei Finger von Sudans linker Hand fraß. Wir schnitten uns beim Zerlegen von Fleisch, wir bekamen Hautkrankheiten. Wir atmeten stinkende Dämpfe ein, bis unsere Lungen krachten. Ecuador fiel vierzig Stockwerke von einem Dach und zertrümmerte sich die Wirbelsäule, und auf dem Weg nach unten schrie er *¡Mis hijos!, ¡Mis hijos!* Wir wurden krank und gingen nicht ins Krankenhaus, konnten nicht ins Krankenhaus. Wir schluckten jeden Schmerz wie eine bittere Pille, tranken jede Angst wie einen Liebestrank, und wir arbeiteten und arbeiteten.
Alle zwei Wochen bekamen wir unseren Scheck und schickten Geld nach Hause, über Western Union und MoneyGram. Wir kauften Essen und Kleidung für die Familien daheim; wir zahlten das Schulgeld für die Kleinen. Sie schrieben uns *Hunger*, sie schrieben uns *Hilfe*, sie schrieben uns *Kunzima*, und wir schickten Geld. Wurden wir gefragt, Ihr arbeitet alle so viel, warum arbeitet ihr so viel?, lächelten wir.
Und gelegentlich lauschten wir den Stimmen unserer Eltern und Ältesten am Telefon, schüchternen Stimmen, die uns sagten, was gebraucht wurde. Sie waren schon lange nicht

mehr diejenigen, die für uns sorgten; jetzt waren wir ihre Eltern. Unsere erweiterte Familie schickte Wünsche, und wir arbeiteten, arbeiteten wie die Esel, arbeiteten wie die Sklaven, arbeiteten wie die Irren. Wenn wir zögerten, sagten sie, Ihr seid doch in Amerika, wo jeder Geld hat, das sehen wir alles im Fernsehen, bitte, lasst uns nicht im Stich. Madoda, vakomana, wie wir arbeiteten!

Noch nie hatten wir so ein Ungeheuer von einem Land gesehen – als wären es viele Länder in einem: Michigan, Texas, New York, Atlanta, Ohio, Kansas, DC, Kalifornien und noch so viele mehr. Wir besuchten Orte und machten viele Fotos und schickten sie nach Hause, damit sie uns in Amerika sehen konnten: Wir knipsten uns vor dem Weißen Haus, an die Freiheitsstatue gelehnt, als wäre sie unsere Großmutter, bei den Niagarafällen und auf dem Times Square; wir knipsten uns mit Delfinen in Florida und am Grand Canyon – wir fuhren überallhin und knipsten und knipsten und knipsten, schickten die Bilder nach Hause und protzten mit einem Land, das nie unseres sein würde.

Und als sie zu Hause die Bilder sahen und herkommen wollten, um mit eigenen Augen Amerika zu sehen, sagten wir, Klar, buyanini, chiuyayi, kommt gern. Wir schickten ihnen Geld für Visa und Tickets, und sie kamen. Vor allem die Jugend kam und ließ Alte und Kinder zurück. Sie kamen in Scharen und verließen die Trümmer, aus denen unser Land bestand. Wir dachten nicht daran, die Scherben zu kitten, wir dachten nur: *weg, raus, entkommen – egal. Flucht*.

Und als sie zu uns kamen nach Amerika, hungrig und hohl und hoffnungsvoll, hielten wir sie fest und hießen sie in einem Zuhause willkommen, das nicht unseres war. Wir rochen ihr Haar und ihre Kleider und baten um Nachrichten aus unserem Land – große Nachrichten, kleine Nachrichten,

irgendwelche Nachrichten. Sie mussten beschreiben, wie die Erde kurz vor dem Regen riecht und wie danach die fliegenden Ameisen vom Boden hochsprühen wie Feuerwerk.
Wir fragten, Steht das Rathaus noch? Das Tredgold Building? Und Renkini? Die Jacarandas, die die Straßen der Stadt säumen – blühen die noch in ihrem berauschenden Lila? Gibt es den verrückten Prophet Revelations Bitchington Mborro noch? Er hat dafür gebetet, dass ich mein Visum bekomme, unglaublich, oder? Was ist mit der Main Street, fließt die noch wie ein Fluss, und sitzt der blinde Bettler noch immer draußen vor dem Spar und singt *Thabath' isiphambano ulandele?*
All diese Fragen stellten wir den Neuankömmlingen, und wir beobachteten sie beim Erzählen; wir wollten den Kopf in ihre Münder stecken, um jedes kostbare Wort zu erhaschen, jede Empfindung.
Und dann kam die Zeit, da wir zu Hause anriefen und junge Fremde rangingen und wir fragten, Wer bist du?, und sie sagten, Ich bin Thabanis Sohn Lungile; ich bin Nyarais Tochter Tricia; ich bin Prayers zweites Kind Garikayi. Wir lauschten diesen Fremden und sagten, Herrgott, Thabani ist jetzt Vater? Nyarai hat jetzt eine Tochter? Prayer hat ein Kind? Wann ist das passiert, wann haben diese Kinder Kinder bekommen? So ist die Zeit vergangen. Sie ist verflogen, und wir haben sie nicht fliegen sehen. Wir waren nicht auf Besuch zu Hause, denn wir hatten nicht die nötigen Papiere für unsere Rückkehr, also blieben wir; wären wir gegangen, wir wären nicht wieder reingekommen nach Amerika. Wir blieben, wie Häftlinge, aber freiwillige Häftlinge, die ihr Gefängnis lieben; es war kein schlechtes Gefängnis. Und wenn sich die Situation in unserem Land verschlechterte, zogen wir unsere Ketten noch fester an und sagten, Wir verlassen Amerika nicht, nein, wir gehen hier nicht weg.

Und dann wurden unsere eigenen Kinder geboren. Wir hielten ihre amerikanischen Geburtsurkunden fest. Wir nannten unsere Kinder nicht nach unseren Eltern, nicht nach uns; wir fürchteten, dass sie ihre eigenen Namen nicht würden aussprechen können, dass ihre Freunde und Lehrer nicht wüssten, wie sie sie nennen sollen. Wir gaben ihnen Namen, mit denen sie sich heimisch fühlen würden in Amerika, Namen, die uns nichts bedeuten: Aaron, Josh, Dana, Corey, Jack, Kathleen. Als unsere Kinder geboren wurden, begruben wir ihre Nabelschnüre nicht in der Erde, um sie an das Land zu binden, denn wir hatten kein Land, das wir unser nennen konnten. Wir hielten ihre Köpfe nicht über rauchende Kräuter, um sie stark zu machen, banden ihnen keine Fetische um die Taillen, um sie vor bösen Geistern zu bewahren, brauten kein Bier und verstreuten keinen Tabak auf der Erde, um den Ahnen ihre Ankunft zu verkünden. Stattdessen lächelten wir.

Und als unsere Eltern am Telefon sagten, es sei lange, lange her und sie würden alt und wollten uns sehen und ihre Enkelkinder kennenlernen, antworteten wir, Wir kommen, Mama, siyabuya, Baba; wir kommen, Gogo, tirikuuya, Sekuru. Wir wollten ihnen nicht sagen, dass wir noch immer keine Papiere hatten. Und als sie unruhig wurden und Amerika als gefräßiges Monstrum verfluchten, das ihre Kinder schluckte, Söhne und Töchter anderer Länder schluckte und nicht wieder ausspie, sagten wir, Wir kommen ganz bald, wir kommen nächstes Jahr. Und das nächste Jahr kam, und wir sagten, Nächstes Jahr. Als das nächste Jahr kam, sagten wir, Nächstes Jahr ganz sicher. Und als das nächste Jahr ganz sicher kam, sagten wir, Nächstes Jahr wirklich. Und als das nächste Jahr wirklich kam, sagten wir, Wir kommen, ihr werdet sehen, wartet's nur ab. Und unsere Eltern warteten, und sie sahen, sahen, dass wir nicht kamen.

Darüber starben sie, in ihren vertrockneten Händen Fotos von uns unter der Freiheitsstatue, Gräber verlorener Söhne und Töchter in ihren Herzen, alte Augen auf den Himmel geheftet, damit Fulamatshinaz verlorene Söhne und Töchter bringen mögen. Wir konnten nicht zu ihrer Beerdigung kommen, weil wir immer noch keine Papiere hatten, also trauerten wir aus der Ferne. Wir schlossen uns ein und stellten die Musik lauter, um kein Aufsehen zu erregen, wanden uns auf dem Boden und wehklagten und klagten und klagten.

Und da unsere Eltern nicht mehr waren, sagten wir uns, Nun haben wir keine Heimat mehr, wen sollen wir besuchen in dem Land, das wir verlassen haben? Wir redeten uns ein, nur noch zu unseren Kindern zu gehören. Und diese Kinder – sie wuchsen heran, und wir mussten die Augen zusammenkneifen, um uns in ihnen zu erkennen. Sie sprachen unsere Sprache nicht, sie klangen nicht wie wir. Wenn sie ungezogen waren, sagten wir nur, Nein, nicht, stopp, Schluss. Aber eigentlich wollten wir das nicht. Wir wollten Gerten und *karabha* und *karabha* und *karabha*. Wir wollten Blut sehen und rot lehren, krasse Lektionen, die ein Leben lang währen, fürchteten aber, eingesperrt zu werden dafür, dass wir unsere Kinder so erzogen, wie unsere Eltern uns erzogen hatten.

Als unsere Kinder alt genug waren und wir ihnen von unserer Heimat erzählten, bettelten sie nicht um Geschichten über das Land, das wir verlassen hatten. Sie gingen an ihre Computer und googelten und googelten und googelten. Als sie fertig waren, sahen sie uns mit einer Mischung aus Mitleid und Entsetzen an und sagten, Krass, da kommt ihr her? Sie wollten die Geschichten nicht hören, die unsere Großmütter uns an Dorffeuern erzählt hatten, Geschichten von Buhlalusebenkosi, wie der Hase seinen Schwanz verlor, Tsuro

na Gudo. Sie wollten nichts zu tun haben mit dem Grauen, vor dem wir geflohen waren.
Wir fanden uns mit so vielem ab, als unsere Kinder heranwuchsen, Dingen, die uns verwirrten, weil man uns anders erzogen hatte. Wir nahmen es hin und sagten, Jeder Weg hat seinen Preis, und dies ist der Preis für den langen Weg, den wir vor so vielen Jahren gegangen sind. Als unsere Kinder erwachsen wurden, fragten sie uns nicht um Erlaubnis, zu heiraten. Wir bekamen keinen Brautpreis, wir bekamen keine Geschenke. Auf ihren Hochzeiten sprenkelten wir kein Bier und keinen Tabak auf die Erde, trommelten nicht unseren Dank an die Ahnen – wir lächelten.
Unsere Kinder zogen ihre Familien auf, und wir sagten ihnen nicht, was zu tun sei, wie sie ihre Kinder aufzuziehen hätten. Sie besuchten uns selten; sie hatten ihre Arbeit und ihr neues Leben. Sie schickten uns kein Geld, wie wir es mit unseren Eltern getan hatten. Als wir alt wurden, baten sie uns nicht, bei ihnen einzuziehen. Als wir sehr alt wurden, brachten sie uns hier in diesen Altersheimen unter, wo sich Fremde um uns kümmern, Fremde, die ihre Länder verlassen haben wie wir die unseren vor vielen Jahren.
Hier kommen unsere Eltern im Traum zu uns. Sie fassen uns nicht an, sie sprechen nicht mit uns, sie betrachten uns bloß mit Blicken, an die wir uns nicht erinnern können. Gehen wir auf sie zu, sind wir auf einmal von Meeren umringt, die wir nicht überqueren können. Wir strecken die Hände aus, wir rufen, wir bitten, wir flehen; umsonst. Stets erwachen wir aus diesen Träumen und tasten nach Spiegeln mit verwundeten Augen; wir sehen uns selbst durch sengenden Schmerz.
Wenn wir sterben, werden unsere Kinder nicht wehklagen, sie werden nicht wissen, wie man richtig trauert. Sie werden nicht irre werden vor Kummer, sie werden kein schwarzes

Tuch an ihre Arme pinnen, sie werden kein Bier und keinen Tabak auf die Erde sprenkeln, sie werden nicht singen, bis sie heiser sind. Sie werden uns nicht unsere Teller und Tassen aufs Grab stellen; sie werden uns nicht mit Mphafa-Zweigen geleiten. Nackt werden wir ins Land der Toten aufbrechen, ohne die Dinge, die wir brauchen, um ins Schloss unserer Ahnen einzutreten. Weil wir nicht gerüstet sind, werden uns die Geister nicht entgegeneilen, also werden wir warten und warten und warten – ewig warten in der Luft wie Flaggen unbesungener Länder.

17 MEIN AMERIKA

Wenn ich nicht gerade Klos schrubbe oder Lebensmittel eintüte, beug ich mich über so einen großen Einkaufswagen und sortiere Flaschen und Dosen mit Namen wie Faygo, Pepsi, Dr Pepper, 7-Up, Miller, Budweiser, Heineken. Sie werden vorne eingesammelt, wo sie gegen Pfand abgegeben werden, und hier nach hinten geschoben, wo ich die Dosen rausfischen und in die hohen Kisten an der Wand sortieren muss. Wenn die Kisten voll sind, zieh ich die riesigen Plastikbeutel mit den Dosen raus, binde sie zu und schichte sie auf einen bunten Berg. Die Glasflaschen kommen in kleine Pappkartons, die separat gestapelt gehören.

Du machst dich langsam; wahrscheinlich würdest du noch mit verbundenen Augen alle Dosen versenken. Als ich hochgucke, seh ich Jim, den kurzgewachsenen Manager mit den vielen Haaren, wie er grinsend in der Tür zu seinem Büro steht. In einer Hand hält er eine Zigarette, ein Telefon klemmt zwischen Ohr und Schulter. Ich lächle nicht, wie Jim es eigentlich von mir erwartet, sondern mach einfach weiter. Ich kann eine Pepsi in die Kiste an einem Ende der Wand werfen, eine Faygo irgendwo in die Mitte und mit einer Natural Light am anderen Ende abschließen, ohne Pause, sogar ohne die Aufschrift zu lesen.

Ich bin mit den Dosen durch und fang gerade mit den Flaschen an, als eine Frau von hinten ankommt, wo der andere Eingang ist. Sie geht an mir vorbei, ohne mich auch nur eines Blickes zu würdigen, als wenn sie an einem Stein vorbeigeht. So wie die scharwenzelt, könnte man meinen, die wäre irgendwie Beyoncé oder Kim Kardashian, dabei ist sie eigentlich bloß ein gebräunter Vollpfosten mit grünen Augen auf schwarzen Pumps. Als sie bei Jim ankommt, hebt er die Telefonschnur, sie schlüpft drunter durch, verschwindet in seinem Büro, und er knallt die Tür zu. Sie ist nicht mal seine Frau; das weiß ich, weil ich seine Frau manchmal sehe, immer mit dem rothaarigen Kind, das aussieht wie eine Stechmücke in Strumpfhosen.

Sie kommt aus einer Flasche Miller auf meine Hand gekrochen; ich steh noch da und guck auf Jims Tür und überlege, was die da drin machen, als ich spüre, wie mir etwas den Arm hochkrabbelt. Ein Blick, und die Flasche zerschellt zu meinen Füßen, Glasscherben tanzen über den dreckigen Boden. Als Jim aus dem Büro gelaufen kommt, steh ich schon schreiend auf dem Tisch neben dem Kistenschredderding, mit den Füßen an der Mikrowelle.

Das ist nur eine Kakerlake, sagt Jim und dreht sich zu mir um; er klingt, als ginge es tatsächlich nur um eine Kakerlake. Jetzt hat sie sich neben einer Dose Heineken in Stellung gebracht, als wenn sie uns belauschen will. Ein Riesenteil, glänzend dunkelbraun wie frisch von der Kur. Ich halt mir die Augen zu, als Jim den Fuß hebt, um sie zu zertreten. Als ich wieder hingucke, fegt er sie auf eine Schaufel und trägt sie zum großen Müllcontainer am Eingang.

Komm schon, wieder an die Arbeit, sagt er, als er zurückkommt. Habt ihr in Afrika keine Kakerlaken? Jim hat diese nervige Angewohnheit, immer von Afrika zu sprechen wie von einem einzigen Land, dabei hab ich ihm gesagt, dass es ein Kontinent mit fünfzigirgendwas Ländern ist und ich außer in meinem eigenen eigentlich noch in keinem anderen Land war und mich überhaupt nicht auskenne.

Du spielst dich doch bloß auf, ich weiß, dass du da drüben jede Menge Scheiße gesehen hast, wirft er mir über die Schul-

ter zu. Ich mach den Mund auf, um ihm zu sagen, dass er Afrika aus dem Spiel lassen soll, aber er verschwindet in seinem Büro und knallt die Tür zu, also streck ich nur den Mittelfinger und steige vom Tisch.
Die Bierflaschen sind am schlimmsten. Die bringen übles Zeug mit. Blutflecken. Müll. In uringelbes, schales Bier getränkte Zigarettenkippen und einmal ein gebrauchtes Kondom. Als ich anfing, hier zu arbeiten, damals in der zehnten Klasse, hab ich bei jeder Schicht gekotzt.
»Darling an die Kasse, Darling an die Kasse, bitte.« Die Stimme sickert aus der Lautsprecheranlage. Das muss man mir nicht zweimal sagen; lieber Einkaufstüten packen oder Laden fegen, nur nicht diese ätzenden Flaschen. Ich stell die Budweiser in den Wagen zurück und geh zum Spülbecken, um mir die Hände zu waschen. Mit tonnenweise Seife und extraheißem Wasser. Als ich an der eiskalten Fleischerei vorbeikomme, lächle ich den Fleischtypen an, der etwas in seiner Sprache ruft und mit einem blutigen Messer winkt. An der blauen Schwingtür mit dem Personal-Schild bleib ich kurz stehen, zurre meine Schürze fest und betrete dann den hell erleuchteten Laden, wo die kalte Luft mich anschleckt.

Stunden später bin ich ausgestempelt und warte auf dem heißen Parkplatz auf Onkel Kojo. Megan, die geschwätzige Kassiererin, sitzt am Bordstein neben dem Haupteingang, simst ihrem Freund und murmelt, dass er schon vor zehn Minuten hier sein sollte und sie seinen schlaffen Arsch in die Tonne treten wird und dies und das. Zwei Streifenwagen heizen mit heulenden Sirenen die Straße runter; inzwischen guck ich nicht mal mehr überrascht, wenn ich in diesem Viertel einen Polizeiwagen sehe. Auf der anderen Straßenseite, in dem Park mit dem Billigrasen, halten die Occupy-

Leute ihre Schilder hoch: Occupy. Als ich das erste Mal ihre hübschen kleinen Zelte und die Proviantberge auf den Tischen sah, hab ich gelacht über ihre Versuche, so auszusehen, als wenn sie echtes Leid kennen.
Abgesehen von Jims großem blauen Transporter, ein paar Autos und einem roten Fahrrad ist der Parkplatz leer. Der alte Jamaikaner mit den wilden Dreadlocks und einem schwarzen Müllbeutel über der Schulter durchwühlt den Container nach Flaschen; hinten auf seinem T-Shirt sieht man halb den goldenen Kopf eines Löwen. Wenn er so adrett in den Laden kommt und Rastafari dies und Rastafari das sagt mit seiner sanften Stimme und seinem strahlenden, strahlenden Lächeln, käme man nicht drauf, dass er im Müll nach Flaschen sucht; hier muss man nicht mal verrückt sein, um so was zu tun.
Nicht zu fassen, diese dürre Zicke, dass die rumnölt, weil ich heut früher nach Hause darf, sagt Megan und steckt ihr Handy in die Handtasche. An ihrem kurzen Schweigen merk ich, dass sie eine Antwort erwartet, also frag ich, obwohl ich weiß, von wem sie redet, Was denn für eine dürre Zicke?
Diese Teresa.
Hmm, sag ich.
Hast du sie gehört? Von wegen sie muss ihren kranken Sohn abholen und so Zeug, also hallo, ich will schließlich auch nach Hause.
Hmm, sag ich.
Und ich weiß, dass Jim, diese Witzfigur, sie gelassen hätte, weil der will ihr an die Wäsche, sagt sie.
Hmm, sag ich.
Ich mein, sie hat hier grad erst angefangen und will schon eine Extrawurst. Wer macht denn so was?
Hmm, sag ich. Manchmal bemühe ich mich nicht mal um richtige Wörter für eine Unterhaltung. Das ist nicht nötig;

manche Leute unterhalten sich lieber mit sich selbst. Jetzt fahren die Streifenwagen die Straße wieder hoch; die Sirenen sind aus, und in jedem Wagen sitzt hinten ein Schwarzer.
Ich bin vierzehn Jahre hier, und kein Anfänger geht vor mir nach Hause. Vicky kann vor mir gehen, weil die ist zwanzig Jahre hier, das geht voll in Ordnung. Aber davon abgesehen, nicht mit mir, auf gar keinen Fall. Ich hab Vorrang, weißt du, was ich meine? Ich hör Megan nicht zu, nicke aber trotzdem.
Ihr Handy piept, und sie wühlt in ihrer Tasche und holt es raus. Eine rote Karte fällt auf den Boden. Sie merkt es nicht, und ich hab keine Lust, den Mund aufzumachen, um es ihr zu sagen; sie ermüdet mich einfach nur mit ihrem Laber-laber-laber. Sie liest die Nachricht mit hochgezogenen Augenbrauen.
Drecksack, zischt Megan. An ihrem zerknautschten Gesicht und der aggressiven Art, wie sie auf die Tasten haut, merkt man, sie schreibt eine böse Nachricht. In dem Moment macht mein Kopf einen Zeitsprung, und ich sehe Megan alt und grau vor mir, wie sie sich über die Kasse beugt, auf die Tasten haut, ab und zu aufsteht, um hinten an die Hauptkasse zu schlurfen und für Kunden Lottoscheine und Zigaretten zu holen. Mich packt ein komisches Gefühl, das ich nicht erklären kann, aber fast könnte ich mich hinlegen und um Megan weinen.
Dann seh ich nicht mehr Megan, sondern mich, über einen Flaschenwagen gebeugt. Mein faltiges Gesicht ist inzwischen geformt wie eine Limonadendose, und mein Kopf ist ein Klumpen Schnee. Ich muss mich zu den Dosenkisten schleppen, weil ich zu alt bin zum Werfen. Als mir jemand die Hand auf die Schulter legt, zuck ich zusammen. Ich dreh mich um, und da steht Jim und grinst mich an. Er hat die Angewohnheit, mich anzufassen, als wenn wir uns gut kennen, und das mag ich nicht.

Hab ich dich erschreckt?, sagt er, und sein Lächeln versucht irgendwie, den Ohren hinterherzujagen. Dass ich mich eher vor meinen eigenen Tagträumen erschrocken habe, behalt ich für mich.

Willst du dieses Wochenende arbeiten? Brian hat gerade abgesagt, ohne Erklärung, sagt Jim. Ich seh mich immer noch als Alte beim Flaschensortieren, also sag ich im Kopf Nein, und dann hör ich meinen Mund Ja sagen. In den Sommerferien muss ich so viele Stunden durchziehen wie möglich; im Herbst fang ich am Community College an, und Tante Fostalina will, dass ich dafür spare. Ich weiß nicht, wenn sie davon anfängt, wie teuer das College für ausländische Studenten ist und so weiter, klingt es immer, als wenn man ein ganzes Land kaufen will.

Toll, dann setz ich dich gleich auf den Plan, sagt er und geht zurück in den Laden. An der Tür bleibt er noch mal stehen.

Weißt du was, Darling? Du bist in Ordnung. Du bist nicht wie die anderen – du bist anders, sagt Jim. Die Doppeltür geht auf und zu wie ein Maul und verschluckt ihn.

Ja, stimmt, sagt Megan. Sie hat ihr Handy wieder eingesteckt und sitzt jetzt mit übergeschlagenen Beinen da, raucht und guckt den fahrenden Autos nach.

Ich mein, du bist zwar auch wie die ganzen jungen Leute, aber trotzdem anders. Du redest nicht so viel Scheiße. Das ist was Afrikanisches, oder? Meine Cousine ist mit einem Typen von diesen kleinen Inseln in Afrika zusammen, und das ist der netteste Typ, den ich je gesehen hab. Nicht wie dieses Arschgesicht, das sich nicht mal an Verabredungen hält, sagt sie und tritt ihre Handtasche.

Hmm, sag ich. Ich höre nicht zu; wenn ich die Wahl hätte, würde ich mich auch weigern, diese ätzenden Flaschen zu sortieren. Als Tante Fostalina damit ankam, dass ich arbeiten soll, hab ich erst mal gelacht.

Du findest das witzig?, meinte sie.
Ich bin nicht mal erwachsen, was soll ich denn arbeiten?, fragte ich. Ich weiß noch, dass sie statt zu antworten am Küchentisch ihren Rooibos-Tee trank und mit einer dauergefurchten Stirn ihre Rechnungen überflog, als hätte Frida Kahlo die Furchen da hingemalt, bevor sie starb.

Ich weiß, dass wir nicht direkt nach Hause fahren, und ich frag nicht, wo wir hinfahren. Als TK nach Afghanistan geschickt wurde, ging es Onkel Kojo erst mal gut, dann bald nicht mehr. Jetzt muss er dauernd reisen, unterwegs sein; kaum sitzt er hinterm Steuer, will er irgendwie Amerika entdecken. Er war beim Arzt, und der hat ihm gesagt, er soll sich eine Auszeit nehmen, was er getan hat, und nach Hause fliegen, was er nicht getan hat; obwohl er auf dem College war und seit zweiunddreißig Jahren hier ist und arbeitet und sein Sohn TK hier geboren ist und alles, hat er noch keine Papiere. Also fährt er rum, manchmal kurze Strecken, manchmal lange, darum nennen wir ihn jetzt hinter seinem Rücken Vasco da Gama.
Vom Parkplatz biegen wir auf die Main Street ab. Bleiben eine Weile drauf, fahren an Menschen vorbei, die auf der Veranda sitzen und stumpf auf die Straße starren, wie die Erwachsenen damals in Paradise beim Warten auf die NGO-Leute; an jungen Kids vorbei, die mitten auf der Straße stehen wie Ziegen auf der Suche nach Wasser, die Jungs mit nackten Oberkörpern in allen Schwarz- und Braunschattierungen und Jeans, die so weit runtergezogen sind, dass man die knalligen Farben ihrer Boxershorts sehen kann; an jungen Frauen vorbei, die hier auf und ab stolzieren wie auf einer edleren Meile und nicht dieser harten, heißen Straße; und an Jugendlichen unter krassen grünen Bäumen, die niemals Früchte tragen.

Statt in die Third Street einzubiegen, die uns nach Hause bringen würde, fährt Vasco da Gama in die Lincoln. Im Rückspiegel schwindet das Viertel, und die Bohlenhäuser sehen aus, als wenn sie vorhätten, sich auf den Boden zu schmeißen und aufzujaulen, sobald wir außer Sichtweite sind. Die ganzen Schlaglöcher bremsen das Auto jetzt. Wir fahren weiter die Lincoln runter, die Lincoln runter, und bei mir singe ich *Wer hat den Weg nach Indien entdeckt? Vasco da Gama! Vasco da Gama! Vasco da Gama!* Und als Vasco da Gama mich bittet, den Mund zu halten, wird mir klar, dass ich laut gesungen habe. Ich verstumme, als er einen scharfen Schlenker macht, um einem herrenlosen Pitbull auszuweichen.
Wir fahren jetzt langsam, an den alten Mehrfamilienhäusern auf der linken Seite vorbei, wo überall Unkraut wächst. Rechts ist das Baseballfeld, wo die weißen Kids mit ihren blaugestreiften Trikots kreuz und quer rumlaufen, werfen und fangen. Die Erwachsenen stehen in Grüppchen drum herum und schauen zu, geparkte Autos klammern das kleine Stadion ein wie Zähne. Jetzt hab ich es im Rückspiegel, und als es verschwunden ist, merk ich, dass wir mitten im Dschungel stecken, umringt von alten Autogerippen, die im hohen Gras ertrinken, und leerstehenden alten Häusern mit abzerschlagenen Scheiben und eingefallenen Dächern und abblätterndem Gemäuer. Wenn diese Mauern sprechen könnten, würden die Häuser stottern und sich nicht an ihre Namen erinnern.
Ich bin nicht mal drauf gefasst, in diesem Dschungel überhaupt einen Menschen zu sehen, da taucht die Frau auf. Vasco da Gama ist auch überrascht, denn er bremst so scharf, dass wir nach vorne geworfen werden. Eine große, schlanke Frau, die sich in einen winzigen Lederrock und ein rotes Tanktop gestopft hat. Mit Hüften wie Jojos federt sie auf uns zu, als

wenn sie die ganze Zeit gewusst hätte, dass wir kommen. Vasco da Gama hat das Fenster runtergekurbelt, die Hitze draußen ist wie eine dampfende Decke; einlullend.
Sie beugt sich zum Fahrerfenster runter und bringt irgendwie noch mehr Hitze ins Auto. Als sie Hi Sugar sagt, weiß ich nicht, ob sie mich oder Vasco da Gama meint. Ihre großen Augen sehen aus, als wenn sie gleich einschläft. Ich kann mich nicht entscheiden, ob ich sie schön finden soll oder nicht, aber sie ist nett aufgemacht – gepflegte Augenbrauen, hellroter Mund, Fingernägel passend zum Top.
Hast du mal einen Quarter?, fragt sie in die Luft, und ich überleg, was sie hier mit einem Quarter anstellen will, was ihr der Quarter kaufen soll. Ihre Stimme ist heiser, als hätte sie oben auf dem Fambeki gesungen.
Dann guckt sie mich an und sagt, Du siehst entzückend aus, wie heißt du, Sweetie? Als ich es ihr sage, lächelt sie, und erst als sie lächelt, seh ich, wie schön sie ist, wie wunderwunderschön. Dann passiert was ganz Merkwürdiges: Sie fängt an, meinen Namen zu murmeln wie in einem Gebet. Und als Vasco da Gama ihr einen Zwanzigdollar-Schein hinhält, nimmt sie ihn nicht mal, sie steht einfach nur da und sagt Darling und Darling und Darling immer und immer wieder wie eine Irre. Da wird mir langsam mulmig, und ich bin froh, als Onkel Kojo losfährt. Im Rückspiegel sieht sie aus wie ein gerupftes Huhn.
Als wir nach Hause kommen, fragt uns Tante Fostalina nicht, wo wir waren. Sie steht von der Couch auf und geht in die Küche, wo Reis und Bohnen und Fisch bereitstehen. Momentan kocht sie, wegen Vasco da Gamas Problem. Es ist nämlich so, dass Onkel Kojo aufgehört hat zu essen, als TK wegmusste, und zuerst hat Tante Fostalina gelacht und in unserer Sprache gesagt, Indoda izwa ngebhatshi layo, aber als Vasco da Gama

einfach immer weiter nichts aß und abnahm, hat sich Tante Fostalina online Rezepte aus seinem Land besorgt, weil es das Einzige war, womit sie ihn zum Essen kriegen konnte.
Ich nehme meinen Mac und geh ins Netz; Vasco da Gama nimmt die Fernbedienung und zappt sich durch. Das Gute ist, dass er dieses schreckliche Football nicht mehr guckt mit den Riesen, die rumrennen und über einem winzigen Ball ineinanderkrachen. Das Schlimme ist, dass Vasco da Gama jetzt nur noch Krieg guckt – Soldaten, die Sachen bombardieren, Soldaten, die mit großen Knarren durch die Straßen laufen, Soldaten, die über den Boden kriechen, Soldaten, die Sachen hochgehen lassen, Soldaten, die Häuser zertrümmern, Soldaten, die in ollen Karren überall drüberrollen, Kinder, die sich vor den Soldaten wegducken, um ganz normal auf der Straße zu spielen.
Aber ich weiß, dass Vasco da Gama das alles gar nicht richtig sieht, sondern in ihren Gesichtern nur nach TK sucht, sogar in den hübschen Gesichtern der afghanischen Kinder. Und derweil lächelt TK schief von dem Foto auf dem Sims, als wenn ihm Vasco da Gamas Sorgen gefallen, als wenn er gleich loslacht und seine Uniform auszieht, die ihm sowieso nicht steht.
Als TK sich freiwillig meldete, hab ich das nicht mal ernstgenommen. Er kam einfach irgendwann an, als wir gerade Spaghetti aßen, und meinte, Ich geh zur Army. Ich weiß noch, dass Vasco da Gama sagte, Wie bitte? Ich weiß noch, dass TK ihn anguckte, als wenn irgendjemand ihm erzählt hätte, er sei ein Mann oder so, und meinte, Ich hab gesagt, ich geh zur Army. Ich weiß noch, dass Vasco da Gama ganz ruhig aufgestanden ist, als wenn er aufs Klo gehen würde, und TK eine gescheuert hat. Ich weiß noch, dass das geknallt hat, als wenn Vasco da Gama Dynamit in den Händen hätte.

Das Staubwischen dauert zu lange, weil es einfach so viel zu wischen gibt und nur eine, die wischt. Außerdem ist das hier ein Monsterhaus; Erdgeschoss, erster Stock, zweiter Stock. Mein Problem ist, dass ich statt sauberzumachen, wozu ich eigentlich hier bin, so viel lieber alles angucken würde – den Flügel, das komische Aquarium mit den bunten Fischen, die zu den Möbeln passen, das große Bücherregal mit lauter Reihen ungelesener Bücher, die Buddhas, die Masken, all die schrägen Statuen im Erdgeschoss, die Gemälde und Kunstsachen, die langen Sofas, den Kamin.

Dann gibt es da noch die Küche mit den vielen Arbeitsflächen, den interessanten Kühlschrank und Herd und den ganzen Schnickschnack. Die Wendeltreppen, noch mehr Sofas oben, lange Bildschirme und noch mehr Schnickschnack, die vielen Schlafzimmer mit interessanten Möbeln und separaten Badezimmern, das Hundezimmer samt Garderobe mit Hundeklamotten und Zeug, die Zimmer voller Schuhe und Schuhe, die Zimmer voller Klamotten, den Fitnessraum mit all den Maschinen. Ich weiß nicht, wie viele Zimmer es sind, wie viele Menschen in diesem Haus wohnen, aber wenn ich so ein Haus hätte, würde ich nie rausgehen.

Die Frau, die hier vorher gearbeitet hat, Esperanza, hat ihre kranke Mutter in Mexiko besucht und ist nicht wie geplant zurückgekommen, darum bin ich jetzt hier und mach ihre Arbeit, bis sie jemand Neues finden. Der Hausbesitzer Eliot ist Tante Fostalinas früherer Chef. Tante Fostalina hat erzählt, dass sie am Anfang in Amerika tagsüber zur Schule gegangen ist und abends in Eliots Hotels gearbeitet hat, Zimmer saubergemacht mit Leuten aus dem Senegal, Kamerun, Tibet, den Philippinen, Äthiopen und so weiter. Das war wie bei den verdammten Vereinten Nationen, sagt sie gern.

Als Eliot vor zwei Wochen Tante Fostalina angerufen hat, ob

sie jemand Zuverlässiges kennt, hat sie gesagt, sie hätte da jemanden, womit sie mich meinte, und hat hinterher gesagt, ich soll nicht mal im Traum dran denken, was anzufassen, weil überall Kameras versteckt sind. Wenn ich nicht im Supermarkt arbeite, muss ich hierher, auch wenn mir das Prinzip nicht gefällt, jemand anderem das Haus zu putzen, hinter ihm herzuräumen, weil ich finde, dazu bin ich nicht nach Amerika gekommen.

Nachdem ich die Sachen abgestaubt habe, die man so abstaubt, Socken und T-Shirts und Unterwäsche und Handtücher und Zeitschriften von den Fußböden aufgesammelt habe, alle Badezimmer und Arbeitsflächen geputzt und die Betten gemacht und gesaugt habe, geh ich in die Küche und räum das schmutzige Geschirr in den Geschirrspüler. Ein paar Stunden später, als ich fast alles erledigt habe, was es zu erledigen gibt, und die Küchenanrichten schrubbe, geht die Tür auf, und Eliot kommt mit einem dünnen Mädchen rein, das ich noch nie gesehen hab, bestimmt seine Tochter Kate. Titi, der komische kleine Hund, trottet hinterher mit einem pinken Lederjäckchen und einem gelben Halstuch.

Wann anders hätte ich gelogen und gesagt, Ohhhh, wie süß, was man halt sagt in so einer Situation, aber heute bemühe ich mich nicht mal, weil die Lüge zu groß wäre, also mach ich genau das, was ich machen muss, nämlich meinen Kopf schütteln. Ich meine, das ist doch zu abgedreht. Nächstes Mal, denk ich bei mir, trägt dieses Hündchen Ohrringe und eine Handtasche mit iPod und Lipgloss drin. Der Hund kreiselt durchs Haus wie besessen. Zum Schluss kreiselt er um meine Beine rum, schnüffelt an mir, wedelt mit dem Schwanz und guckt mir ins Gesicht, als wenn wir dieselbe Sprache sprechen, aber von mir kriegt der nur einen Blick, und ich sage, in meinem Kopf, *Nein, Hund, wir kennen uns nicht mal.*

Der Hund steht da, und ich guck ihn ganz kühl an, um ihm zu zeigen, dass ich mich, egal, was er macht, nie mit einem Tier anfreunden werde, auch wenn dieses Tier ein eigenes Schlafzimmer hat und ein pinkes Bett und einen Schrank und Schubladen voll mit teuren Leinen und Klamotten. Irgendwann zieht er ab, und ich bin zufrieden mit mir, weil ich denke, er hat's kapiert, aber gleich darauf ist er zurück, diesmal mit einer gelben Gummiente im Mund. Er lässt das Ding vor meine Füße fallen und guckt mich ganz sehnsüchtig an. Als ich mich nicht rühre, stupst er mit seinem kleinen Kopf mein linkes Bein an; ich zuck zusammen und spanne meine Beinmuskeln an, um den Hund nicht zu treten. *Mit dir geb ich mich gar nicht ab*, sag ich im Kopf und kümmere mich wieder um die Anrichten, obwohl die schon sauber sind.
Hallöchen, das Haus sieht super aus, sagt Eliot, als er in die Küche kommt. Jedes S klingt, als wenn er damit schießen will. Er wirft seine Schlüssel auf die Anrichte, macht den Kühlschrank auf, holt eine orange Flasche VitaminWater raus, schraubt den Verschluss ab und zielt auf den Müll an der Wand gegenüber. Als er daneben wirft, zuckt er mit den Schultern und schüttet sich das Wasser rein, und sein Adamsapfel tanzt bei jedem Schluck. Rülpsend stellt er die Flasche auf die Anrichte; dieser Mann schämt sich nicht mal, den Deckel nicht aufzuheben.
Und, wie steht's da drüben?, fragt Eliot. Er meint mein Land. Er mag diesen blöden Ausdruck *da drüben*, und ich kann es nicht ausstehen, wie er das sagt, als wenn mein Land ein Ort wäre, wo die Sonne nie aufgeht. Bevor ich antworten kann, fragt er, Hast du schon meine Tochter Kate kennengelernt? Sie ist gerade vom College da. Kate, das ist Darling, Fostalinas Nichte. Du erinnerst dich doch an Fostalina, oder? Hat im

Hotel gearbeitet, dich babygesittet und manchmal Joey, sagt er. Eliot dreht sich zu Kate um, die schüchtern vor der Küche steht, als wenn sie ein Visum braucht, um reinzukommen.
Hi, sagt sie. Ich nicke und guck sie an. Sie weiß das nicht, aber ich weiß schon alles, was man über sie wissen muss – dass sie vor zwei Wochen auf dem College versucht hat, sich das Leben zu nehmen, nachdem ihr Freund mit ihr Schluss gemacht hat, weil er meinte, sie sei nicht sexy genug, aber den letzten Teil kennen ihre Eltern nicht. Ich weiß, dass sie im Spiegel eine hässliche fette Kuh sieht und ihren Körper hasst, weil er nicht so aussieht, wie er soll.
Darum hungert sie, was wiederum ihre Eltern nicht wissen. Ich weiß außerdem, dass sie ins Bad geht und alles auskotzt, wenn sie das Essen nicht lassen kann. Das steht alles in ihrem Tagebuch, das ich beim Saubermachen unter ihrem Bett gefunden habe; ich hab es gelesen, weil Sachen, die man versteckt, gefunden werden wollen. Ich frag mich, wie sie lebt, wie sie mit dem Hunger umgeht, diesen ekelhaften langen Klauen, die sich in den Bauch graben und graben, bis man kaum noch gucken kann, kaum noch aufrecht gehen, kaum noch denken kann und alles machen würde, alles, nur für einen Krümel.
Kate glänzt vor Schweiß, und ihr langes, fast schwarzes Haar klebt an ihrem Gesicht. Sie ist nicht hässlich, ich finde sie sogar sehr, sehr hübsch, also weiß ich gar nicht, was sie für ein Problem hat. Nach ihrem Aussehen zu schätzen, ist sie nicht viel älter als ich. Sie bleibt da einfach stehen und sieht aus, als bräuchte sie meine Erlaubnis, um sich zu bewegen.
Der Hund bettelt jetzt Eliot an, hüpft um ihn rum und was noch, also macht Eliot einen Schrank auf, holt eine Tüte Leckerlis raus und hält ihm eins auf der flachen Hand hin. Der Hund schnappt es sich und rast weg.

Machst du dir was zu essen?, fragt Eliot auf dem Weg zur Treppe.
Ja, aber erst geh ich duschen, sagt Kate. Ihre Stimme klingt so weit weg, als wäre die irgendwie an der Grenze beschlagnahmt worden. Kate geht hinter ihrem Vater die Treppe hoch; ich überleg, wo die Mutter ist, aber die Frage gehört sich nicht. Ich guck ihr hinterher, ihr Invisible-Children-T-Shirt klebt an ihr, und die Knochen schreien durch den Stoff. Ich überlege kurz, was sie wohl macht, wenn sie oben ist, ob sie tatsächlich duscht oder vielleicht aufs Klo geht und was Verrücktes anstellt. Und ob sie vorher oder nachher unters Bett langt und teuren Schwachsinn in ihr teures Tagebuch schreibt.
Als ich die Kühlschranktür geputzt habe, dreh ich mich um, und da steht sie hinter mir wie ein Geist. Ich frag mich, wie lange sie da wohl schon steht. Ihre Haare sind jetzt nass, und sie trägt Bastards Cornell-T-Shirt.
Du studierst an der Cornell?, frag ich. Eigentlich wollte ich mich an der Cornell bewerben, weil ich das Gefühl hatte, dass ich die schon kenne, dass es da eine Verbindung gibt, aber dann hab ich die Studiengebühren gesehen und bin fast gestorben; für ausländische Studenten gibt es kaum Stipendien. Aber das T-Shirt freut mich trotzdem, und ich würde mir wünschen, dass Bastard aus heiterem Himmel aufkreuzt, dass die ganze Clique hier einfach aufkreuzt. Ich stell mir vor, was wir in diesem Viertel, dessen Namen ich immer wieder vergesse, anstellen würden. Ich mach den Mund auf, vielleicht um Kate von Bastard zu erzählen und den anderen und von Paradise, aber dann mach ich ihn wieder zu; es gibt nichts zu sagen.
Sie streicht in der Küche rum wie eine Katze, macht den Kühlschrank auf, Schränke und Schubladen. Ich schrubb

die Spüle, die ich schon geschrubbt habe; eigentlich will ich sehen, was sie isst. Als sie sich endlich ihr Frühstück auf einem Teller drapiert – fünf Rosinen, irgendwas kleines Rundes und ein Glas Wasser –, muss ich laut lachen.
Sie dreht sich verwirrt zu mir um, und ich krümme mich. Ich meine, ich kann nicht anders, ich sterbe vor Lachen. Weil, Missichmöchtesogernsexysein, die Sache ist die: Dein Kühlschrank platzt aus allen Nähten, also egal, wie viel du dir verkneifst, richtigen, echten Hunger wirst du niemals erleben. Guck dich um, hier sind all die Reichtümer, die du gar nicht brauchst; dein Bett ist königlich; du studierst an der Cornell, wo dir nichts im Weg steht; du musst nicht mal deinen eigenen Kram aufräumen, weil ich das für dich mache, jetzt gerade; du hast einen Hund, dessen Garderobe ich mir selbst nicht leisten könnte; und außerdem bist du hier, lebst in deinem Geburtsland, also was genau hast du eigentlich für ein Problem?
Später kommt Vasco da Gama mich abholen, und ich verabschiede mich von Kate, aber sie reagiert nicht, daran merk ich, dass sie sauer ist, aber eigentlich ist mir das egal, schließlich hab ich ihr keine Guaven geklaut. Und außerdem arbeite ich nicht für sie, sondern für ihren Vater, und ich bezweifle, dass er mich feuern würde, wenn sie petzt – nächste Woche soll ich nämlich anfangen, ihm meine Sprache beizubringen, weil er und sein Bruder in mein Land fliegen, um Elefanten zu schießen, wovon er träumt, seit er ein kleiner Junge ist. Ich weiß nicht, was meine Sprache damit zu tun hat – will er den Elefanten fragen, ob er von ihm umgebracht werden möchte? Jedenfalls weiß ich, dass ich gut bezahlt werde. Eliot bezahlt mich immer gut, und seit dieses Video über Joseph Kony raus ist, ist er nett zu mir, als würde ich aus Uganda kommen, als wäre ich eins dieser herzzerreißenden Kinder

im Video. Er ist schon überall gewesen in Afrika, aber erzählen kann er immer nur von Tieren und Parks.

Wir fahren die West Main runter in Richtung Highway, und ich frag mich gerade, wo Vasco da Gama mich hinfährt, da klingelt sein Telefon. Er holt es aus der Hemdtasche, guckt aufs Display und gibt es mir, was bedeutet, dass Tante Fostalina dran ist.
Ihr müsst sofort nach Shadybrook kommen, sagt sie.
Wir sind unterwegs, keine Ahnung, wo Vasco da Gama hin will, sag ich in meiner Sprache, damit er es nicht versteht.
Na, dann sag ihm, er soll umkehren.
Aber …
Darling, gib ihn mir einfach, sagt sie, und an ihrer Stimme merk ich, dass es ernst ist. Als Vasco da Gama an der Ampel vor Walgreens rechts abbiegt, zieh ich von innen die Wangen ein und lächle aus dem Fenster, weil mir eine Irrenfahrt erspart bleibt.
In Shadybrook empfängt uns Tshaka Zulu am Eingang, als wenn er uns herzitiert hätte; er kommt raus, schiebt Onkel Kojo zur Seite, gibt mir einen richtigen Speer und sagt, Bewaffne dich, Krieger, die weißen Geier, deren elende Schnäbel vor Blut tropfen, dürfen nicht auf diesem schwarzen Land siedeln. Angst sitzt in seiner Stimme. Weil ich nicht weiß, was ich tun oder sagen soll, guck ich den Speer in meiner Hand an, dann Onkel Kojo, und lächle.
Was hat er gesagt? Was sagt er denn da überhaupt?, fragt Onkel Kojo, und ich fang an, Tshaka Zulus Worte im Kopf zu übersetzen, aber ich kann mich nicht gut konzentrieren, weil er jetzt den Kopf zum Himmel hebt und einen so fürchterlichen Schrei loslässt, wie ich ihn noch nie gehört habe; als sein Mund schon längst wieder zu ist, vibriert die Luft immer

noch. Tshaka Zulu trägt nicht nur seine Stammeskleidung, er hat sich auch noch knallrot angemalt, und sein Kopf ist voll mit roten und schwarzen und weißen Federn. Heute ist er beeindruckend – selbst ich muss zugeben, dass er sagenhaft aussieht, und vielleicht empfinde ich deswegen so eine seltsame Unruhe, etwas Namenloses, dass ich klatschen und hüpfen und rufen und einfach ausflippen will, als hätte ich Strom geschluckt.

Wo sind meine restlichen Impi? Wir müssen sofort ein Büffelhorn bilden, schnell, sagt Tshaka Zulu und lässt den Blick hin und her huschen.

Der Mann ist verrückt. Was sagt er?, fragt Onkel Kojo und steht da wie einer, der nicht weiß, was er tun soll.

Die Impi?, frag ich. Das Lächeln ist mir vergangen, weil mir klar wird, dass ich Tshaka Zulu so noch nie erlebt habe. Seine Augen sehen komisch aus, gar nicht wie Augen, sondern wie Höhlen, in denen was Wildes wütet. Mir braucht keiner zu erklären, dass das hier echter Wahnsinn ist. Sein Zustand hat sich verschlimmert in letzter Zeit – vergangene Woche zum Beispiel ist er rausgegangen, als keiner aufpasste, und hat einen Fremden irgendwie dazu gekriegt, ihn zum Flughafen zu fahren. Dort verlangte er nach einem Jet, der ihn zum Buckingham Palace bringen sollte, damit er die Queen besuchen und mit ihr darüber reden kann, was sie ihm schuldet.

Ich guck zur Tür und frag mich, wo Claudine ist, warum sie nichts unternimmt.

Tshaka Zulu dreht sich um, zeigt in die Ferne und schwingt dabei seinen Speer durch die Luft. Daraufhin seh ich mir meinen an. Er ist ein bisschen schwer, das Holz ist alt, der Metallteil etwas rostig; wo hat er diese Dinger überhaupt her?

Siehst du? Siehst du, was ich sehe?, fragt er und dreht sich zu mir um.
Ja, ich sehe sie, sag ich, aber eigentlich stehen da nur Häuser und Bäume und Briefkästen und Autos.
Was redet ihr da?, fragt Onkel Kojo. Er klingelt und klopft und späht durchs Fenster. Ich nicke heftig und folge Tshaka Zulus Zeigefinger. Am Ende der Straße fahren drei Kinder Fahrrad.
Siehst du sie, so wie ich sie sehe? Was siehst du?, fragt Tshaka Zulu.
Was passiert mit diesem Mann? Und warum macht die Frau da drin nichts?, fragt Onkel Kojo. Man hört ihm an, dass es ihm langsam reicht, aber ich bin zu besorgt, um zu antworten, also steht er da einfach rum wie noch so ein Irrer, der mit sich selber spricht.
Ich sagte, was siehst du, Krieger?, wiederholt Tshaka Zulu.
Geier, sag ich mit Zitterstimme. Ich weiß nicht mal, was ich da rede.
Wenn wir billigen, dass sie sich hier niederlassen, wird das gesamte Mutterland fallen, und wir werden von Fremden regiert werden. Man wird uns zwingen, in Zungen aus weißen Ländern zu sprechen und ihre elenden Götter anzubeten. Sie werden uns versklaven auf unserem eigenen Grund und Boden; wir werden ihre Hunde sein. Aber nein, sagt er, hält inne und lacht. Es ist ein großes, großes Lachen, als möchte es den Himmel schlucken.
Ich sage Nein, bei der schwarzen Kuh meines Vaters, heute heißt es Tod oder Sieg.
Als Tshaka Zulu *Tod oder Sieg* sagt, setzt mein Herz aus. Es liegt an der Art, wie er es sagt, mit zusammengebissenen Zähnen, wie vor Schmerz, und die Sehnen an seinem Hals stehen vor. Nach seiner Sicht lauern die weißen Geier ganz

in der Nähe; einige, sagt er, sitzen zu Pferde, andere kauern in den Büschen mit ihren bösen Stöcken, die Feuer spucken. Seine Stimme wird jetzt tiefer, und ich kann nicht alles verstehen, es ist, als würde man einer Platte mit Sprung lauschen.

Als er die Einfahrt runtergeht, folge ich ihm mit Abstand, Onkel Kojo hinterher. Er redet, aber ich höre nicht zu. Tshaka Zulu geht schnell, mit rauschendem Rock aus Tierhaut und bunten Federn, die auf seinem Kopf tanzen. Dann fängt er an zu rennen, und mit Schrecken merke ich, dass er auf den Pizzaboten zurennt, der gerade vor dem Nachbarhaus geparkt hat und mit einer Pizza in der Hand aus dem Auto steigt. Ich sehe schon, wie ein Speer dem Kerl die Eingeweide durchbohrt, Blut überall. Ich lass meinen Speer fallen und guck Onkel Kojo an, der schreit und mit den Armen wedelt. Der Pizzabote sieht hoch, und da jaulen Sirenen durch die Luft. Ich weiß nicht, wer die Polizei gerufen hat und wann.

Der Pizzabote steht kurz da wie erstarrt, dann schnallt er vielleicht, was los ist, steigt schnell wieder ein und fummelt drinnen rum. Tshaka Zulus Speer segelt durch die Luft, aber nicht weit, und fällt aufs Pflaster. Als er sich bückt, um ihn aufzuheben, sind die Streifenwagen schon da. Türen fliegen auf, knallen zu, überall Knarren, darum dreh ich mich um und lauf an Onkel Kojo vorbei zurück zum Heim, wo ein Gesicht durchs Fenster blickt. Hinter mir höre ich Waffe runter! Halt! Auf den Boden! Hände hoch! Waffe fallen lassen! Waffe fallen lassen! Waffe fallen lassen! Und ich weiß, dass Tshaka Zulu seine Waffe nicht fallen lässt. Als ich über die Schulter blicke, stürzt er himmelwärts wie ein irres Flugzeug bei dem Versuch, abzuheben.

18 GRAFFITI

An dem Abend, als ich die Tapete in meinem Zimmer vollschmiere, sollte ich eigentlich für meine Bioarbeit Wunden pauken. Mir ist der Stoff, den ich lese, im Grunde völlig egal und Bio eigentlich auch, außerdem finde ich Wunden einfach eklig. Beim Blättern von einem widerlichen Bild zum nächsten sinkt mir der Mut. Ich weiß ja, dass Wunden keine Blüten sind, aber das ist zu viel. Als ich zu einer verfärbten offenen Eitermasse in so einem Mädchengesicht komme, reicht's mir. Ich klapp das Buch zu, schieb es unters Bett und höre, wie es an die Wand stößt.

Ich weiß jetzt schon, dass dieses naturwissenschaftliche Zeug, das Tante Fostalina mir aufschwatzen will, nicht mein Ding ist. Jetzt, wo ich fast mit der Highschool fertig bin, erzählt sie mir immer und immer wieder, dass ich nächstes Jahr auf dem College Medizin belegen oder ein Krankenpflegediplom machen soll, und wenn das nicht klappt, dann wenigstens Jura. Das, sagt sie, sind die Berufe, die zählen, und ich bin nicht bis nach Amerika gekommen, um sinnloses Zeug zu lernen und nichts zu werden. Ich weiß allerdings nur, dass mich das alles nicht anmacht, ich meine, ich weiß zwar noch nicht ganz genau, was ich will, aber was Tante Fostalina für mich vorgesehen hat, inspiriert mich null.

Ich sitz auf meinem Bett und starre an die Wand und überlege, wie ich das bloß Tante Fostalina beibringen soll, da vibriert mein neues BlackBerry. Ich finde es unter der Decke, schieb es auf und lese Marinas SMS.

wmdg?

0. lern dämlich bio.

lol, dämlich? finds ok.

weil du doc werdn willst, ich 0.

nja mein pa will. so what?

kA, schreib ich. Marina antwortet eine Weile nicht, und das überrascht mich nicht. Seit sie auf ihrer schicken Highschool ist, sind wir nicht mehr so in Kontakt wie früher. Als sie endlich antwortet, hab ich schon an die Wand über meinem Wäschekorb mit rotem Marker *iBio iyirabishi* geschrieben, und jetzt male ich einen Kreis drum herum. Ich seh das brummende Telefon, male aber erst den Kreis zu Ende.

sry, fon kyle.

ok, antworte ich. Meine Buchstaben an der Wand sind groß, wie früher die in der ersten Klasse. Das Rot sieht aus wie Blut, und jetzt kapier ich erst, dass es bestimmt ganz schwer abgeht.

Ich zieh Hausschuhe an und geh aus dem Zimmer. Die Straßenlaterne erleuchtet die Küche, also mach ich gar nicht erst Licht. Ich nehme einen Schwamm, drück einen Tropfen Spülmittel rein und lass ein bisschen Wasser drauflaufen. Auf dem Rückweg stoß ich mir die Hüfte an der Küchentischkante. Ich krümme mich im Halbdunkel und fluche leise. Als der Schmerz nachlässt, kehre ich in mein Zimmer zurück.

Nach dem Wischen sieht die Wand schlimmer aus als vorher. Das Rot hat alles vollgeblutet, und jetzt ist da ein hässlicher Fleck, und die Buchstaben wollen nicht verschwinden. Einmal haben wir nach Budapest eine Tüte schwarze Marker mitgenommen, die wir von den NGO-Leuten bekommen hatten, und haben uns an den Fertigmauern ausgetobt. Wir haben Penisse gemalt, große Penisse, reihenweise, weil wir nicht wussten, wie Vaginas aussehen, und haben die Penisse dann mit Wörtern wie *golo, beche, mboro, mhata, svira, ntshompi, bolo, zeka* und allen Sauereien, die uns einfielen, geschmückt.

Wahrscheinlich haben sie hinterher versucht, das Geschmiere wegzuwischen, aber es ging nicht. Tagelang waren da Flecken, bevor sie sie übermalt haben.

Als ich aufs Smartphone gucke, hat Marina wieder geschrieben.

also, wir habens gestern gemacht.

OMG!, schreib ich. Und bevor sie antwortet: wehgetan?

0 blut.

dann habt ihr nicht, antworte ich. Als wir mit den Pornos aufgehört haben, weil Tante Fostalina uns irgendwann erwischt und Marina und mich verdroschen hat – Kristal nicht, sie meinte, sie wollte keinen Ärger, weil Amerikaner so was Kindesmissbrauch nennen –, haben wir gewettet, wer es zuerst macht. Kristal ist jetzt schwanger, also gilt die Wette nur noch zwischen Marina und mir. Ich nehme eine Packung Juicy-Fruit-Kaugummi vom Nachttisch, hole zwei Streifen raus und pack sie aus. Ich steck mir die Kaugummis in den Mund und kau langsam; der süße Geschmack explodiert in meinem Mund.

warst 0 dabei, schreibt Marina.

egal. rat mal?

?

mit tony abgemacht.

häh?

rum. rumgemacht.

OMG!, und bevor ich antworte: wo? wie? was, tony 0 schwul?

Ich höre Stimmen vor meinem Fenster; es klingt, als wenn da Leute stehen, also mach ich das Licht aus, schieb den Vorhang beiseite und guck raus. Im Dunkeln kann ich neben dem großen Baum an der Straße die Umrisse einer Gruppe sehen. Mein Fenster ist oben, die Stimmen höre ich also, aber nachdem ich gelauscht habe, wird mir klar, dass sie eine fremde Sprache sprechen. Ich erkenn sie nicht, vielleicht eine europäische oder so. Ich stehe eine Weile da und drück mein

Gesicht gegen das Fliegengitter. Als ich das Licht wieder anmache, guck ich auf mein Telefon:
?????
lol, 0. @chick, am mittwoch, antworte ich. Am Mittwoch hatte ich mit Amma vereinbart, dass sie mich abholt. Tante Fostalina hatte Nachtschicht. Amma klingelte, und ich hatte die Schultasche in der einen Hand, eine große Flasche Wasser in der anderen. Als Onkel Kojo uns mit blutunterlaufenen Augen ansah, weil er schon eine halbe Flasche Jack Daniel's intus hatte, sagte ich, Wir lernen für eine Klassenarbeit morgen, auch wenn Onkel Kojos betrunkene Augen sagten, *In diesem Aufzug gehst du bestimmt nicht lernen.*
Amma und ich waren im Chick auf der Tanzfläche, als Tony und dieser andere Typ mit Dreadlocks zu uns kamen. Amma war am Tanzen, das ist bei ihr so, und ich stand nur rum, weil ich R&B und Hip-Hop kaka finde. Das meiste ist völlig daneben; ich meine, das sind doch nur Beleidigungen – fick dies, scheiß auf das, Fotze hier, Huren da. Als die Jungs sich an uns rantanzten, ging ich aber mit der Musik mit, um nicht so doof rumzustehen. Tony drückte sich ganz eng an mich, als wenn man uns nur mit der Säge trennen könnte, und strich mit seinen Händen seitlich an mir rauf und runter und über den Bauch. Er hauchte mir heiße Luft in den Nacken, und am Po konnte ich sein steifes Ding spüren.
Dann, weiß ich noch, wechselte die Musik zu Dancehall, wo zwar auch Beleidigungen drin sind, aber wenigstens ist der Rhythmus tanzbar. Einmal hörten wir auf zu tanzen, um einem Mädel mit krassen Extensions zuzugucken, das auf dem Kopf stand, Beine in der Luft, und ein gelbes Röckchen so um den Po geknäuelt, dass ihr weißer Slip rausguckte. Dann ging so ein schlaksiger Typ mit grünen Haaren auf das Mädel los wie bei einem Kampf, packte sie an den Knöcheln,

spreizte ihr die Beine noch weiter, als würde er sie in zwei Hälften teilen, und wirbelte scharf um sie rum. Dann drehte er sie so heftig, dass sie sich richtig gebogen hat, und danach knallte und stieß und drückte er sich gegen sie wie an ein Stück Fleisch.

Das war völlig abgedreht, aber alle flippten aus und jubelten. Das soll, glaub ich, dieser verrückte neue Tanz sein, *Daggern*. Ich fand das merkwürdig und abstoßend, klatschte aber irgendwann plötzlich mit, weil das eben alle machten. Als ein ruhigerer Song kam, drehte Tony mich rum und küsste mich aus heiterem Himmel, ich dachte nur, vielleicht läuft das so. Das Gefühl überraschte mich, die kalte, nervöse Zunge, die wie ein Kotelett in meinem Mund steckte.

und wie wars?, schreibt Marina.

kA, cool. Ich sehe vor mir, wie sie ihre großen Augen verdreht, Ungeduld in ihrem runden Gesicht. Ich werfe das Smartphone aufs Bett, nehm den Marker und male baumelnde Zungen an die Wand, und auf einmal verwandeln sich die Zungen in Schlangen – kurze Schlangen, lange Schlangen, doppelköpfige Schlangen. Das Telefon brummt, aber ich geh nicht ran.

Als ich an dem Abend nach Hause kam, ging ich sofort ins Bad, holte mir unter dem Waschbecken eine frische Zahnbürste, putzte mir mit einem Riesenklecks Zahnpasta und heißem Wasser die Zähne und schrubbte meine Zunge, danach unter die Dusche.

Als ich unten die Haustür höre, weiß ich, dass Vasco da Gama von einer Reise zurück ist; die Tür fällt langsam zu, und zum Schluss knallt sie. Ich seh vor mir, wie er seine Schritte setzt, behutsam, als wenn er über die Grenze hüpft, dabei fast über die Schuhe stolpert, die reihenweise den halben Flur einnehmen, und sich dann auf die große Couch gegenüber dem Fernseher fallen lässt. Ich seh vor mir, wie er den Kopf nach links kippt und so hält, fast als wenn er Gott lauschen würde, und gleich darauf wie jemand, der aus einem kurzen Schlaf erwacht, aufschreckt und vom Glastischchen vor sich die Fernbedienung nimmt. Ich seh vor mir, wie er mit seinen großen, klobigen Fingern die Knöpfe drückt, drückt, drückt und sich vorbeugt, die Finger schneller bewegt, weil er einen Kriegskanal finden muss für den Fall, dass er unter den amerikanischen Jungs, die wie Soldaten gekleidet sind, seinen Sohn entdeckt.

Mit Vasco da Gama geht es nämlich abwärts. Seine Reisen sind außer Kontrolle geraten, jedes Mal fährt er weiter und weiter weg, als würde er irgendwie üben, nach Afghanistan zu fahren, um TK zu holen. Zuerst war er Stunden weg, dann eine Nacht, dann mehrere. Er kommt zerzaust und finster zurück wie aus einem Krieg, mit toten Käfern und Insekten auf der Motorhaube, der Windschutzscheibe, dem Kühler und dem Nummernschild. Tante Fostalina, die ständig bei der Arbeit ist, kümmert sich eigentlich nicht um Vasco da Gamas Zustand. Vielleicht hofft sie, dass er das Reisen irgendwann satt hat; vielleicht denkt sie, nur das hält ihn aufrecht; vielleicht will sie sich nicht damit befassen oder weiß einfach nicht, was sie tun soll.

Aber das ist nicht alles: Die Bier- und Schnapsflaschen waren auf einmal da, als hätte sie jemand hergezaubert. Zuerst waren sie unter dem Fahrersitz versteckt, im Kofferraum, unter der Küchenspüle, im Keller, in solchen Ecken eben. Weil ich immer zu Hause war, wenn ich nicht in der Schule oder beim Job sein musste, hab ich die Flaschen eingesammelt und weggeworfen, weil ich wusste, dass Tante Fostalina sie besser nicht finden sollte. Was aber irgendwann doch passierte; so was kann man nicht ewig verbergen. An einem Wochenende machte sie den Keller sauber und entdeckte ganze Fla-

schendepots. Sie sprachen sich aus, aber es ging weiter. Was hieß, dass es aus war zwischen ihr und Onkel Kojo; jetzt wohnen sie nur noch zusammen, wie Nachbarländer.
Letzte Woche kam ich nach Hause und erwischte Tante Fostalina mit Eliot. Ich hatte keine Ahnung, dass er überhaupt im Haus war, kam rein, schmierte mir ein Sandwich, haute mich auf die Couch und wollte Kristal schreiben, da kam Eliot in weißen Boxershorts mit roten Küssen drauf ins Wohnzimmer spaziert, sein behaarter Bauch schwappte überall drüber, und sein Ding stand unter den Shorts ab. Vor Schreck hab ich geschrien, und Tante Fostalina kam reingerannt, in ihr liebstes Wickeltuch gewickelt, dem mit den ausgeblichenen Flaggen von unserem Land.
Ich steh unten an der Tür zum Wohnzimmer und guck rein. Onkel Kojo sitzt im Halbdunkel, das Wohnzimmer ist vom Fernseher beleuchtet, wo müde aussehende Soldaten durch Rauchwolken laufen und hinter ihnen ein paar ausgebombte Autos brennen. Im Fernseher ist Nachmittag, aber der Rauch malt den Tag an und macht ihn zur Nacht. Da ist einfach zu viel Rauch. Ich hab das Gefühl, ich kann ihn allmählich riechen, sehen, wie er durch den Bildschirm in unser Wohnzimmer sickert und Onkel Kojo einhüllt. Ich lass ihn allein und geh in die Küche, um ihm was in die Mikrowelle zu schieben, weil er sonst das Essen vergisst.
Als ich zurückkomme, räum ich die Ginflaschen vom Tisch und stelle stattdessen Onkel Kojos Jollof-Reis mit Curry hin. Er sitzt jetzt mit geschlossenen Augen zurückgelehnt auf der Couch; ich weiß nicht, ob er schläft oder nachdenkt oder was. Ich guck ihm eine Weile ins Gesicht und nehme auf einmal, ohne zu wissen, warum, eine Ginflasche und probiere einen Schluck. Er ist widerlich und brennt, und ich schlucke ihn nur runter, weil ich nirgendwo hinspucken kann. Im Fern-

sehen hat es angefangen zu regnen, und ein einsamer Soldat steht rauchend unter einem Baum. Ich knie zu Onkel Kojos Füßen, binde ihm die Schuhe auf und zieh sie aus. Ich überleg noch, ob ich ihn schütteln soll, um zu sehen, ob er wach ist, aber am Ende sitze ich auf dem Sofa und guck mir an, wie der Soldat da im Regen steht, als wenn seine Mutter ihn vergessen hätte, als wenn er Syrien wäre und aus dem Landspiel rausgezählt wurde.

Das Erste, was mir beim Aufwachen auffällt, ist die Sauerei an der Wand. Erst weiß ich nicht, was passiert ist, aber dann hab ich mich schnell sortiert und weiß wieder, wie ich gestern Abend mit dem Marker durchgedreht bin. Die Uhr auf dem Nachttisch zeigt 7:15, das heißt, ich habe eine knappe halbe Stunde, bevor Tante Fostalina von der Arbeit kommt, um die Wand in Ordnung zu bringen. Ich spring aus dem Bett und rase in den Keller.

In der Ecke stehen die großen Vorratskisten, wo ich schnell die mit der Aufschrift *Heimatdeko usw.* finde. Ich nehme den Deckel ab und fang an zu wühlen. Ziemlich bald finde ich ein Batiktuch so groß wie ein Badelaken. Darauf ist ein Bild von einer Marktszene, und es quillt über vor Leben und Farbe und Leuten, die Sachen verkaufen – Obst, Gemüse, Lebensmittel, bunte Perlen und Tücher, Handtaschen, Gürtel, Tierschnitzereien, alles, was man sich vorstellen kann. Da sind Kinder, Frauen, Männer, Frauen mit Babys auf dem Rücken, Alte, ein paar Hunde, ein Fahrrad, alles und jeder lebendig unter einem knallblauen Himmel.

Als ich das Tuch angucke, kommt mir die Erinnerung an die echten Szenen und wie schön es war mittendrin, wo alle zusammen waren, zusammen quatschten, zusammen lebten, bevor alles auseinanderbrach. Mir tut das Herz weh, wie neuerdings immer, wenn ich an zu Hause denke, also leg ich das Batiktuch zur Seite und wühle weiter. Ich finde eine mittelgroße Kupferuhr, geformt wie unser Land. In der Mitte ist eine Zeichnung von einer Giraffe, die sich über die Bäume reckt, wo die Zeiger zusammenkommen. Die Uhr ist um sechs stehengeblieben, der lange Zeiger abgebrochen. Und zuletzt finde ich eine seltsame Maske; sie ist in der Mitte geteilt, eine Hälfte weiß, die andere schwarz. Die schwarze Hälfte ist weiter geteilt in ganz viele verrückte Muster, die ich nicht verstehe, aber sie sieht interessant aus, also nehme ich die und das andere Zeug mit in mein Zimmer.

Als die Wand fertig verhängt ist, guckt mich die Maske fragend an; als wenn sie mir was erzählen will, was ich erst in mehreren Jahren kapiere. Daneben zeigt die Uhr gebrochene Zeit an. Und auf der anderen Seite der Kommode wuselt der Batikmarkt. Ich bilde mir ein, alles Mögliche zu hören – Verkäufer, die ihre Waren anpreisen, einige, die mir zurufen, dass ich es billiger bekomme; Jungs, die Mädchen hinterherpfeifen; Blagen, die nach Süßigkeiten plärren; Kinder, die *Wer hat Indien entdeckt* singen und Andy-over spielen; und über allem das Lachen der Mütter.

Während ich mir den Wandschmuck so ansehe, fällt mir das Objekt ein, das ich beim Putzen neulich bei Eliot gefunden habe. Ich knie mich vors Bett, unter dem ich es versteckt habe, und zieh es raus. Es ist eine Elfenbeinplatte, geformt wie Afrika, und direkt in der Mitte ist ein Auge eingeschnitzt. Der Rest besteht aus lauter verschlungenen Zeichnungen mit diversen Mustern.

Als ich die Platte neben den anderen Objekten sah, die Eliot von seinen Weltreisen mitgebracht hat, kam es mir vor, als wenn mich das Auge direkt anguckt, es war also richtig, diese Elfenbeinkarte zu klauen. Ich hänge sie übers Bett und

sehe mich im Zimmer um; sie macht das Ganze irgendwie vollständig, aber ich fühle mich unvollständig, weil ich die ganze Zeit an zu Hause denken muss und vor lauter Sehnsucht das Gefühl habe, keine Luft zu kriegen. Es ist ein schweres Gefühl, das bestimmt nicht weggeht, also nehme ich meinen Mac und rufe über Skype meine Mutter an.
Chipo geht ran. Zuerst erkenne ich ihre Stimme gar nicht, sie klingt wie eine erwachsene Frau. Als sie mir sagt, wer sie ist, bin ich überrascht, sie bei meiner Mutter anzutreffen, weil sie doch bestimmt zu alt ist zum Guavenklauen. Aber es wäre wohl unhöflich, sie zu fragen, was sie da macht, also spreche ich es nicht an.
Wo sind die anderen?, frag ich, als wir uns begrüßt haben.
Bastard hat es nach Südafrika geschafft. Godknows ist in Dubai. Sbho gehört jetzt zu einer Theatergruppe, und ich hab gehört, sie gehen bald auf Tournee und spielen auf der ganzen Welt, sagt sie.
Und Stina?, frag ich.
Ach, Stina? Der ist hier, aber ich weiß nicht genau, was er macht. Manchmal treibt er sich hier rum, manchmal verschwindet er länger.
Also bist du ganz allein?, frag ich.
Ich bin nicht allein, ich hab Darling bei mir, sagt sie.
Darling?
Ja, Darling, meine Tochter. Schon vergessen?
Wir schweigen, vielleicht wissen wir beide nicht, was wir sagen sollen. Ich stell mir Chipo vor, so ganz allein, und hab einfach Mitleid mit ihr. Aber dann regt sich was in mir, ich bin enttäuscht und dann wütend auf unsere Regierung, die das alles verbrochen hat, die alles kaputt gemacht hat.
Ich weiß, wie schlimm es ist, Chipo, es tut mir so leid. Daran zu denken, tut mir richtig weh, sag ich.

Was ist schlimm? Wieso tut dir was weh?, fragt sie.
Was sie mit unserem Land gemacht haben. Das ganze Leid, sag ich.
Na ja, überall, wo Menschen leben, gibt es Leid, sagt sie.
Ich weiß, aber letzte Woche hab ich auf BBC …
Allerdings bist du nicht diejenige, die leidet. Meinst du, vom BBC-Gucken weißt du, was los ist? Nein, weißt du nicht, meine Liebe, nur die Wunde kennt den Schmerz; wir, die wir hiergeblieben sind, spüren das echte Leid, also haben wir das Recht, etwas darüber zu sagen oder überhaupt was zu sagen.
Ihr abfälliger Ton kommt aus dem Nichts und klatscht mir ins Gesicht, völlig unvorbereitet. Ich bin so schockiert, dass ich nicht weiß, was ich antworten soll.
Was? Ich kann nicht … also, das ist auch mein Land. Das ist unser Land, sag ich. Da lacht Chipo so ein irres Frauenlachen, und ich schüttel den Kopf und denke, *Scheiße noch mal, wo kommt denn das bloß her?*
Dein Land, Darling? Im Ernst, dein Land, bist du dir sicher?, fragt sie, und ich werde langsam wütend. Mein Mauszeiger schwebt über dem roten Telefondings, und ich überleg, einfach draufzuklicken und aufzulegen, denn ehrlich mal, für so einen Mist hab ich keine Zeit. Als ich hochgucke, sieht mich das Auge über dem Bett an; ich lass die Maus los.
Wo ist meine Mutter? Hol meine Mutter oder Großmutter ans Telefon, bitte ich sie.
Sag mir eins: Wieso bist du denn gerade *nicht* in deinem Land? Warum bist du nach Amerika abgehauen, Darling Nonkululeko Nkala, hm? Wieso bist du einfach weg? Wenn es dein Land ist, musst du es lieben, um drin zu leben, und nicht weglaufen. Dafür kämpfen, egal, was passiert, damit es besser wird. Sag mir, lässt du dein Haus im Stich, wenn es brennt, oder holst du Wasser zum Löschen? Und wenn du es bren-

nen lässt, erwartest du dann, dass die Flammen sich in Wasser verwandeln und sich selbst löschen? Du hast es im Stich gelassen, Darling, meine Liebe, du hast das Haus brennen lassen, und du wagst es, mir mit diesem blöden Akzent, mit dem du nicht mal geboren wurdest, der nicht mal zu dir passt, zu sagen, dass das hier dein Land ist?

Mir schwirrt der Kopf. Ich schmeiß den Laptop von mir, und als mir klar wird, was ich gemacht habe, segelt er schon an die Wand. Ich halt mir die Ohren zu, als er mit der Maske zusammenprallt und beide auf den Boden krachen. Den Schaden guck ich mir nicht an, ich geh einfach aus dem Zimmer, als wenn dort die Luft rausgesogen wäre. Und stehe auf einmal in TKs Zimmer, direkt vor seinem Bett. An der Wand gegenüber hängt ein postergroßes Foto von TK und seinem Freund Boby beim Azonto-Tanzen, mit irre verrenkten Armen und Beinen und grinsenden Gesichtern. Ich stelle mir vor, dass TK sich mit diesem Gesicht über mich lustig macht, also dreh ich mich um und guck die Dartscheibe an der anderen Wand an. Mein Herz rast, und meine Kehle ist wie zugeschnürt.

Als ich mich etwas beruhigt habe, geh ich weiter durchs Zimmer. Es ist blitzblank, weil Onkel Kojo dafür sorgt, dass staubgewischt und sauber gemacht wird; wenn man es nicht anders wüsste, würde man meinen, jemand wohnt drin. Auf dem großen Schreibtisch neben dem Fernseher sind eine Xbox, ein paar DVDs, ein Paket Kleenex, ein Plastikbecher mit Kugelschreibern und Bleistiften, ein *Playboy*. Alles sieht so aus, als wenn TK gleich reinkommt und diese Sachen benutzt, als wenn er nie weggewesen wäre. Ich streck die Hand nach dem großen Holzregal am Fenster aus, schieb die Minidrums beiseite und fasse durch die Löwen und Leoparden und Elefanten hindurch Tshaka Zulu an.

Jedes Mal überrascht mich die Totenstille in diesem Zimmer, und um sie mit was zu füllen, begrüße ich Tshaka Zulu normalerweise und erzähle ihm vielleicht vom Wetter. Oder wenn es was Interessantes zu berichten gibt, erzähle ich zum Beispiel: Tante Fostalina schläft mit einem Weißen; in Japan gab es ein fürchterliches Erdbeben; zu Hause werden Leute verhaftet. In seinem Testament hat Tshaka Zulu verfügt, dass Tante Fostalina seine Asche heimfliegen und im Dorf seines Vaters begraben soll, in einem Kraal, wie es sich gehört, aber bisher kann Tante Fostalina nicht zurück, keiner von uns.

Heute hab ich Tshaka Zulu allerdings nichts zu sagen. Ich halte einfach meine Hand auf der hölzernen Urne, die wie ein Kürbis geformt ist, und stehe da, als wenn ich sie segnen würde. Ich bewege mich nicht mal, als Onkel Kojo reinkommt; er sieht aus, als hätte ihn gerade ein Esel ausgespuckt.

Die haben doch tatsächlich bin Laden getötet, sagt er, ruft er, obwohl wir beide allein in diesem stillen Zimmer sind. Sein Atem riecht nach Alkohol, und der Geruch fährt mir direkt in den Magen.

Oh, sag ich. Ich trete vom Regal zurück und stell mich ans Fenster.

Weißt du überhaupt, wer das ist?

Dieser Terroristenmacker, sag ich. Jetzt ist es mir rausgerutscht, aber heute beschwert sich Onkel Kojo nicht über den *Macker*. Er steht bloß da, von einem Türrahmen zum anderen, Autoschlüssel in der Hand. Ich sehe den Verband ums Handgelenk und frag mich, was passiert ist, ob er sich auf einer Reise verletzt hat.

Er hatte sich in Pakistan versteckt. Demnächst gibt der Präsident eine Erklärung ab. Ja, bin Laden ist tatsächlich tot, ist das nicht irre?, fragt er und klimpert mit den Schlüsseln.

Als Amerika diese Riesenbelohnung für die Ergreifung von bin Laden ausgesetzt hatte, bastelten wir uns Speere aus Ästen und ging ihn jagen. Wir waren gerade nach Paradise gekommen, und wir brauchten neue Spiele, solange wir darauf warteten, dass unsere Eltern uns in unser richtiges Zuhause zurückbrachten. Zuerst trommelten wir an die Blechhütten und riefen, Bin Laden soll rauskommen, und als er nicht kam, rannten wir in die Büsche am Ende der Siedlung. Wir suchten im hohen Gras, im Dickicht, kletterten auf Bäume, guckten unter Steine. Wir suchten überall. Dann sind wir auf den Fambeki gestiegen, aber als wir endlich oben ankamen, waren wir durchgeschwitzt und gelangweilt. Es war wie eine Suche nach Luft; es gab gar keinen bin Laden.
Warum suchen wir ihn überhaupt?, fragte Sbho.
Keine Ahnung, langweiliges Spiel, wir brauchen bessere Spiele, sagte Chipo.
Vielleicht sollten wir Jesus suchen, der ist wichtiger als bin Laden, sagte Godknows.
Jesus ist noch schlimmer, Jesus findet keiner, nicht mal die Amerikaner, sagte Bastard.
Das stimmt nicht. Mother of Bones hat ihn gefunden, sagte ich. Wir schwiegen eine Weile, standen einfach da, ganz groß, weil der Berg so groß war. Wir guckten runter. Auf die Siedlung. Auf die rote Erde. Auf die Mzilikazi. Auf die Häuser in Budapest ganz hinten. Bin Laden hätte sonstwo sein können.
Wir standen da. Oben war die Sonne damit beschäftigt, uns zu schmoren. Dann warf Stina seinen Speer den Berg runter, und wir warfen unsere hinterher und sahen ihnen nach. Dann ging Bastard an den Rand, um zu pinkeln, und Godknows und Stina machten mit. Chipo und Sbho und ich sahen den Jungs dabei zu, wie sie die Hüften vorschoben und

in die Luft schossen und jeder am weitesten pinkeln wollte.
Wir hatten bin Laden aufgegeben und liefen die Mzilikazi lang, als wir Ncuncu sahen. Ncuncu war ziemlich lange Bornfrees Hündin gewesen, bis sie eines Tages, aus Gründen, die wir nie erfahren werden, einfach aufhörte, seine Hündin zu sein. Jetzt streunte sie wie eine Irre durch Paradise und Umgebung, stöberte nach Essen und reagierte nicht, wenn man ihren Namen rief oder nach ihr pfiff. Als wir sie auf der Mzilikazi sahen, rannten wir hinterher und riefen, Bin Laden! Bin Laden!
Vielleicht hat Ncuncu uns gehört. Vielleicht auch nicht. Sie blieb stehen, mitten auf der Straße, und hatte den Kopf zu irgendwas runtergebeugt, das wir nicht sehen konnten; man hätte meinen können, sie betet für das Land. Der große Lobels-Laster kam aus dem Nichts. Wir wedelten wie wild mit den Armen und brüllten, um Ncuncu zu warnen, aber es hatte keinen Sinn. Schon hörte man ein ekliges *Kru!*, und der große Laster blieb stehen. Und während wir völlig benommen dastanden, fuhr er einfach wieder an und donnerte davon.
Rot war auf der Straße. Und zwei klaffende Furchen, wo die Räder sich in die Erde gegraben hatten. Ein stummes Jaulen ertrank in der Höhlung einer verdrehten Kehle. Weißes Fell, hier und da rot gestreift wie eine ungeschickte Verzierung. Große gebleckte Zähne. Zerquetschtes Fleisch. Bodenleckende rosa Zunge. Eine einsame Pfote, erhoben zum perfekten High five. Knochen, die seitlich durch den Magen spitzten. Ein rausgeglupschtes Auge (das andere konnte ich nicht sehen). Und der köstliche, köstliche Duft von Lobels-Brot.

DANKSAGUNG

Umuntu ngumuntu ngabantu: Ein Mensch ist ein Mensch dank seiner Mitmenschen. Ich danke vielen für die Zeit, Unterweisung, Unterstützung, Liebe, Mentorenschaft, Freundschaft, Ermutigung, Chance und viele andere unermessliche Gaben, die mir ermöglicht haben, *Wir brauchen neue Namen* zu schaffen. Ich weiß nicht, wo ich anfangen soll, weil ihr zu viele seid, aber ihr wisst, wer ihr seid; mein Dank von Herzen jetzt und auf ewig.

Ich danke dem Kalamazoo Valley Community College, der Texas A&M University-Commerce, Southern Methodist University, Cornell University und Stanford University dafür, dass sie mich unter ihre Fittiche genommen haben.

Mein besonderer Dank gilt Jin Auh, meiner fabelhaften Agentin und Leserin, die vom Start weg für mich da war, meiner wunderbaren Agentin Alba Ziegler-Bailey und meinen Lektorinnen Laura Tisdel und Becky Hardie für ihre Hingabe und harte Arbeit an diesem Buch.

Helena Maria Viramontes, ohne dich hätte ich gar nicht erst angefangen.

Und natürlich Zim, der geliebten Heimat, dem Land meiner Leute. Für deine Geschichten, für deine Seele und für deine Haltung. Ngiyabonga mina!

Dank euch allen und alles Liebe.

Oakland, Kalifornien

Januar 2013